감정 문해력 수업

KB179888

인지언어학자가 들려주는
맥락, 상황, 뉘앙스를
읽는 법

감정
문해력
수업

유승민
지음

whale BOOKS

어릴 적부터 눈치는 나의 특기였다. 성인이 되고 그 원인을 나의 뿌리에서 찾기 시작했다. 아들 손주를 바랐다던 할머니. 외손주는 첫 손주로 인정하지 않았던 할아버지. 엄격했던 아버지. 또 다른 의미로 엄했던 엄마. 잦은 전학으로 매번 새로 사귀어야 했던 친구들. 낯선 환경 속 눈초리들이 내겐 장벽이었다.

　어쩌면 내게 눈치란, 있는 그대로의 모습을 받아 주길 바라는 마음과 사랑을 갈구하는 마음이 뒤섞였던 치기 어린 본능이었을지도 모르겠다. 자라온 여정 곳곳에 사랑도 애정도 듬뿍 스며들어 있었다는 걸 나는 조금 뒤늦게 깨달았다. 눈치 보는 원인을 기어이 뿌리에서 찾고자 했던 건 그저 탓으로 돌릴 누군가가 있어야 마음이 편해지는 까닭이었다. 내 안에서 나오는 감정은 온전히 나의 몫이라는 걸 절감하는 오늘날, 오랜 시간 버겁기만 하던 눈치의 무게는 어느새 깃털처럼 가볍다.

　스무 살 때 호랑이 굴에 들어가 호랑이를 잡아 오겠다며 호기롭게 건너간 낯선 땅에서도 나는 줄곧 눈치를 보고 살았다.

내게 일본은 그런 나라였다. 외국인들, 특히 한반도에서 건너온 사람들에겐 지독하리만큼 배타적인 나라. 잠깐 일본에서 지냈던 초등학교 6학년 때 '너네 나라로 돌아가'라고 쓰여 있던 내 책상. '1910년부터 1945년까지 무슨 시대일까?'라는 시험 문제에 '적고 싶지 않음'이라고 적어 낸 내 답지. 그 위로 사정없이 그어졌던 빨간색 작대기.

그 기억을 가지고 20대에 다시 찾은 익숙하고도 낯선 땅에서 "나는 한국 사람이에요" 당당하게 말할 자신이 없었다. 유학 시절 내 방엔 항상 태극기가 걸려 있었지만 밖에 나갈 땐 최대한 자연스러운 일본어를 구사하려 애를 썼다. 거리에서 험한 시위를 마주하고 도심 한복판에 휘날리는 욱일기를 볼 때면 울컥해서 눈물이 났다. 그럼에도 일본 친구들에게 "어떻게 생각해?" 단 한 번을 물어볼 용기가 내겐 없었다. 친구들과 문자를 주고받으며 단어 하나를 적을 때조차 사전을 들여다봤다. 틀린 표현을 쓰는 것도, 모자란 모습을 보이는 것도 자존심이 용납하지 않았다. 어그러진 자존심과 자존감으로 고군분투한 삶은 자연스럽게 나를 눈치란 화두로 데려다주었다.

상대방의 감정을 살피는 행위. 그 행위의 근본적인 이유를 살펴보면 어느 것 하나 올바르지 않은 것이 없다. 원만한 관계를 위해, 편안한 소통을 위해, 더 나은 삶을 지향하기 위해 나오는 행동이었다. 남에게 상처를 주기 위해 눈치를 보는 사람은 없다. 이 모든 건 선한 마음에서 비롯되었다는 걸 밝혀 보고 싶었다. 그래서 논문의 주제를 '눈치'로 정했다. 인간이 세상에 나온 순간부터 자연스럽게 가지는 마음(심리학), 자라나며 타인과 주고받는 문화와 관계(사회학), 그 과정이 고스란히 반영되는 우리의 언어(인지언어학)까지 다양한 분야가 뒤섞인 종이 뭉치가 말해 주는 건 단 하나. '눈치는 타인을 이해하는 능력을 타고난 우리의 본능'이라는 사실이었다.

이 책에 쓰인 내용 가운데 심리학과 인지언어학의 일부 이론은 당시 제출했던 석사 논문에서 가져왔다. 10년도 더 된 기록을 들추며 기억을 더듬다 보니 한계가 있었다. 심리학이나 인지언어학을 삶의 화두로 삼는 분들께는 송구한 마음이다. 부족하고 모자란 부분이 많다. 이론 하나, 문장 하나에 담긴 서사를 내가 가진 경험과 사고의 깊이로 표현할 수 있을지 고민했다.

제목이《감정 문해력 수업》인 것과 달리 이 책의 본문엔 '문해력'이라는 단어가 단 한 번도 등장하지 않는다. 주변 지인들과 이야기를 나눠 보니 젊은 세대의 문해력이 떨어진다는 이슈에 기시감, 피로감을 느끼는 이들이 많았다. 문해력이란 누군가에게 반감을 사는 단어이기도 했다. 이 책을 읽은 누군가가 "그러는 당신은 문해력이 얼마나 뛰어나길래?"라고 묻는다 한들 나 역시 대답할 말이 없다. 스스로 문해력이 좋은 편이라 생각하지 않기 때문이다.

문해文解란 언어로 사고하고 감정을 공유하고 상대방을 알아 가는 일련의 과정. 그 여정에서 느끼고 이해하고 창작하는 모든 행동을 아우르는 단어다. 이런 고급스러운 키워드를 가져도 될지 부담도 적지 않았다. 그러나 '문해력'이란 실로 우리가 언어를 통해 세상을 채워 가는 힘을 의미하고 있었다. 조금만 달리 생각하면 얼마나 아름다운 말인가. 애초에 부정적인 뉘앙스를 덧댈 필요는 없었던 걸지도 모른다.

눈치라는 소재를 화두로 삼은 것도 비슷한 맥락이었다. 상대방의 마음을 알아내기 위한 행동. 곁눈질로 슬금슬금 안색을 살피는 행위를 두고 '주눅 들어 보인다' '위축됐다'라고 표현하지만, 살짝만 비틀면 그만큼 상대방과 잘 지내고 싶다는 심리에서 나오는 몸의 언어. 원래 우리는 모두 귀하게 태어난 존재이니 귀하게 대접받고 싶은 마음에서 비롯된 행위다. 어찌 그 마음을 밉게 볼 수 있을까. 실은 너무도 정교하고 갸륵한 마음인 것을 말이다.

그러한 이유로 '눈치를 보는 건 좋은 거야, 눈치를 안 보는 건 나쁜 거야, 문해력을 키워야 해'라는 목소리를 이 책엔 담지 않았다. 잘잘못과 호불호를 가리는 대신 지금 이 순간에도 일련의 과정을 거쳐 갈 누군가와, 비슷한 고민을 안고 있는 분들과 이야기를 나누고 싶었다. 딱 그 마음 하나로 적은 글 서른 네 편을 묶은 책이라 봐 주시면 감사하겠다.

　마음은 컨디션이 좋을 때 여유를 지니다가도, 저조해지는 순간 일도 잘 안 풀리는 마법의 법칙이 공존하는 곳이다. 결국 자신과의 심리전이 시작되는 셈인데, 그때 눈치가 발동한다. '살면서 그런 순간을 맞이할 때 우리는 과연 어디에 초점을 맞춰야 할까'라는 화두를 한 번쯤 던져 보고 싶었다. 화두의 답을 찾아 가는 과정은 틀림없이 값질 것이라 확신한다. 대학 신입생 때 제 발로 화장실에 들어가 혼밥을 해본 경험이 없었더라면, 그 경험을 붙들고 오랜 시간 싸워 보지 않았더라면 나역시 지금까지 눈치에 억눌려 살았을 터. 그 기억을 용기 내어 브런치에 적어 올렸던 그날의 후련함을 지금도 잊지 못한다. 그때 깨달았다. 두려움이란, 감정을 정면으로 직시하는 것만으로도 후련해진다는 걸. 내가 이 일을 잘하고 싶구나, 상대방에게 잘 보이고 싶구나. 한 걸음 살짝 물러나 상황을 바라보는 것만으로도 전혀 다른 차원으로 가벼워진다. 보이지 않는 힘이란 이렇게도 강렬한 것이었다. 모든 언어는 결국 활자 그 자체보다 내포하고 있는 힘에 더 비중이 크다고 믿는다.

　2022년 11월 28일 밤 10시. 카타르 월드컵 대한민국 대 가나전을 중계하던 날이었다. 아프리카의 강호를 상대로 우린 전반 두 골을 먼저 내주었다. 축구 문외한인 내가 보아도 우리

림은 한껏 침체된 상대였다. 덩달아 채선 위원들이 가장 많이 언급했던 단어 역시 '위축'과 '흐름'이었다.

"지금 우리가 많이 위축됐거든요."
"우리한테 흐름이 왔을 때 결정해야 하거든요."
"분위기가 저쪽으로 조금 넘어가는 것 같은데요."
"다시 우리의 흐름으로 가져오는 게 중요합니다."

이후 유효 슈팅이 터지면서 분위기는 살아났다. 그들이 말하던 '흐름'을 끊은 셈이었다. 후반전, 이강인 선수로 교체되면서 완벽하게 흐름은 우리의 것이 되었다. 이어 조규성 선수가 만회 골과 동점 골을 터뜨리면서 분위기는 극에 달했다. 평일 자정을 넘기며 치러진 경기였지만 시청률 39.1퍼센트를 기록했던 뜨거운 밤이었다.

결과적으로 경기는 패배했다. 하지만 많은 이들이 기억하듯 값진 패배였다. 혹자는 이렇게 표현했다. "내용적인 측면에서 보면 결코 우리가 뒤진 결과가 아니었거든요. 축구에서 2 대 0이 되면 심리적으로 주저앉아요. 세 골 차, 네 골 차로 무너지는데요. 거기서 따라붙어서 2 대 2로 만들었다는 건 한국 대표팀이 경기에서 파이팅 스피릿이라든가 전술적으로 완성도가 상당히 높은 경기를 했다는 것이거든요."

비단 축구뿐인가. 모든 스포츠는 흐름이라고 한다. 비단 스포츠뿐인가. 우리를 둘러싼 세상은 보이지 않는 것들에 좌우되곤 한다. 주고받는 모든 말의 배후에도 눈빛, 표정, 목소리 그리고 분위기가 존재한다. 우리는 그렇게 형언할 수 없는 공기에 늘 둘러싸여 산다는 의미다. 여기에 '운김'이라는 단어를 더해 본다. 순우리말인 이 단어는 '여럿이 한창 일할 때 우러나오는 힘'이자 '사람들이 있는 곳의 따뜻한 기운'이란 뜻이다.

가나전에서 보여 주었던 국가대표팀의 파이팅. '우리'가 아니었다면 불가능했을 게임이다. 그라운드를 뛰는 사람도, 새벽 한 시까지 졸린 눈을 비벼 가며 텔레비전 앞에 앉았을 사람도, '우리'라는 이름으로 연결된다. 각각의 점들이 하나의 선으로 이어지는 순간 우리에겐 보이지 않는 힘이 생겨난다. 그런 우리를 끊임없이 다독이고, 가다듬고, 다져 나가는 매개체가 언어다.

이 책에서 다루는 '감정 문해력'이란 그러한 언어를 좀 더 섬세하게 운용하는 수만 가지 시점 가운데 하나를 의미한다. 1부에선 우리를 둘러싼 모호한 언어를 소개한다. 눈치 보지 않겠다며 세상에 대고 외쳐 보지만, 눈치 없다는 말은 듣기 싫은 심리. 그 미묘한 마음이 인간의 본능과 얼마나 맞닿아 있는지에 대한 이야기다. 2부에선 보다 일상에서 마주할 법한 상황들을 다뤘다. 친근하고 편안하고 익숙한 소재이지만, 조금은 벌린 혜택을 담았다. 3부는 감정 무해력이란 단어와 가장 걸맞은 내용으로 버무렸다. 한 번쯤은 거리에서 마주쳤을 이름 모를 타인의 얼굴을 한 명 한 명 상상하며 적어 내려갔다. 사람들이 모인 활자 공간에도 따뜻한 기운이 깃들기 빌며. 부디 이 책에 머무는 시간이 당신에게 운김을 불어넣는 여정으로 다가가길 바란다.

이 책이 나오기까지 많은 분의 도움이 있었다. 인지언어학이라는 매력적인 세계를 내게 처음 열어 주신 故타나베 마사미田辺正美 선생님, 다문화 심리학의 기반을 다져 주신 카카이 히사코抱井尚子 선생님, 두 은사님이 계셨기에 시작할 수 있었던 모험이었다.

10년도 더 된 낡은 논문에 생기를 불어 넣어 준 건 상암동의 동료들이었다. 낯 간지러운 표현이지만, '밀착 카메라'라는 팀명처럼 9년 동안 수많은 선배, 동료, 인턴 친구들과 밀착하며 지냈다. 이 팀에 머물렀고 지금도 머무는 중인 그들과 함께한 시간, 그간 주고받은 대화를 마중물로 이 글을 완성할 수 있었다.

아무도 안 볼 줄 알았던 브런치에 조용히 적어 내던 글을 발견해 책으로 만들어 주신 이소영 편집장님, 본격적으로 집필을 시작했던 2022년 가을부터 줄곧 버팀목이 되어 주신 박소연 편집자님, 표지 디자인을 만들어 주신 이희영 디자이너님을 비롯한 출판사 웨일북 관계자들께 고개 숙여 감사 인사를 드린다. 특히 올 초부터 평일, 주말, 밤낮 가리지 않고 달달한 채근을 건네 주신 박소연 편집자님께는 두고두고 인사를 올려도 부족한 마음이다.

끝으로 이번 생에 만나게 되어 최고의 행운이라 느끼는 동지, 있는 그대로의 자연스러움이 가장 아름답다는 걸 알려준 존재, 그냥 사랑 그 자체인 나의 가족에게 이 책이 작은 보답이 되길 빌어 본다.

2023년 봄
유승민

프롤로그   5

PART 1

고맥락 사회의
모호한 언어들

말하지 않아도 느끼는 한국인의 초능력   18

침묵이 품은 다채로운 의미들   26

손짓, 타인을 이해하는 최초의 언어   40

말의 품격을 높이는 대화의 격률   48

대화의 격률을 어기는 짜릿함   58

진짜 하고 싶은 말은 괄호 속에 있다   68

타인을 존중하는 우아한 솔직함   78

감춰진 심리를 간파하는 '암묵지'   90

'거시기'의 거시기한 뜻   104

말보다 빠르고 글보다 강력한 것   114

무례한 말과 무해한 말의 한 끗 차이   122

PART 2

속마음을 선명하게 읽는 법

진실은 맥락에 숨겨져 있다   134
공기와 뉘앙스, 맥락을 여는 법   144
분위기를 바꾸는 친절한 언어들   154
진심을 전하는 침묵, 눈맞춤   162
대화를 즐기는 팁, 리액션의 공식   168
다정한 언어가 살아남는다   178
반어법이 우리에게 주는 메시지   190
디테일한 화법이 지니는 힘   198
눈치 게임에서 자유로워지는 순간   208
한국인이 일 잘하는 비결   216

PART 3

내 삶을 돌보는 감정 문해력

무례한 시대일수록 섬세한 언어가 필요한 이유   230
눈치에는 권력이 숨어 있다   240
'모르는 척'이 주는 위로   250
체면은 높이는 게 아니라 돌보는 것   260
'나'를 귀하게 여기는 말 습관   270
'우리'라는 말 속에 숨겨진 눈치   280
맥락을 뚫고 나올 용기   290
시선을 긍정에 맞출 때, 우린 단단해진다   302
빠르게 변하는 세상, 느리게 흘러가는 마음   312
우리의 시선은 어디로 향하는가   320
눈치 싸움에서 져도 괜찮은 이유   328
말그릇에 담기엔 너무 큰 마음   332
"나 눈치 좀 볼 줄 아는 사람이야"   340

참고 문헌   350

PART 1

고맥락 사회의
모호한 언어들

말하지
않아도
느끼는

한국인의
초능력

¶

"사진 한 장만 찍어 주세요."

전 세계 어디를 가도 이 한마디면 한국인인지 금방 알아볼 수 있다. 우린 사진 한 장을 찍어도 기가 막히게 잘 찍는 민족이니까. '인생샷'이라는 신조어까지 등장한 데엔 한국인 특유의 정서가 있다. 한동안 '길거리에서 사진을 부탁받은 한국인의 자세'라는 제목의 글이 온라인 커뮤니티에서 화제였다. 외국인 관광객이 모르는 사람에게 사진을 찍어 달라 요청하는 상황. 부탁받은 이는 덤덤한 얼굴로 응하고도 카메라를 받아 든 순간 전문 사진작가로 돌변한다. 허리를 숙인 채 휴대폰을 위아래로 바꿔 들다가 자세를 점점 낮추고 급기야 길바닥과 자신의 몸을 밀착하기 시작한다. 역광인지, 다리가 길어 보이는지, 배경은 잘 나오는지, 초점은 맞는지, 세심한 정성을 들인다. 그리고 만족한 듯 휴대폰을 제 주인에게 돌려주며 덧붙이는 한마디.

"한 번 보세요. 마음에 안 드시면 다시 찍어 느틸세요."

차고 넘치는 선의다. 열과 성을 다하고도 기꺼이 한 번 더 봉사하겠다는 의지에 카메라를 돌려받은 사람은 차마 다시 찍어 달란 말을 꺼내지 못한다.

우리는 원래 사진을 잘 찍는 민족이었던가. 아니다. 포털 사이트에 '사진 잘 찍어주는 법' '금손 촬영법'과 같은 키워드만 넣어도 검색 결과가 줄줄이 등장한다. 사진 잘못 찍었다간 데이트 분위기를 흐리기에 십상이라며 이왕이면 잘 찍어 '금손' 애인으로 칭찬받자는 글이 수두룩하다. 길거리에서 만난 누군가가 능숙하게 사진을 잘 찍어 주었다면 혹시 모른다. 그가 연인으로부터 수없이 핀잔을 들어 가며 터득한 끝에 생겨난 기술인 걸지도. 재밌는 건 구도가 훌륭한 사진, 촬영법이 뛰어난 사진, 다 필요 없다는 점이다. 피사체가 만족한다면 그게 좋은 사진이다.

사진을 찍어 주고 사진이 찍히는 데 능한 우리는 낯선 타인에게도 선뜻 선의를 내보인다. 누군가 휴대폰을 들고 두리번거리면 "사진 찍어 드릴까요?"라는 말이 절로 나온다. 휴대폰의 주인이 부모님 연배면 "하나, 둘, 셋" 목청껏 외치는 섬세함도 보인다. "아버님, 웃으세요. 어머니, 팔짱이요" 하며 기꺼이 자식을 자처한다. 어디까지나 재능 기부지만, 사진 못 찍었다는 말은 용납이 안 된다. 우리는 아주 귀여운 구석이 많은 완벽주의자들이다.

한때 텔레비전엔 〈대한민국 K 브랜드〉 광고가 흘러나왔다. 영상에 등장하는 한국인은 전지전능한 창조주로 묘사된다. 정신없이 전화벨이 울리는 사무실, 바삐 움직이는 직장인들의 '빠름', 1밀리미터의 오차도 용납하지 않겠다며 도면을 들여다보는 작업자의 '꼼꼼함', 정성스럽게 대패질을 하는 목수의 '센스', 자신에 찬 걸음걸이로 등장하는 커리어우먼은 한국인은 '뭐든 다 잘한다'라며 우리에게 속삭인다. 다 같이 둘러앉은 회의실 원탁에서 한 직원이 '적응력 만렙滿level●'을 외친다.

그리고 마지막으로 등장하는 배우 여진구가 말한다. "이런 한국인의 능력으로 만들었지. 그래서 브랜드 K." '낯선 곳에서도 적응력이 뛰어나고, 맡은 일은 끝까지 해내며, 일 처리가 빠르고, 꼼꼼한데다 센스까지 겸비한, 지는 건 절대 못 참는' 사람들. 5000만 한국인을 대변하는 특징이라 말할 순 없지만, 묘하게 고개가 끄덕여지는 대목이다. 길거리에서 만난 낯선 타인에게조차 저런 능력들을 기대하며 사진을 찍어 달라 부탁하는 우리니까.

● 온라인 게임에서 사용하는 캐릭터의 레벨이 최고점에 노달하는 상황을 이르는 말이다.

타인의 부탁을 굳이 거절하지 않는 심리. 상대방이 만족할 때까지 기꺼이 찍겠다는 의지. 피사체의 긴장을 풀어 주는 너그러움. 재롱을 부려 가며 부모 연배 어른들을 웃겨드리는 선의. "아이고, 젊은 사람은 다르네, 잘 찍어!" 칭찬 한마디에 올라오는 뿌듯함. 사진 한 장을 건지기 위한 여정 곳곳에 숨은 건 눈치와 배려다. 눈치야 말할 것도 없고, 우리는 얼마나 배려가 몸에 밴 사람들이었던가.

요 앞 도로만 나가 보아도 알 수 있다. 앞에 물체가 떨어진 것도 아니요, 안개가 낀 것도 아니요, 사고가 발생한 것도 아닌 한적한 도로 곳곳에 비상등 켜 놓은 차들이 그렇게 많다. 끼어들겠다며 '깜빡이'를 켜고, 잠깐 세워 둔다고 깜빡이를 켠다. 지하 주차장에서 후진하는 차량도 깜빡이를 켜는 것은 잊지 않는다. 그뿐인가. 고속도로에도 가끔 깜빡이를 켜고 차량이 서너 대씩 달린다. 일행이란 뜻이다. 그러니 가급적 우리 사이에 끼어들지 말란 암묵적 양해를 구하는 것이라 추측해 본다.

'차선 변경을 허락해 주었으니 고맙고 미안합니다' '잠깐 주차할 건데 조금 시간이 걸리니 양해를 부탁합니다' '여기 세우면 안 되는 거 아는데, 너무 급하니 잠시만요.' 깜빡이는 이런 갖은 상황에서 눈치와 배려를 대변한다. 참으로 다채로운 깜빡이 사용법이다. 외국에선 깜빡이가 이례적인 용도지만, 한국에선 암묵적인 배려와 눈치가 동반되는 매너를 대변한다. 한국도로교통공단에서 비상등 사용을 한국 운전자의 감사와 사과의 표시라며 공식화한지도 오래니 말이다.

깜빡이가 고마움과 미안함을 담고 있다는 인식이 당연해진 탓일까. 이젠 도로 위에서 운전자들끼리 지켜야 할 약속이 되었다. 내 앞에 끼어드는 앞차가 깜빡이를 안 켜면 창문을 내리고 다짜고짜 욕설을 퍼붓는다. 운전할 때만 쓰이는 것도 아니다. 대화하다 뜬금없이 화제를 돌리는 이에겐 영락없이 이런 말이 날아온다.

"야, 깜빡이 좀 켜고 들어와."

눈치 보기 지쳤다며 더는 눈치 따위 보지 않겠노라 세상에 대고 외쳐 보지만 정작 눈치 없단 소리는 달갑지 않다. 새삼스러운 이야기지만, 눈치는 우리 삶에 필수불가결한 요소다. 앞차가 비상등을 켜면 열심히 내 눈동자가 돌아간다. 내가 양보해 줘 고맙다는 뜻일까. 앞에 사고가 났다는 뜻일까. 주행 중인 차량에 이상이 생겼다는 뜻일까. 하지만 우리는 이런 오만가지 용도 가운데 맥락과 상황에 맞는 의도를 귀신같이 알아차린다.

그러니까 사실 '눈치를 본다'라는 건 주눅이 들고, 을의 입장이 되고, 할 말 못 하는 상황에 놓인 것 같은 뉘앙스를 풍기지만, 동시에 우리가 상대방의 마음을 알아채는 기가 막힌 능력을 지녔다는 걸 의미한다.

그런 우리의 눈치를 영국의 일간지들은 이렇게 묘사했다.

* 다른 사람의 생각과 느낌을 순간적으로 간파하는 미묘한 기술.
* 상대방의 마음을 읽어 기분을 상하지 않게 하는 마음.
* 해를 끼치려는 상대방으로부터 자신을 보호하려는 본능적 육감.
* 재치와 지각력, 이해력.
* 주어진 만남을 읽는 방법에 대한 본능적 감각, 그에 대응하는 방법.

한 문장, 한 문장 옮겨 적고 보니 눈치란 두 글자에 비친 우리의 모습은 초능력자에 가깝다. 하기야 우린 매 순간 눈치로 말하고 눈치로 듣는 사람들이다. 상사가 보낸 카톡에 그저 '예스'를 전달하기 위해 '넵' '네' '예' '넵!' '네~' '네ㅎㅎ' '네ㅋ'가운데 무엇으로 할지 초 단위로 결단한다. 경솔해 보일까 건방져 보일까 딱딱해 보일까 메시지를 썼다 지웠다 반복한다. 그만큼 자잘한 감정까지 신경 쓰는 섬세함을 장착하고 우리는 오늘을 살아간다.

'눈치를 본다'라는 건 주눅이 들고, 을의 입장이 되고,
할 말 못 하는 상황에 놓인 것 같은 뉘앙스를 풍기지만,
동시에 우리가 상대방의 마음을 알아채는
기가 막힌 능력을 지녔다는 걸 의미한다.

침묵이
품은
다채로운

의미들

¶

누군가 네이버 지식인 사이트에 고민을 올렸다. '눈치껏, 눈치를 잘 보는 법 좀 알려 주세요.' 두 명이 대답했다. 첫 번째 답변은 이랬다.

눈치는 타고 나는 게 있고, 배워서 알게 되는 게 있는 듯합니다. 눈치가 없어서 안타깝다면 어떤 부분을 잘못 봤고, 어떤 부분을 잘못했는지 고민해 보신다면 이런 경험들이 쌓여서 '보는 눈'이 생긴다고 생각합니다.

고민을 열심히 도와주려는 작성자의 마음이 느껴진다. 동시에 눈치를 설명할 길이 없는 막연함 또한 전달된다. 두 번째 답변도 마찬가지다.

그건 감이 필요한데 타고나는 것 같아요. 경험이 많아야 해요. 다 학습하는 거죠. 책 많이 읽고, 영화, 드라마 많이 보는 것도 도움 될 거예요.

이런 대답들은 마치 "공부를 잘하려면 어떻게 해야 하죠?"라는 질문에 "열심히 하면 됩니다"라고 말하는 것과 같다. 정답이지만 여전히 모호한 건 마찬가지. 타고난 감각도 중요하지만, 꾸준히 고민하고 다양한 경험을 쌓다 보면 갖게 되는 능력. '눈치껏'이란 세 글자에 함축된 의미는 이토록 방대하고도 추상적이다.

내가 일본에 있던 시절, 롯데 자이언츠의 이대호 선수가 텔레비전에 나왔다. 2013년 그가 일본 프로 야구 구단 오릭스 버팔로스로 이적할 때였다. 이대호 선수에겐 친정과도 다름없는 롯데 자이언츠. 정든 고향을 떠나 일본에 진출하는 결의를 다짐하는 자리에서 각오를 말해 달라는 기자의 질문에 그가 답했다.

"일본에서는 용병이자 신인입니다. 그쪽(오릭스 버팔로스)이 원하는 대로 '눈치껏 따라가서' 용병이 아닌 가족으로 다가가겠습니다."

나는 통역사가 '눈치껏 따라간다'라는 말을 어떻게 바꿀지 내심 궁금했다. 통역사는 적합한 단어를 떠올리기 쉽지 않은 모양이었다. 그는 결국 '눈치껏'을 생략했다. 하지만 '눈치껏'은 '열심히 하겠다'라는 것과는 또 다른 뉘앙스다. '눈치껏 대충 해' '눈치껏 빠져나와' '눈치껏 잘해 봐'라는 말들에서 '눈치껏'은 단지 '열심히'로 치환되지 않는다. 국어사전이 알려 주는 '눈치껏'의 정의는 '남의 눈치를 잘 알아차려서'가 전부다. '남'은 누구고 '눈치'는 무엇이고. 고민은 다시 원점으로 돌아간다.

회사 회식 자리를 예로 들어 본다. "21일에 회식하자"라는 한마디가 등장하면 총무를 맡은 이는 바빠진다. 주어진 단서는 날짜와 시간뿐. 적당한 장소를 찾아 자리를 예약한다. 일행이 식당에 도착할 타이밍에 맞춰 요리가 등장하도록 미리 메뉴를 주문하는 섬세함도 보인다. 대개 윗사람과 아랫사람 사이, '적당히' 젊고 '적당히' 연차가 있는 이들이 그 역할을 맡는다. 어떤 요리를 주문할지, 가격대는 얼마가 적당할지, 상사한테 넌지시 물으면 이런 대답이 돌아온다. "알아서 적당히 시켜 놔." 여기서 '적당히'가 의미하는 게 바로 '눈치껏'이다.

동료가 해산물에 알레르기라도 있다면 칠리 새우 같은 요리는 피해야 한다. 동료 가운데 비건이 있다면 육식 외에 그가 먹을 요리가 마땅한지 확인해야 한다. 매운 걸 좋아하는 사람이 있다면 한 가지 정도는 매콤한 요리를 시켜 주는 것도 좋다. 회식에 참여하는 모든 이가 큰 호불호 없이 즐길 수 있는 자리를 만들기 위해 예전 기억을 더듬어 각각의 취향을 떠올려 보기도 한다. 어쩌면 눈치란 기억력과 깊은 관계가 있는 걸지도 모르겠다.

만약 식당에 뒤늦게 도착한 상사가 테이블을 한 번 훑고 "야, 무슨 음식들이 죄다 빨갛니?"라고 묻는다면 음식에 매운 양념이 많다는 뜻이다. "요즘 몸 관리 중인데, 손이 가는 게 없네"라고 한다면 고칼로리 음식만 시켰다는 뜻이다. 나름 '대충, 골고루, 적당히, 잘' 음식을 시켰다고 생각해도 간간이 중요한 걸 놓치는 경우는 있기 마련이다. 아뿔싸 싶어 손에 식은 땀이 났던 경험, 나에게도 몇 번 있다.

다시 한 번 야구 이야기로 돌아가 본다. 일본의 스즈키 이치로 선수가 메이저리그 현역이던 시절. 그가 시애틀 매리너스에서 뉴욕 양키스로 이적할 때였다. 11년 6개월이란 시간을 보내고 떠나는 자리. 시애틀 매리너스에서 인상적이었던 에피소드를 한 가지 말해 달라는 기자의 요청에 이치로가 답했다.

"오랫동안 있었던 구단이라서요. 한 가지를 가려낸다는 게 어렵습니다."

하고 약 3초, 정적이 흐른 뒤 이치로가 다시 말을 이어 갔다.

"방금 이 침묵이 대답이 됐으리라 생각합니다この間を察してく

ださい。"

활자대로 해석하자면 이 침묵으로 마음을 짐작해 달라는 뜻이다. 우리에겐 다소 낯선 표현이다. 통역사 역시 영어로 바꾸기 난감했던 모양인지, 이치로의 마지막 말은 통역되지 않았다.

이치로가 의도적으로 침묵하고 굳이 그 침묵으로 마음을 헤아려 달라 말했던 건 여전히 속뜻을 가늠하기 어려운 맥락이다. 조심스럽게 예측할 수 있는 건 기자의 질문이 한순간 말을 잃게 만들 정도로 그에겐 묵직하게 다가왔을 것이란 점이다. 11년 넘게 함께 생활한 가족 같은 팀, 우여곡절이 많았을 타지 생활, 형언할 수 없는 감정. 침묵은 다양한 의미를 내포하면서도 이어지는 말에 무게를 더하는 힘이 있다.

짐작해 주기를 바라는 '침묵.' 일본어로 마間라는 단어로 존재하는 이 말은 한국에서도 종종 들을 수 있다. 한자인 '사이 간間'자가 말해 주듯 대화 사이사이 정적이 생기는 순간을 의미한다. '침묵'과 '눈치껏.' 두 단어에 공통점이 하나 있다면 둘 다 정확하게 번역할 수 없는 추상의 범주에 있다는 점이다. '구체적으로 말하지 않아도 이 정도는 알아서 짐작해 달라'는 암묵적 전제가 깔려 있다. 콕 집어 말하는 대신 '침묵'과 '눈치'로 당사자의 마음을 대변한다. 어쩌면 상대방에게 눈치를 주기 위한 정적일 터다.

팀 단체 채팅방에 방송 아이템을 발제하면 상사는 두 가지 대답 중 하나를 건네준다. 고$_{go}$ 할지 킬$_{kill}$ 할지다. 조금 과격하지만, 아이템이 무산되는 걸 두고 '킬됐다'라고 표현한다. 현장에서 '킬됐다' 하면 촬영 나간 현장에서 변수가 생겼다는 뜻, "선배가 킬 시켰어" 하면 선배로부터 그 아이템을 하지 말라는 지시가 내려왔다는 뜻이다. 갈지, 죽일지 결정하는 상사의 역할은 팀에서 상당한 비중을 차지한다.

대부분 '가시죠'라든가 '해 봅시다' '재밌겠네'라는 명쾌한 답을 듣지만, 종종 '흐음' '재밌을까' '음…'처럼 탐탁지 않음을 대변하는 언어가 등장하기도 한다. 무엇보다 괴로운 건 미궁 속 기다림이다. 모두가 읽었다는 증거, 단체 채팅방의 마지막 숫자 1이 사라지고도 한참 동안 답이 없는 경우다. 예측할 수 있는 상황은 오로지 하나, '킬.' 그럼에도 침묵은 기대를 하게 한다. 상사가 회의 중이거나 다른 일로 바빠서 답하는 걸 잊은 게 아닐까, 일말의 희망을 걸어 보는 것이다. 온갖 변수를 상상하고 그에 걸맞은 대책을 끊임없이 고민하는 일은 덤이다.

표준국어대사전에 등장하는 침묵은 네 가지 뜻이 있다. 거기에 거절의 의미도 있다는 건 아무도 알려 주지 않았다. 그래서 침묵이 거절을 의미할 수 있다는 걸 알기까진 시간이 걸렸다. 처음엔 상사가 바쁜 것으로 추정했다. 혹은 조언을 고민하

침묵 沈默

1. 아무 말도 없이 잠잠히 있음. 또는 그런 상태.
2. 정적靜寂이 흐름. 또는 그런 상태.
3. 어떤 일에 대하여 그 내용을 밝히지 아니하거나 비밀을 지킴. 또는 그런 상태.
4. 일의 진행 상태나 기계 따위가 멈춤. 또는 그런 상태.

느라 시간이 걸리는 것으로 여겼다. 하지만 상사와 함께한 시간이 쌓이면서 성향과 화법에 대한 데이터 또한 쌓여 갔다. 이제는 99퍼센트의 확률로 알 수 있다. 킬이구나!

상사의 마음을 모르는 바 아니다. 열 명 넘어 가는 인원이 모인 단체 채팅방, 스무 개가 넘는 눈동자가 주시하는 그곳에서 누군가의 발제를 대차게 거절한다는 건 쉽지 않을 터. 발제를 준비하느라 거쳤을 후배의 노고와 거절에 대한 다른 동료들의 시선마저 마음 써야 하는 상황이다. 단칼에 거절하는 언어란 속이 뻥 뚫리는 전달력은 있을지언정, 말을 전달하는 입장에선 여간 꺼내기 어려운 게 아니다. 그래서 상사는 '안 됩니다' '킬입니다' '이런 걸 아이템이라고 가져옵니까' 같은 단도직입적인 언어 대신 맥락으로 가늠할 수 있는 속마음 언어를 사용한다. 그것이 '침묵'이나.

침묵은 때때로 유용하게 쓰인다. 이지로가 사용한 침묵의 사용법은 무례한 질문, 대답하기 곤란한 질문을 들었을 때 자신의 의중을 넌지시 전달할 수 있는 무난한 선택이다. 다만 무조건적인 침묵은 오해를 살 수 있다. 이치로의 심정이 침묵으로 대변되어도 원활히 해석될 수 있었던 이유는 침묵의 끝에 "방금 이 침묵이 대답이 됐으리라 생각한다"라는 한마디가 얹어진 덕분이다. 마이크를 들이댔는데, 그저 묵묵부답으로 일관한다면 그 또한 예의에 어긋날 수 있다. 그러므로 대답하기 곤란한 질문을 듣는다면 "순간 할 말을 잃었습니다"라며 내가 둔 정적에 말로 할 수 없는 의미가 담겼음을 조심스럽게 표현해 볼 수 있다.

사실 무례한 질문이 날아왔을 때 딱히 해답이 없는 상황에서 우리가 건넬 수 있는 말은 그리 많지 않다. 애꿎은 변명과 거짓 답변을 늘어놓는 방법도 존재하겠지만, 적당한 침묵을 두고 지금은 대답하기 어렵다는 점을 표현하는 것도 좋은 방법이다. 가시가 돋친 말은 상처를 주지만, 조용한 침묵은 훨씬 큰 울림을 전달할 수 있기 때문이다.

상대방이 건네는 말이 무례하다고 느껴진다면 그 이유를 곰곰이 생각해 보는 게 어떨까. 서로 생각이 다른 걸까, 세대가 달라서일까, 언어 감수성이 나와 어긋나는 걸까. 아주 단적인 예로 '결혼'이라는 단어를 꺼내 본다. 대한민국 미혼자들을 오랜 세월 괴롭혀 온 화두. "결혼했어요?"라는 말을 들었을 때 대수롭지 않게 대답하는 사람이 있는가 하면 극도로 불쾌해 하는 사람도 있다. 결혼 여부를 물어보는 걸 실례로 생각하는 이가 있는가 하면 물어봐 놓고 "아, 요즘은 이런 말 하면 안 되지?" 되묻는 이도 있다. "시집 안 가냐" "갈 때 지나지 않았냐" 좀 더 과격한 어조로 묻는 사람들도 더러 있다.

나 역시 10년째 "결혼했어요?"라는 말을 듣는 중이다. 때론 달갑고 때론 달갑지 않았다. 상대방과 상황에 따라 다르게 들리는 말이라서다. 상대방한테 느끼는 심리적 거리와는 별개의 범주에 속하는 말이었다. 때에 따라 실례가 되는 질문이 될 수도 있지만, 내겐 상대방이 어떤 의도로 물어 오는지가 더 중요했다. 가령 관심 가는 사람이 미혼인지 궁금하다면 본격적으로 작업에 들어가기 전, 한 번쯤 던져야 하는 질문이기도 하다. 내가 찾아뵐 때마다 "올해는 좋은 소식 들려주니?" 묻는 고등학교 은사님의 호기심 또한 반갑다. 나는 그 말을 "밥은 먹고 다니니?" 정도의 안부 인사로 받아들인다. 하지만 이건 어디까지나 내 경우일 뿐이다. 세상엔 다양한 사람들이 있으니까. 같이 살다 헤어진 사람, 결혼식장 직전까지 갔다가 돌아온 사람, 결혼이란 두 글자에 크게 상처받은 사람, 결혼 비용만 떠올리면 숨이 턱 막히는 사람. 상대방이 어느 범주에 속해 있는지는 아무도 모를 일이기에, 무례와 실례로 들릴 확률이 있다면 더욱 조심해 볼 필요가 있다.

언어에 대한 이런 시대적 변화를 사람들마다 다르게 체감한다. 어찌 보면 당연하다. 가령 "'불법체류자'라는 단어는 잠재적 범죄자를 연상시킵니다. 사용을 지양해야 합니다. '미등록 체류자'라고 바꿔 말합시다"라며 차별 언어*, 언어 감수성**에 대한 기사가 연일 나온다 한들 그 소식을 누구나 접하는 건 아니다. "결혼했어요?"라는 말이 실례가 된다는 걸 모두가 아는 게 아닌 것처럼 말이다.

언어가 하루아침에 자리 잡을 수 있는 게 아닌 것처럼, 해당 언어를 10년, 20년… 60년 이상 사용해 온 사람들의 시대적 감수성은 저마다 다를 수밖에 없다. 우리 땐 당연했고, 그 당연함으로 평생을 산 사람들에게 "더 이상 그런 말은 우리 사회에서 용납되지 않아요"라고 말하고 싶다면 그들이 생각을 바꿀 수 있는 충분한 시간 또한 주어져야 한다. 대체어도, 제대로 된 설명도 없이 그만 사용하자며 침묵을 강요한다면

- 사람들의 다양한 차이를 바탕으로 명시적 또는 암묵적으로 편을 나누고, 다른 편에게 부정적이고 공격적 태도를 드러내거나, 다른 편을 불평등하게 대우하는 과정에서 쓰는 언어 표현을 말한다. (이정복, 대구대학교 한국어문학과)

- ● 일상에서 사용하는 언어 중 차별이나 혐오와 관련된 언어를 민감하게 감지하는 능력을 말한다.

그 또한 조금은 잔인하게 느껴진다. 안 그래도 우리는 모든 게 빠르게 변해 가는 세상에서 살고 있으니까. 뭐 하나 바꾸자 하면 일사천리로 바뀌어 버리는 사회니까. 그 속도에 가끔은 나도 머리가 핑 돌아갈 것 같으니까.

누구나 똑같은 시선으로 하루아침에 공감대가 형성되기란 결코 쉽지 않다. 그럴수록 우리에게 놓인 과제는 그런 말을 들었을 때, 나에게 상처가 되어 무례하다는 걸 어떤 언어로 전달할 수 있을지 모색하는 일이다. 분노를 가득 담은 도끼눈과 앙칼진 목소리는 잠시 접어 두고, 약간의 침묵을 가져 보는 것이다. 상대방이 자신이 뱉은 말에 스스로 생각해 볼 수 있도록. 나의 가시 돋친 대답으로 상대방이 상처를 받기 전에 '내가 혹시 말을 잘못 했나' 돌아볼 수 있도록. 더불어 나에게도 생각할 시간을 3초 주는 것이다. 침묵의 가장 큰 힘은 경청이라고 하는 것처럼, 상대방의 말을 듣는 것과 동시에 나의 내면의 소리를 듣고, 내면에 말을 걸어 보는 시간이다. 상대방의 언어 감수성과 나의 언어 감수성이 똑같은 속도로 흘러갈 수 없지만, 잠깐의 침묵으로 한 템포 쉬어 간다면 어느 순간 나와 상대방의 언어 감수성이 같은 방향으로 나아갈지 또 모를 일이다.

'빨리빨리'에 익숙한 우리 문화에서 3초의 정적은 굉장한 인내심을 요하는 순간일지도 모른다. 나 역시 성격이 급한 편이라 대화 중간마다 침묵을 두는 게 그리 쉽지만은 않다는 걸 절감한다. 그럼에도 '납발신' 하는 회법에 비하면 침묵은 꽤 쓸모 있는 여백이 되어 준다.

하루는 반주하고 돌아온 아버지와 거실에서 조우했다. 몇 주 전쯤 아버지와 크게 다퉜고, 난 구구절절 옳은 말이라 확신하며 장문의 문자를 보냈다. 매일 얼굴 보고 사는 가족이니까 화 풀리는 것쯤이야 일도 아니지만, 그럼에도 제대로 된 대화는 없었기에 내심 언제쯤 기회가 오려나 했다. 소파에 걸터앉은 아버지는 거두절미하고 가장 하고 싶었을 말을 건넸다. 아주 다정하게 그리고 차분하게.

"승민아, 글이라는 건 살려 내는 글이어야 하는 거야. 누군가를 죽이는 글은 쓰면 안 되는 거야. 저번에 네가 보냈던 문자의 그 글은……."

아버지는 말을 잇지 못하였고 나는 그 정적이 너무나 죄송스러워 울컥했던, 그런 밤이 있었다. 어른이 되어도 싸우고, 평생을 같이 살아도 다툰다. 가족이라 할지라도, 타인이라 할지라도 말이다. 수많은 단어를 삼킨 고요함을 마주한 내가 그러했듯 침묵은 강렬한 자기반성의 시간이자 상대방을 이해할 수 있는 순로順路가 되어 준다. 그 짧은 멈춤 끝에 이어지는 말은 '침묵의 시간만큼 농축되어 등장한다. 말의 무게는 말의 농도에 비례'하기 때문이다. 적절한 어휘를 고르기 위해 신중해지는 순간, 더 날카로운 말로 상대방을 상처 주지 않기 위해 입술을 가만히 맞대는 순간, 두 사람이 존재하는 공간에서 한 걸음 물러나 제삼자가 되어 보는 순간. 우린 지금보다 조금 더 그 순간을 애정해 볼 필요가 있다.

이는 스피노자가 우리에게 건네 오는 침묵의 지혜이기도 하다. 니체와 헤겔이 격찬했던 철학자인 동시에 사람들의 모욕을 가장 많이 받았던 사상가. 그는 자신과 생각이 다른 사람을 대상으로 논쟁을 벌이지 않았다. 굳이 설득하려 들지도 않았다. "본래 세 사람만 모여도 그 의견은 모두 다르고, 대개 사람들은 설득당하기를 싫어한다"라는 그의 신념을 지켜 나갔다. 비난을 들어도 맞불을 놓는 대신 일절 대구하지 않은 채 침묵으로 일관했다. "의견이란 못질과도 같아서 두들기면 두들길수록 앞부분만 자꾸 들어갈 뿐"이라던 그의 말은 기어이 설득해야 직성이 풀리는, 틀린 건 틀리다고 말해 주어야 직성이 풀리는 우리에게 잔잔한 화두를 던져 준다.

손짓,
타인을
이해하는

최초의
언어

¶

어린 시절 우리에게 눈치란 무엇이었을까. 나에겐 부모의 표정, 선생님의 칭찬, 반 친구들의 시선을 살피는 도구였다. 일본에서 초등학교에 다닐 때도 말이 안 통하니 한동안은 눈치로 모든 걸 해결해야 했다. 전학 간 첫날, 창가 자리에 앉아 있었다. 쉬는 시간에 아이들이 우르르 몰려왔다. 책이며 필통이며 양 갈래로 땋은 내 머리까지 만지작거렸다. 재잘재잘 깔깔거리면서 뭐라고 하는데, 도통 알아들을 수가 없었다. 다들 웃는 눈치라 일단 따라 웃었다. 복도에서 마주친 아이들이 나를 곁눈질로 힐끔힐끔 쳐다 보면 나는 덩달아 긴장했다. 눈치를 보는 상황은 늘 콩닥거림을 동반했고, 상대방의 표정을 따라 갔다. 어쩌면 그 시절부터 난 온몸을 눈치로 무장하고 있었던 것 같다.

성인이 된 지금도 우리는 눈치를 보고, 눈치를 쓴다. 매일 마주하는 사람들의 표정을 읽고, 앞머리를 잘랐는지 피곤한 기색인지 매 순간 가늠해 낸다. 상대방이 기뻐하는 눈치면 덩달아 기분이 좋아지고, 우울해 하는 눈치면 병소보나 마음을 더 써 본다. 상대방의 감정을 추측하고, 그에 걸맞은 행동을 결정하기 위해 우리의 마음은 끊임없이 움직인다. 이걸 마음이론Theory of Mind이라 부른다. 학술적 정의는 '타인의 마음을 읽고, 그 움직임을 추론하는 능력'이다. 익숙한 이야기를 학술 용어로 적어 보니 새삼스럽지만, 1970년대 후반, '침팬지가 다른 존재를 이해할까Does the Chimpanzee Have a Theory of Mind?'라는 질문에서 시작된 연구다.

그 후로도 줄곧 침팬지를 대상으로 마음 연구는 이어져 왔다. 오늘날 '침팬지에게도 남의 마음을 추측하는 능력이 어느 정도 있다'라는 결론에 도달한다. 침팬지는 남이 무엇을 보는지, 무엇을 아는지, 무엇을 기억하는지를 인지하고 추측하는 능력, 그러니까 상대방의 목적이나 의도를 이해할 수 있다. 이 정도 능력이면 사무실 옆자리에 침팬지가 앉아 있어도 그리 이상할 일이 아닐 텐데 말이다. 협력도 의사소통도 잘 해내는 침팬지가 우리 인간과 단 한 가지 다른 점이 있다면 둘을 동시에 해내는 건 불가능한 종이란 점이다. 인지능력이 뛰어나 인간과 수많은 유사성을 보이지만, 공동 목표를 이루기 위한 의사소통은 힘들어 한다는 사실이다.

그렇다면 우리는 어떤가. 아주 오래전으로 잠시 돌아가 본다. 우리는 타인을 이해하는 능력intention-reading skills을 갖추고 태어났다. 세상에 나온 지 몇 달 안 된 아기도 '내가 의도를 담아 행동하면 상대방이 이해할 것'이라는 걸 안다는 뜻이다. 엄마가 무언가를 보고 있으면 아기의 시선도 같은 곳을 향한다. 아기는 자기가 보는 대상을 엄마에게 알려 주려고 한다. 이런 행동을 보일 무렵, 마음의 움직임이 작동하기 시작한다.

아기가 허공에 대고 손을 휘저으면 자신을 봐 달라는 이야기다. 자신이 '팔을 저으면' 엄마가 '알아 줄' 것이라는 사실을 아기는 인지한다. 이렇듯 손짓이라는 동작에 의미를 담기 시작하는 건 생후 9개월, 걸음마를 떼기도 전이다. 세상에 손을 가지고 있는 그 어떤 동물도 '손짓'을 하진 않는다는 점을 고려하면 손짓이란 인간만의 본능적인 움직임에 가깝다. 우리가 타인과 심리적으로 연결되어 있다는 걸 보여 주는 가장 작고 귀여운 능력인 셈이다.

생후 16개월이 되면 아기는 손짓하기 전에 엄마가 자신을 바라보는지 확인한다. 엄마가 '보고 있어야' 손짓도 소용이 있다는 걸 알아서다. 앙증맞고 기특한 마음이다. 여기서 더 나아가 상대방의 의도를 파악하는 단계에 이르면 '반복되는 현상'과 그 현상 사이 '일정한 패턴'을 발견하는 능력pattern-finding skills이 생겨난다. 가령 아기가 손을 휘저을 때마다 엄마가 방긋 웃으며 "우리 아가, 배고프구나" 하며 젖병을 물려 준다면 아기는 이러한 행위가 반복될수록 '손을 휘저으면 맛있는 걸

먹는다'라는 패턴을 발견하는 셋이다. 이린 패턴이 쌓이면서 자신이 속한 문화에 걸맞은 의사 표현 방식을 터득해 나간다. 엄마는 아기의 행동을 유추해서 젖을 주고, 아기는 그런 엄마의 행동을 통해 굶주림을 해소하는 소통의 흐름. 비언어적 눈치가 발동되는 태초의 순간이다.

두 살 무렵이 되면 아기는 타인이 무엇을 보는지, 무엇을 생각하는지 알게 된다. 상대방의 행동이 어쩌다 우연히 나온 건지, 의도한 것인지도 알아차린다. 이때부터 행동의 의미를 구분할 줄 알게 된다. 아장아장 걸어 다니기 시작한 아기가 엄마랑 산책하는 장면을 상상해 보자. 아기는 지나가는 강아지를 본다. 작고 귀여운 입으로 "아!" 하는 소리를 낸다. 엄마도 자연스럽게 아기가 보고 있는 곳으로 시선이 향하고 강아지를 발견하게 된다. "아!" 하는 소리를 내서 엄마에게 강아지를 알려 주려는 의도. 그 소리에 반응해 강아지를 발견하는 엄마. 아기는 자신이 손가락으로 가리킨 대상을 엄마가 보고 있다는 것까지 인식한다. 엄마와 아기의 시선을 한 몸에 받은 강아지, 지금 우리의 머릿속에 그려진 이 그림에 공동 관심joint-attention이라는 이름을 붙여 본다. 어른과 아이가 동시에 주의를 기울여 집중한다는 뜻이다. 언뜻 입에 붙지 않는 용어지만 눈치의 본질을 이해하기에 좋은 단서다.

네 살 무렵이 되면 상대방이 무슨 생각을 하는지 영리한 추측이 가능하다. 아이스크림을 먹고 있는 아이에게 어른이 다가가 '한 입만' 달라고 했는데 어른이 한 입을 크게 '왕' 하고 베어 먹어 버린다면 아이는 더 이상 '한 입만'의 정도를 신뢰하지 않게 될 수도 있다. 그래서일까. 네 살은 난생처음 거짓말이라는 걸 할 수 있게 되는 나이이기도 하다. 전래동화 《콩쥐 팥쥐》를 읽고 너무 몰입한 나머지 "우리 엄마는 계모예요"라며 동네방네 말하고 다녔던 나의 하얀 거짓말이 처음 등장한 것도 딱 다섯 살 무렵이었던 것처럼 말이다.

어렸을 때 곧잘 화장대에 놓인 엄마 화장품을 망가뜨렸다. 내 딴엔 립스틱을 발라 보려고 한 건데 어쩌다 뭉개졌고, 아이섀도를 칠해 보려 하다 힘 조절이 안 됐을 뿐이었지만, 난처함은 엄마의 몫으로 돌아가곤 했다. 엄마가 자주 바르는 립스틱을 바르면 엄마가 된 듯한 기분이 들었다. 화장실에 몰래 들어가 아버지가 담배 피우는 모습을 따라 하다 라이터 불로 앞머리를 싹 다 태워 먹기도 했다. 나는 그저 내가 장난이 심한 편인 줄이라고만 생각해 왔는데, 알고 보니 그 모든 행동은 '행위자의 세계에 직접 들어가서 행위자로서 행동하는 것'을 의미했던 것이다. 장난스레 따라 했던 행동 하나하나가 의식 세계를 발전시켜 준 마중물이었던 셈이다.

어느 순간 아이는 타인을 '의도성을 가진 주체'로 인지하기 시작한다. 친구를 때린 아이에게 "영희노 이렇게 때리면 아야 하잖아요. 그러면 기분이 어때요?"라며 이야기해 주면 아이가 이해하는 식이다. 이렇게 상황에 따라 달라지는 타인의 기분을 차근차근 알려 주는 건 그도 나와 같은 사람이라는 걸 인지시키기 위함이다. 이때 매개체가 되는 게 '언어'다. "나도 아프니까 영희도 아팠겠다." "나도 배고프니까 철수도 배고플 수 있다." 자연스럽게 아이들은 행동 하나에 각각 다른 시점이 존재한다는 걸 깨닫는다. 동시에 시점에 따라 언어가 달라진다는 걸 배운다. "꽃병이 깨졌다"라는 언어만이 존재하던 세계에서 "꽃병이 깨졌다. 선화가 깨뜨렸다"라고 구별하여 쓰는 세상으로 한 걸음 이동하는 셈이다. 이렇게 서로 다른 시점이 교차하는 걸 터득하면서 자의식이 발달하기 시작한다.

이런 학습 과정을 통해 우리는 타인의 의도나 마음이 나와는 다를 수 있다는 걸 이해하게 된다. 그러고 나면 우리는 상대방의 행위를 관찰하면서 상대방이 뭘 하려는지 파악하기 시작한다. 아기가 요구르트를 쏟았을 때 엄마한테 혼날까 봐 슬금슬금 눈치를 본다든가, 배시시 웃으면서 엄마를 올려다본다면 그런 이해 과정에 있다는 뜻이다. 마음의 움직임은 유아기 발달에 중요한 기초가 되어 준다는 걸 알 수 있다.

오늘날 앞서 걸어가던 사람이 갑자기 뒤를 돌아 하늘을 손가락으로 가리킨다면 자연스레 그쪽으로 시선이 향하는 것처럼 우리의 마음 읽기 능력은 기억할 수 없을 정도로 오래전부터 길러져 왔고, 여전히 유용하게 쓰이고 있다. 그러니 아기들의 손짓이란 타인의 마음을 읽는 능력이 시작되는 최초의 관문인 셈이다. 동시에 우리에겐 상대방의 마음을 헤아리는 선천적인 능력, 타인의 감정을 무의식적으로 알아내는 능력이 태어날 때부터 존재한다는 이야기다. 상대방의 마음을 읽는다는 것. 바꿔 말하면 '눈치'다. 단순히 '눈치를 본다'라는 말은 단편적이지만, 사실은 상대방을 이해할 수 있게 만들어 준 생물학적 진화 수단인 것이다.

말의
품격을
높이는

대화의
격률

¶

대화에 정답이란 게 있을까. 활자가 의미하는 대로 묻고, 듣고, 이해하면 안 되는 걸까. 왜 우리는 들리는 말대로 해석하지 않고 기어이 그 안에 숨은 의미를 해석하는 데 시간을 보내야 하는 걸까.

이런 궁금증에 작은 실마리가 되어 주는 이론이 있다. 대화에도 원칙이 존재한다고 주장하는 사람, 영국의 언어학자 그라이스Herbert Paul Grice의 이론이다. 우리가 나누는 대화를 살펴 보면 '발설된 말(이미 바깥으로 나온 말)'과 '함의(말로 표현되지 않은 부분)' 두 가지가 존재한다. 여기서 그라이스는 함의에 조금 더 초점을 맞춘다.

	여자	남자
뭐해?	너의 시간을 나에게 투자해	정말 뭐하냐고 물어본 것
나 화 안 났는데?	몰라서 물어?	정말 화 안 났음

말 걸지마	풀릴 때까지 계속 달래 주지 않으면 더 화낼 거야	진짜다. 말 걸면 숙는다
나 신경 쓰지 말고 재밌게 놀아	나 신경 쓰면서 적당히 놀아라	제발 신경 쓰지 말고 놀아

앞의 대화는 2014년, 그러니까 굉장히 오래된 기사에 나온 예시인데 여전히 수긍하게 되는 대목이 있다. 요즘도 종종 온라인 커뮤니티엔 "여자들의 언어가 이런 건가요? 제가 공감 능력이 없는 건가요?"라며 고민을 토로하는 글이 올라온다. 물론 그중엔 '난 아닌데?'라고 생각할 사람들도 있을 것이다. 고백하자면 나 역시 오래전엔 "나 신경 쓰지 말고 재밌게 놀아"라는 말을 '어디 한번 재밌게 놀아 봐라, 어떻게 되나 두고 보자'라는 의미로 사용했다. 지금은 "진심으로 재밌게 놀아"라는 그 이상 이하도 아닌 직관적인 의미만을 담는다. 하지만 이런 겉과 속이 다른 말은 비단 연인만의 문제는 아니다. 말이란 함축된 의미를 내포하기에 겉으로 드러난 말만 믿다가는 예상치 못한 순간과 종종 마주한다. 그런 말은 때론 재미가 되기도 하고, 때론 난관으로 다가온다.

이웃집 할머니가 아이에게 손을 흔들면 아이는 그 행위를 '안녕'이란 뜻으로 받아들인다. 처음 만난 사람에게 90도로 허리를 꺾어 인사하면 초면인 상대방도 똑같이 답례한다. 손을 흔들거나 고개 숙여 인사하는 게 일종의 기호로 작용하는 셈이다. 하지만 바다에선 전혀 다른 의미로 작용한다. 서핑을 배우며 알게 된 사실 중 하나. 바닷가에 둥둥 떠 있는 채로 해변에 있는 누군가에게 '안녕' 하고 손을 흔들면 안전 요원이 달려온다는 것이다. 바다에서 손을 흔드는 건 구해 달라는 뜻이기 때문이다. 손을 흔드는 행위가 모두 같은 뜻은 아니라는 것이다.

이렇듯 우리는 매일같이 개인과 집단 사이에 공유되는 약속intersubjectivity˙을 사용하며 살아간다. 그라이스는 사람들이 이 약속을 선호한다고 생각한다. 사람들이 대화할 때 언어로 모든 걸 섬세하게 표현하기보다 서로 알고 있을 법한 관습적인 표현을 즐겨 사용한다는 뜻이다. 관습은 문화를 대변한다. 각기 다른 관습이나 문화를 비교하려면 공통적으로 가장 기본이 되는 틀을 만들어 놔야 하는데, 이 틀을 대화의 격률conversation maxims이라 부른다. 대화할 때 기본적으로 지켜야 할 약속인 셈이다.

● 사람들 사이에 공유된 경험, 지식에 관한 합의를 말한다. 이 약속은 사람들이 다른 사람들을 이해하고 기대하게 하는 사회생활의 조건을 의미한다.

1. 질의 격률 maxim of quality

규칙: 대화는 진실하게 해야 한다.

양치기 소년이 장난삼아 "늑대가 나타났다!"라고 소리쳤을 때 그 말을 믿은 사람들은 무기를 들고 모였지만, 거짓말이기 때문에 매번 헛수고로 끝난다. 소년은 그 광경이 재밌어서 거짓말을 여러 번 반복했다. 그리고 정말 늑대가 나타난 어느 날, 양치기 소년이 "늑대가 나타났다!"라고 외쳤지만, 아무도 그의 말을 믿지 않았다. 결국 양치기 소년의 양들은 늑대한테 잡아먹혔다는 이야기. 질의 격률을 어긴 결과다.

2. 양의 격률 maxim of quantity

규칙: 대화의 목적에 적절한 정보의 양을 제공해야 한다.

상대방이 필요로 하는 분량을 존중해 주자는 것이다. 지인에게 "점심 뭐 먹었어?"라고 가볍게 물었을 때 이상적인 대답은 "영희랑 서롱 가서 해물 짬뽕 먹었어" 정도다. "점심 뭐 먹었어?"라는 질문에 "강원도 양구산 시래기 된장국이랑 강화도 교동 백미로 지은 밥에 영광 법성포 굴비를 먹었어"라고 말할 필요는 없다. 그런 말에 TMI too much information라는 별칭이 붙는 까닭이다. 반면 "점심 뭐 먹었어?"라고 묻는데 "밥"이라 대답하면 오해의 소지가 있다. 정보가 너무 많아도 문제지만, 너무 적어도 양의 격률을 위반하는 것이다.

3. **관련성의 격률** maxim of relevance
규칙: 대화자들은 주제에 관련성이 있는 말을 해야 한다.

동문서답이나 '뚱딴지같은 소리'라는 말은 이 관련성의 격률을 위반했을 때 듣는다. 뚱딴지는 본래 돼지감자를 뜻한다. 줄기도 크고 번식력도 좋아서 논이나 밭, 하수구 등 장소를 가리지 않고 갑자기 자라나는 바람에 보는 이를 당황하게 만든다. 상황을 가리지 않고 엉뚱한 말을 늘어놓는 사람에게 '뚱딴지같은 소리한다'라는 말이 나온 배경이다.

4. **태도의 격률** maxim of manner
규칙: 대화자는 모호하거나 중의적인 표현은 피하고 내용을 명확하게 이야기해야 한다.

질문자가 "급여가 어떻게 될까요?"라고 물었을 때 그가 원하는 답은 "100만 원"이라는 명확한 숫자다. "많다면 많고 적다면 적을 수도 있는데 보통 어느 정도로 받으세요? 기준치가 없다 보니 결과물을 보고 판단해야 하는데, 언뜻 인터넷으로 찾아보니 그렇게 높은 것 같지는 않더라고요"라는 식의 대답은 오해의 소지가 있다. 태도의 격률을 어긴 사례다.

그런데 과연 우리는 이 약속들을 철저하게 시키고 싶어할까. 아니다. 가끔은 이 격률들을 어겨 주어야 또 재미가 있다. 필요한 양만큼의 정보만 제공하는 대화란 효율과 동시에 무미건조함을 안겨 준다. 때론 에두른 화법이, 때론 과하거나 부족한 양이, 때론 어긋난 룰이 대화의 묘미이기도 하다.

우리 부모님이 연애하던 시절의 이야기다. 바닷가에 놀러가 아버지가 엄마한테 건넨 말. "우린 좋은 지아비, 지어미가 될 거야." 결혼하자는 뜻이었으리라. 엄마도 그렇게 받아들였던 모양이다. 그렇게 부부가 되어 같이 산 지 몇십 년 지난 어느 날, 그때 그거 프러포즈 맞았냐는 엄마의 질문에 아버지는 딱히 프러포즈는 아니었다고 답했다. 물론 아버지의 농담이었다. 그 시절, 의도가 다분하면서도 모호한 아버지의 화법이 되레 엄마를 설레게 했던 걸지도 모를 일이다. 엄마의 착각 덕분에 태어날 수 있었던 내 입장에선 태도의 격률을 어긴 아버지가 눈물겹도록 고맙다.

다음은 넷플릭스 드라마 〈마이코네 행복한 밥상〉*에 등장하는 작은 에피소드.

● 마이코(게이샤가 되기 위해 수련하는 연습생들)가 되기 위해 교토로 온 두 소녀의 이야기를 담았다.

남 달이 예쁘네요.

여 (가던 걸음을 멈추고 남성을 쳐다본다)

남 (당황하며) 아, 어…그 나쓰메 소세키가 말하는…….

여 (웃으며) 알고 있어요.

남 (안도하며) 네.

여 (방긋 웃고 조용히 되뇌며) 정말 달이 예쁘네.

 19세기 일본의 작가 나쓰메 소세키의 이야기를 모른다면 저 둘은 달이 예쁘다고 뭐 저리 좋아할까 싶은 장면이다. 이야기를 소개하자면 이렇다. 일본 메이지유신 개화기, 일본에는 서양에서 말하는 love라는 단어가 없었기 때문에 소설가이자 번역가였던 후타바테이 시메이二葉亭四迷는 이 단어를 영어 발음 그대로 '라부ラヴ'라고 표기했고, 번역 중에 'I love you'라는 문장이 나오면 '죽어도 좋아'라고 의역할 정도였다. 그런데 나쓰메 소세키가 'I love you'를 두고 '달이 예쁘네요'라는 말로 번역하였고, 이 몽글몽글한 표현은 지금까지도 '일본풍 의역'이라 불리며 사랑받고 있다.

 결과적으로 〈마이코네 행복한 밥상〉에서 남성이 한 "달이 예쁘네요"라는 말은 여성에게 고백하는 언어였고 여성도 흐뭇해 하며 "정말 달이 예쁘네"라고 동조했다. 이 장면은 둘의 사랑이 이루어질 거란 의미를 담았다.

서로가 공유하는 맥락이 없다면 대화에 함축된 닝민 띠위는 '감성팔이'용 사치일 뿐이다. 대화의 맥락을 함께하는 순간 어긋남의 미학은 사랑이란 결실을 가져다주는 모양이다. 대화의 격률에 충실한 대화들만 이루어지는 세상이었다면 애초에 눈치란 쓸모 없는 능력이었을 것이다. 그러나 우리의 일상 언어들은 이 약속들을 어기기 위해 태어나기라도 한 듯 수없이 많은 순간 의도적으로 틀림을 자처한다. 그럼 이보다 더 철저하게 대화의 격률을 어길 때는 어떤 상황이 벌어질까. 다음 장에서 살펴 보기로 한다.

때론 에두른 화법이, 때론 과하거나 부족한 양이,

때론 어긋난 룰이 대화의 묘미이기도 하다.

대화의
격률을
어기는

짜릿함

¶

대화의 격률을 철저히 지킨 대화들은 대체로 직관적이다. 활자대로 해석하면 되니 누구나 이해하기 쉽다. 반면 '함의'는 대화의 격률을 위반한다. 밥 먹고 체한 사람에게 "손 따줄까?"라는 말을 건넬 수 있는 것. "잘 따?" 혹은 "싫어, 아프잖아"라는 말이 돌아와도 대화가 자연스레 이어진다는 건 그와 나 사이 '체했을 때 손을 따는 한국의 민간요법 문화'를 공유하고 있다는 뜻이다. 인맥이 넓은 사람을 칭할 때 한국에선 '발이 넓다'라고 표현하는 반면, 일본에선 '얼굴이 넓다顔が広い'라고 표현하는 것도 같은 맥락이다. 왜 한국에선 '발'에 초점을 맞출까. 왜 일본에선 '얼굴'을 중심으로 둘까. 파헤칠수록 특색이 드러나는 고유의 매력이 있다.

이처럼 '함의'엔 문화나 정서가 고스란히 반영된다. 앞서 언급한 그라이스가 '발설된 말(이미 바깥으로 나온 말)'과 '함의(말로 표현되지 않은 부분)' 가운데서도 '함의'에 주목하는 까닭이다. 그럼, 소금 더 본격적으로 대화의 격률을 깨뜨리는 상황을 소개해 보겠다.

1. 질의 격률

규칙: 대화는 진실하게 해야 한다.

어기는 상황 산타 할아버지가 다녀갔다고 철석같이 믿고 있는 어린이에게 "산타 할아버지가 어딨어? 그거 다 어른들이 꾸며 낸 거짓말이야"라고 말할 수 있는 용기를 낼 수 있을까. 선의의 거짓말도 거짓말이라지만, 상대방에게 해가 되지 않는 선이라면 질의 격률도 때론 어기고 싶을 때가 있다.

2. 양의 격률

규칙: 대화의 목적에 적절한 정보의 양을 제공해야 한다.

어기는 상황 알게 된 지 얼마 안 된 두 사람. 남성은 마음에 드는 눈치, 여성은 그의 연락이 달갑지 않은 눈치다. 남성이 양의 격률을 지켜 대답하니 대화는 한도 끝도 없이 이어지는데 여성은 차마 그만 연락하라고 말하고 싶진 않다. 결국 여성은 짧은 대답만으로 응수하기 시작한다. 양의 격률을 어겨서라도 우회적으로 거절의 눈치를 주고 싶은 것이다.

3. 관련성의 격률

규칙: 대화자들은 주제에 관련성이 있는 말을 해야 한다.

어기는 상황 아침에 일어난 남편이 아내에게 "몇 시야?"라고 물었다. 아내는 "오, 지금 신문이 오네"라고 답한다. 언뜻 전혀 관련이 없어 보이는 대화. 하지만 둘 사이에 '신문은 매일 아침 7시에 도착한다'라는 정보가 공유되고 있다면 남편은 이 연관성 없는 대답으로도 지금 시각이 7시라는 걸 알 수 있다. 관련성의 격률을 완벽하게 어겼지만, 대화를 나누는 사람끼리 맥락을 공유한다면 충분히 소통 가능하다.

4. 태도의 격률

규칙: 대화자는 모호하거나 중의적인 표현은 피하고 명확하게 이야기해야 한다.

어기는 상황 모든 질문에 명확한 답변을 낼 수 있는 건 아니다. 시험을 앞둔 학생이 교사한테 "선생님, 이번 시험 범위에 <메밀꽃 필 무렵> 나와요?" 묻는다. 시험 범위를 미리 알려줄 수도 없을뿐더러 특정 학생의 질문에만 대답할 수도 없는 처지. 교사는 얼버무린다. "나올 수도 있고 안 나올 수도 있고. 안 나와도 한 번 더 들여다봐" 학생이 원하는 명쾌한 답은 아니지만, 교사는 태도의 격률을 어기더라도 최선을 다했다.

그라이스의 대화의 격률은 이를 잘 지켰을 때 효율적인 대화를 보장해 준다. 하지만 격률을 배반했을 때 맛볼 수 있는 묘미도 존재한다. 대화에 어긋난 틈의 사이사이는 말로 표현할 수 없는 세세한 마음, 무언의 메시지, 목소리와 눈빛들로 채워진다. 그것들을 끊임없이 간파하려는 정서를 우리는 눈치라 부를 뿐이다. 그리고 이 네 가지 격률을 모조리 거역해 버린 대화들이 있다. 영화 〈만추〉에 등장하는 장면이다.

7년째 수감 중인 수감 번호 2537번 애나(탕웨이 役)에게 어머니의 부고로 인한 3일의 휴가가 허락된다. 장례식에 가기 위해 애나가 탄 시애틀행 버스에 쫓기듯 탄 훈(현빈 役)이 애나에게 차비를 빌린다. 훈은 빌린 돈을 빌미로 애나의 손목에 자신의 시계를 채워 준다. 무뚝뚝하게 돌아섰던 애나가 시애틀 버스 터미널에서 훈을 다시 만나게 되며 이야기가 펼쳐진다.

다음은 영어와 중국어만 가능한 애나와 한국어와 영어만 가능한 훈이 대화하는 장면이다.

훈   하오好. 내가 아는 유일한 중국어예요. '좋지 않다'라는 말 맞죠?

애나   '좋다'라는 말이에요.

훈   그래요? 그럼 '좋지 않다'라는 말은 뭐라고 해요?

애나   화이坏.

중국어라곤 하오와 화이밖에 모르는 훈에게 애나는 고통스러웠던 자신의 과거를 중국어로 털어놓는다.

애나 그 사람은 오빠의 친구였어요. 어릴 때부터 함께 자랐죠.

훈 하오.

애나 그땐 그를 위해 죽을 수도 있을 만큼 좋아했어요.

훈 화이.

애나 어느 날 그 사람은 날 떠났어요.

훈 하오.

애나 그리고 난 다른 남자와 결혼했죠. 처음엔 절 아껴주고 사랑해 주는 저만 보는 남자였어요

훈 화이.

애나 그런데 시간이 지나고 보니 남편은 나약하고 의심이 많은 사람이었어요. 힘든 시간들이었지요.

훈 하오.

애나 그러던 어느 날 옛날 그 사람이 돌아와서 함께 떠나자고 했어요.

훈 하오.

애나 그런데 남편이 그 사실을 알고는 우릴 죽이겠다며 흥분했어요.

훈 화이.

애나 그날 아침 난 맞아서 정신을 잃었는데 그만······.

훈 하오.

정적이 흐른다.

애나　도대체 어디서부터 잘못된 걸까요? 예?
훈　　하오, 하오.

애나가 웃는다.

물론 훈은 애나의 중국어를 알아듣지 못한다. 썩 밝지만은
않은 애나의 표정과 먼 곳을 응시하는 듯한 그의 눈빛을 가늠
할 뿐이다. 훈은 그 낌새를 가늠해 때론 하오, 때론 화이로 대
답을 내놓는다. 익살스럽지만 너무 가볍지만은 않은 훈의 언
어는 애나를 울고 웃게 해 준다. 이 맥락 없는 대화가 이어지
는 장면은 관객들로 하여금 가히 인상적이었노라 고백하게
만든다. 고통스러웠던 과거를 털어놓는 애나. 그의 형용할 수
없는 쓸쓸함, 애잔함이 오로지 눈빛으로만 전달되는 둘 사이
의 공기. 심상치 않은 공기의 묵직함을 공유하며 적절한 추임
새를 넣는 훈. 이 순간 둘 사이에 형성된 유대감은 내적 친밀
감을 만들어 준다. 비언어 커뮤니케이션이 생각보다 많은 감
정을 안겨 준다는 걸 체감했던 장면이다. 대화의 격률은 모조
리 어겼지만 말이다.
또 다른 장면이 있다. 어머니의 장례식에 애나가 과거 사

랑했던 남자 왕징이 조문을 온다. 애나는 그에게 울분을 터뜨린다.

나는 이 장면을 30번 정도 돌려 본 뒤 마지막엔 음소거 상태로 해 놓고 자막만 봤다. 자막과 영상의 불균형이 얼마나 기이하고 우스운지 실험해 보기 위함이었다. 훈을 견제하는 왕징, 그런 왕징에게 능글맞은 태도로 응수하는 훈. 형언할 수 없는 질투와 견제의 감정으로 둘은 결국 신경전이 붙어 과격한 몸싸움을 벌인다. 그들에게 달려온 애나는 싸우는 두 남자를 뜯어말린다. 이때 훈이 손에 쥐고 있던 포크를 내밀어 보이며 영어로 말한다.

훈   이 사람이 내 포크를 썼어요. 그런데 사과를 안 해요. 그래도 되는
      거예요?

애나   (훈과 왕징을 한 번씩 번갈아 보다 왕징에게) 왜 이 사람 포크를 썼어요?

왕징   (당황한 얼굴로 애나를 쳐다본다)

애나   (주저앉은 채 울부짖으며) 말해 봐요. 왜 이 사람 포크를 썼냐고요.
      왜 다른 사람 포크를 써요? 사과했어야죠. 모르고 했더라도. 안 그
      래요? 말해 봐요. 왜 이 사람 포크를 썼어요? 왜! 왜!

결국 왕징이 주저앉은 애나에게 다가가 사과하면서 장면은 끝이 난다. 히릭도 없이 포그를 쓴 게 몸싸움을 벌일 정도

로 대수로운 일이었던가. 아니다. 허나 이 맥락 없는 대화가 엉뚱하게 느껴지지 않는 건 애나가 저 자리를 빌려 7년의 응어리를 털어놓는 장면이란 걸 관객들은 알고 있기 때문이다. 수감자의 삶을 살아야 하는 애나가 아무 일도 없었던 것처럼 새로운 여자를 만나 가정을 이룬 왕징을 바라보는 마음, 이루 말할 수 없는 원망의 감정이 어쩌다 '허락 없이 쓴 포크'로 대변된 것뿐이다.

앞뒤 맥락을 잘라 놓고 볼륨을 줄인 채 보면 포크 하나를 가지고 다 큰 어른 셋이 울부짖으며 싸우는 이 장면은 괴기스럽기까지 하다. 만약 저 자리에서 애나가 "당신 때문에 난 감옥에 갔어. 20대가 다 날아갔어. 날 살인자로 만들어 놓고 다른 여자랑 결혼해?"라는 직접적인 언어를 구사했다면? 지금 우리가 기억하는 〈만추〉의 여운은 존재하지 않았을지도 모른다.

대화에 어긋난 틈의 사이사이는 말로 표현할 수 없는
세세한 마음, 무언의 메시지, 목소리와 눈빛들로 채워진다.
그것들을 끊임없이 간파하려는 정서를
우리는 눈치라 부를 뿐이다.

진짜
하고 싶은
말은

괄호 속에
있다

¶

어느 순간 나 혼자 "지금부터 A4용지를 미츠키쨩이라고 불러야 겠어!"라고 결심했다고 해서 그게 언어로서 인정받는 것은 아닙니다. 사회 구성원이 모두 인정하는 일련의 규칙들이 있기 마련이죠. 문법과는 별개로 말예요.

박창선 디자이너가 글쓰기 플랫폼 브런치에 올린 글이다. 그는 언어의 특성으로 '사회성'을 언급했다. 내가 부르고 싶은 대로 대상을 부를 수 있는 게 아닌 것처럼 언어가 지닌 의미엔 사회 구성원들의 동조가 내포되어 있다. 결국 사람들 사이에서 통용되는 언어란 일종의 보이지 않는 약속을 포함하고 있다는 방증이다. 이어 그는 '신입사원을 위한 직장인 언어 사전 50'을 소개했다. 드러나는 활자와 달리 해석되는, 미묘한 언어에 담긴 심리를 위트 있게 풀어냈다. 그리고 강조한다. '이 언어문화를 홀로 거스르는 건 매우 거친 미래를 보장한다'라고. 그는 여기서 동종 업계의 구성원들과 주고받는 언어를 소개했는데, 공감 가는 말들이 많아 몇 개 골라 각색해 보았다. 적혀진 활자에는 드러나지 않은 심리가 괄호 안에 담겨 있다.

과장님, 안녕하세요.

요청해 주셨던 취재 협조 공문은 메일로 보내드렸습니다.

충분히 검토하신 후 (오늘 안에) 말씀 주시면 됩니다. 괜찮으시다면 (안 괜찮아도) 오늘 내로 답변 주셔도 좋고요. 촬영 시간이 넉넉하지 않아서 최대한 (내가 퇴근하기 전에) 빨리 진행되었으면 합니다. 가능하시면 (당신의 신체 중 80퍼센트 이상의 후유 장애가 발생하지 않는 한) 오늘 내로 답변을 부탁드릴 수 있을까요?

답변이 돌아오지 않는다면 다음과 같이 말할 수 있다.

과장님, 안녕하세요. 취재 협조 공문 관련해서 확인차 (달라고 한 지가 언제인데 아직도?) 연락드립니다. 다름이 아니라 (이제부터 좀 정색을 하고 말하자면) 수요일 일정에 대해 아직 아무런 답변을 듣지 못해서요.

이때 과장이 거절해야 하는 상황이라면 그는 다음과 같이 말할 수 있다.

다시 공문을 검토했습니다만 내부적인 이슈가 있어 (계속 '빠꾸'당해서, 주로 '내부'라는 것은 회사 전체가 아니라 결정권자 한 명에 대한 메타포에 가깝다) 협조가 어려울 듯합니다.

이 예시는 업무 분야가 다를지언정 직장에서 자주 쓰이는 표현들이다. 대화를 주고받으며 서로의 진의를 가려내다 보면 어느새 괄호 안의 말들이 직장인끼리의 암묵적 약속으로 다듬어진다. 메일함에 '확인차 연락드립니다'라는 제목이 등장하면 괜히 뜨끔하는 이유다. 말 그대로 확인만 하는 경우도 있지만, 대부분은 주고받은 내용에서 무언가 미심쩍거나 결여됐을 때 쓰이는 말이기 때문이다. '내부적으로 검토해 보겠다'라는 말을 들으면 오래 걸릴 것이란 뜻이다. 반대로 기약 없는 확답을 요구당할 때 내놓는 말이기도 하다. 담당자에게 전화해서 "내부의 누가 언제 어떻게 검토하는데요?"라고 캐물을 수 없는 이유다.

직장인들의 언어에서 좀 더 세분화하면 동종 업계에서 통용되는 언어들이 등장한다. 방송을 만드는 우리 팀의 단체 채팅방도 마찬가지다. 사전 취재로 간단한 메모를 작성해 단체 채팅방에서 아이템을 발제할 때, 내용을 훑어본 상사가 "현장에 들어갈 수 있나?"라고 묻는다면 '현장에 들어가지 못할 경우 이 아이템은 진행하기 어렵다'라는 의미다. 상사가 "보여

줄 그림이 있어?"라고 묻는나닌 '새깼고 다채로운 영상을 만들기 어려워 보인다'라는 뜻이다. 그밖에도 직장에서 번역되는 다양한 언어들이 존재한다. 동종업계 사람들이면 알 수 있는 언어가 있는 반면 상사의 화법을 파악해야 비로소 알 수 있는 언어들도 있다.

방송 날짜가 다음 주였나요? (다음 주에 나가기엔 좀 늦지 않을까?)

어제 타사에서 방송 나갔던데? (알고 발제한 거 맞겠지? 차별점은?)

분량이 될까요? (설마 현장 한 군데만 갈 거니?)

이거 어디서 하지 않았나요? (기시감이 몹시 느껴지는데?)

흐음……. (잠깐 나에게 생각할 시간을 줄래?)

문맥을 파악한다면 상사의 말에 어떻게 대답해야 할지 시나리오가 떠오른다. 하지만 쓰여 있는 말 그대로에 의존해 대답한다면 끊임없이 반복되는 스무고개가 될 것이다. "우리 언제 이 아이템 방송 하지 않았나?"라는 물음에 "2019년 3월 18일에 했습니다"라는 답변은 아무런 도움이 되지 않는다. "방송 날짜가 다음 주였나요?" "네." "분량이 될까요?" "됩니다." 문맥을 안다면 선뜻 주고받을 수 없는 대화다. 그저 모든 건 눈치로 짐작하는 것이요, 상대방 역시 눈치를 살펴 가며 직설적인 화법을 꺼리는 것이다.

여기에 고맥락이란 키워드를 가져와 본다. 진심을 우회적으로 표현하고, 에둘러 표현하는 말을 찰떡같이 알아듣는다는 건 대화하면서도 서로의 눈치가 수차례 발동하고 있다는 뜻이다. 비슷한 맥락으로 일본에는 다테마에建前와 혼네本音가 있다. 다테마에는 앞前에 세우는建 것. 원칙으로 앞세울 수 있는 방침이나 표면적으로 드러나는 생각을 의미한다. 혼네本音는 본本래의 소리音, 속마음을 뜻한다. 한국이 눈치에 따라 수만 가지 선택지 가운데 적절한 답을 고르는 문화라면, 일본은 알맞은 범주에 따라 두 가지 중 하나를 선택한다고 볼 수 있다. 종종 지인들이 묻는 "일본인들은 진짜 겉과 속이 달라?"라는 질문에 선뜻 "그렇다"라고 대답할 수 없는 까닭이다.

부산에서 오랜만에 만난 이모와 식사했던 날. 갑자기 연락드리고 찾아간 터라 선물이고 뭐고 준비할 시간이 없어 점심을 대접할 심산이었다. 이모가 서울에서 손님이 오면 꼭 데려간다는 단골 고깃집을 찾았다. 음식을 주문하자마자 이모가 주문서를 챙기며 엄포를 놓는다.

"똑띠 들어라. 이모가 사 주는 기다. 먼 데서 왔는데 밥은 사 맥이야 맴이 안 펜켔나. 토 달지 마라."

나는 고개를 끄덕이면서도 마음 한구석이 찜찜했다. 이모가 토 달지 말라 했으니 되물을 수도 없다. 그 자리에서 이모와 실랑이를 하는 건 모양새가 좋지 못하다. 서울에서 온 조카에게 멋지게 한턱내는 모습은 당신에게도 기분 좋은 일이 될 수 있다. 그렇다면 두 가지 선택지가 있다. 하나, 이모가 자리를 비운 사이에 잽싸게 계산해 두는 것. 둘, 마음 편하게 식사를 즐기는 것. 누군가에게 뭘 해 주고 싶을 땐 또 해 줘야 마음이 편할 때가 있다. 그렇다면 마음을 온전히 받는 것도 상대방을 위한 배려가 아닐까. 대수롭지 않은 일에 대수로운 고민을 얹었던 나는 결국 그 마음을 잠자코 받아들이기로 했다.

이모는 내심 뿌듯해 하는 눈치였으나 나는 서울로 돌아오자마자 엄마로부터 꾸중을 들었다. "네가 샀어야지. 어떻게 이모가 사게 만드니?" 내가 판단을 잘못한 것이었을까. 일흔을 넘긴 이모와 직장인 조카, 오랜만의 식사, 서울에서 내려간 조카와 부산에서 맞이하는 이모, 조카로서 해야 할 도리, 조카에게 베풀고 싶은 이모의 마음, 식당에서 이모의 체면. 밥 한 끼에도 살펴야 할 문맥이 이렇게나 많았던 걸까.

상사의 승진을 축하하는 술자리. 졸지에 총무를 맡게 된 이에게 상사는 이렇게 말한다.

"너무 요란하게 하지 말고 조촐하게. 부를 사람 있으면 알아서 부르고. 요리는 적당히."

요란과 조촐 사이, 총무의 끝없는 고민이 시작된다. 다섯 명을 부르면 요란한 것일까. 세 명은 너무 적을까. 상사 본인의 경사인 만큼 본인 입으로 말하기엔 면이 안 서니 눈치껏 판단하라는 것인가. 적당한 요리는 또 무엇인가. 평소 상사가 좋아하던 요리, 즐겨 찾는 주종에 대한 기억을 떠올리며 총무는 요란하지도 조촐하지도 않은 식당을 찾아 헤맨다.

직장에서 흔히 펼쳐지는 상황은 또 있다.

"선배, 저희 밥 먹으러 갈 건데 같이 가실래요?"
"아니야, 꼰대가 같이 가면 불편하잖아?"

"팀장님, 먼저 퇴근해 보겠습니다."
"그래요. 많이 늦었네. 나도 집에 가고 싶은데, 휴. 밥은 언제 먹지?"

이런 대화들에서 상대방의 의중을 파악하기 어렵다. 후배의 제안을 거절할 생각이었다면 밥을 먹고 오라든지, 자신에게 약속이 있다든지, 둘러댈 수 있으나 기어이 같이 가고 싶은 마음을 담아 선택지를 상대방에게 넘긴다. 먼저 퇴근하는 부하 직원에게 '휴' 하고 날숨을 들려주며 자신도 집에 가고 싶다고 토로한다. 일 끝내고 퇴근하는 부하 직원이 과연 뭐라고 대답할 수 있을까. 난감하다. 반면 둘의 간게가 매우 가깝다면 이야기는 전혀 달라진다. 상사가 익살스럽게 웃으며 "아니야, 꼰대가 같이 가면 불편하잖아?"라고 장난치는 것일 수도 있다. 또는 자신도 집에 가고 싶다며 자잘한 푸념을 늘어놓는 것일 수도 있다. 상대방에 따라, 문맥에 따라, 얼마든지 해석이 가능한 문장인 셈이다.

뷰티숍을 운영하는 지인에겐 고민이 하나 있다. 일대일로 고객을 대하는 업인데, 개중 친해진 이들과 식사나 술 약속을 잡는 모양이었다. 어느 날 지인이 내게 대뜸 물었다. "서울 사람들은 거절의 언어라는 게 혹시 따로 있는 거예요?" 사연은 이랬다.

"한 달 전쯤 약속을 잡아요. 보통 먼저 약속을 잡자고 손님이 연락을 주는 편이거든요. 그런데 꼭 전날 연락 와서 하는 말이 '괜히 나 때문에 예약 뺀 거 아니야? 바쁘면 다음에 볼까?'라는 거예요."

지인은 상대방이 약속을 취소할 심산으로 하는 말인지, 정말 궁금해서 물어보는 건지, 아무리 생각해도 모르겠다며 고민을 털어놓았다. "상대방은 내심 약속을 취소하고 싶은데, 본인이 먼저 제안했으니 나쁜 사람이 되긴 싫고, 적당한 명분을 가져와서 선택권을 너에게 넘기는 것이 아닐까? 그 사람이 이상한 거 아닐까?"라고 물었다. 지인은 이런 사람이 한둘이 아니라며 고개를 가로저었다. 과한 배려도 거절의 의미로 사용될 수 있는 걸까. 지인의 곤란한 입장을 되짚어 보면 이렇다. 상대방이 사실은 약속을 원치 않을 수도 있으니까 "저는 괜찮은데요"라고 말하기 꺼려진다. "그럼 다음에 볼까요?"라고 해 버리면 약속을 깨는 당사자가 되어 버린다. "귀찮은 건가요? 어쩌라는 거죠?"라고 하는 순간 고객과 싸우자는 소리다. "예약 다 빼놨는데"라고 말하면 만나기 싫은 사람을 앞에 두고 눈치 없게 구는 것 같다.

상대방이 고객이다 보니 지인에겐 자신의 한마디, 한마디가 조심스러운 모양이었다. 내가 달리 대답할 말이 없었다. 그렇게 신경이 쓰인다면 "미리 예약을 빼 두긴 했지만 (나는 일단 약속을 지켰다는 뜻), 바쁘시면 다음에 봐도 괜찮습니다!"라고 호기롭게 말해 보라 하였다. 지인에게 적당한 대답이 되었는지는 모르겠다.

타인을
존중하는

우아한
솔직함

¶

웃지 말아야 할 때 웃는 사람에게 우린 "눈치 좀 챙겨"라고 말한다. 반면 일본에선 "공기 좀 읽어"라고 말한다. 빠른 눈치가 우리 사회의 미덕이라면 공기를 잘 읽는 건 일본 사회의 미덕이다. 차이가 있다면 개개인에 따라 달라지는 (매우 유연한) 우리의 눈치와는 달리 일본에서의 공기空気란 대체로 어딜 가나 통용되는 암묵성을 지닌다는 점이다. 다음은 일본의 학자들이 풀이한 공기의 정의다.

* 공기란 실로 큰 절대권을 가진 요괴다.
* 공기를 읽는다는 건 자신 이외의 존재에 마음을 쓰는 것이다.
* 어떤 장場의 공기를 의식하는 건 암묵지˙. 심리학에서는 이런 능력

● 학습과 경험은 통하여 개인에게 체화되어 있지만 겉으로 드러나지 않는 지식.

을 사회적 지능social intelligence라고 부르고 있다. 공기를 읽는다는 건 크게 네 가지 요소로 나뉜다. ① 우선 상황을 파악하고 ② 행동의 대상을 확인하고 ③ 적절한 언어를 고르고 ④ 적절한 타이밍을 고른다.

* 공기란 집단이나 개개인의 심정, 기분 혹은 집단에 놓인 상황을 의미한다.

《언어의 역사》에서 저자 데이비드 크리스털은 말의 소리와 공기의 관계를 과학 언어로 설명해 준다. 우리가 말을 할 때 그 소리를 운반하는 데엔 공기의 역할이 중요한데, 숨을 쉴 때 많은 양의 공기를 빨아들여 숨을 내뱉을 때 우리의 언어음을 전달한다는 뜻이다. 여기서 공기란 어디까지나 산소와 이산화탄소를 의미하지만, 공기가 없으면 언어의 소리 자체가 존재하지 않는다는 점에선 일본의 공기와 일맥상통한다.

일본에서는 일상생활에서 통용되는 모든 눈치가 '공기'로 대체될 만큼 중요한 개념이다. 그런데 공기의 정의도 뜻풀이도 가지각색이다. 그중 가장 흥미로웠던 건 〈웃기는 국어사전〉에 나온 말이었다.

일본에서 공기란, 사람과 사람 사이에 끼인 틈새間를 채우는 것. 오감으론 느낄 수 없는 그것을 공기라고 부릅니다. 그 정체는 인간관계에서 어떠한 행동을 하게 만드는 강력한 힘을 의미하고 거스를 경우 치욕스러움과 소외감, 불안감을 가져옵니다.

그러니 일본에서 공기는 한국의 눈치와는 비슷한 듯 다르다. 단어 그대로 해석하면 우리는 상대방의 '눈'에 초점을 맞추어 분위기, 표정, 목소리, 시선으로 맥락을 읽어 낸다. 반면 공기란 어떻게 '읽어 낼' 수 있는 걸까. 공기에 글자가 쓰여 있는 게 아닌데 말이다. 일본어 사전에 '읽다読む'의 세 번째 정의는 '겉모습을 보고 그 숨겨진 의미나 앞으로 다가올 일을 미루어 살핀다'라고 되어 있다. 그렇다면 '사람과 사람 사이에 끼인 틈새를 채운, 형언할 수 없는 그것'을 가늠하여 예측하는 능력을 의미하는 걸까. 아무래도 눈치처럼 직관적으로 다가오는 단어는 아니다. 그런 일본의 공기를 잘 이해할 수 있는 사례가 있다.

일본에서 대학교를 다닐 때였다. 친구와 지하철을 타고 가는데, 거나하게 취한 남성이 건너편에 앉아 있었다. 남성은 목젖이 보일 정도로 입을 크게 벌린 채 고개를 뒤로 젖히고 잠든 상태였다. '술을 많이 드셨나 보다' 하며 그를 보고 있는데 갑자기 남성이 큰소리로 외쳤다.

"가니가 우메! (게가 맛있어!) 가니가 우멘다요! (게가 맛있다고!)"

도대체 얼마나 맛있는 게 요리를 먹은 걸까. 아니면 먹지 못한 아쉬움을 토로하는 걸까. 입맛까지 쩍쩍 다셔 가며 외치던 남성의 잠꼬대는 점점 커졌다. 잊을 만하면 들려오는 소리에 슬슬 웃음이 터지기 시작했다. 지하철은 고요했다. 아무도 그 소리에 반응하지 않았다. 저 잠꼬대 소리가 내 귀에만 들리는 걸까, 착각마저 들 정도였다. 승객들 모두 눈곱만큼의 동요도 없는 표정이었다. 휴대폰을 보거나 허공을 응시하거나 눈을 감고 있던 지하철 안의 무수한 얼굴들. 나에겐 그런 그들의 모습조차 재미있게 느껴졌다. 너무 고요하니 티를 낼 순 없고, 그저 숨죽인 채 끅끅거릴 뿐이었다. 그때였다. 내 옆에 앉아 있던 친구가 나를 힐끔 쳐다보고 한마디 건넸다.

"웃으면 안 돼. 이런 상황에서 웃는 건 일본에서 실례야."

친구는 99퍼센트 정색한 얼굴이었다. 나는 상당히 민망했다. 더불어 그의 말을 이해할 수조차 없었다. 실례는 공공장소에서 큰소리를 낸 저 사람이 한 것이지, 소리 없이 웃은 내가 한 건 아니지 않은가. 정색한 친구로 인해 내 얼굴에도 웃음기는 싹 가셨다. 그리고 우리가 내릴 때까지 30분 동안 승객들 가운데 어느 누구도 남성에게 시선을 건네는 사람은 없었다.

그 공간에서 공기를 읽지 못한 건 외국인이었던 나와 게가 맛있다고 외치던 남성뿐이었다. 나머지 승객들 사이에선 무언가 암묵적인 룰이 공유되고 있었다. 공공장소, 취한 승객, 웃긴 상황, 그러나 모두 웃지 않는 상황. 다들 약속이라도 한 듯 눈길 한 번 건네지 않던 모습. 물론 이따금씩 곁눈질을 하는 사람은 있었겠지만, 그조차도 내 눈엔 보이지 않았으니 말이다. 남성의 잠꼬대로 지하철 내 곳곳에서 웃음이 터져 나오는 '공기'였다면 친구도 내게 그렇게까지 정색하진 않았을 것이다. 친구가 우려했던 건 내 웃음이 그 남성에게 실례되는 행위라서가 아니었다. 지하철 안 다수와 다른 '반응'을 보이는 모습, 나 때문에 자신이 덩달아 '눈에 띄는 존재'가 되는 걸 부담스러워 했던 것이다.

이는 일본 사람들이 공기라는 개념을 어떻게 대하는지 간접적으로 보여 주는 사례다. 모두가 침묵하는 공기, 아무도 대놓고 웃지 않는 공기. 한국이었다면 '밈'이나 '짤'로 등장할 법한 상황 속에서도 낯선 타인을 함부로 민망하게 대하지 않는 공기는 한국의 그것과 확연히 다르다.

일본의 모바일 게임 가운데 쿠키요미空気読み•라는 앱이 있다. 일본에서 1000만 명이 즐겨 했다는 이 게임. 풀이하면 '공기를 읽는 법'이다. 앱을 시작하면 가장 먼저 뜨는 화면에 다음과 같은 문구가 등장한다.

여기는 자유롭게 분위기 파악을 해도 좋은 공간. 당신이 분위기 파악하는 걸 말릴 사람은 아무도 없어요. 오직 혼자서 분위기 파악을 하는 꿈의 세계. 마음 가는 대로 즐기세요.

앱에는 지극히 평범한 일상의 장면들이 등장한다. 화면을 터치해서 상황에 맞는 정답을 골라내는 식이다. 100문제를 다 풀고 나면 마지막 화면에 점수가 나온다. 승부욕, 응용력, 배려, 위트, 일머리. 다섯 개 분야별로 나는 얼마나 공기를 읽을 수 있는지 척도를 가늠할 수 있다. '마음 가는 대로 즐기세요'라고 적어 놓고 점수는 아주 냉정하게 다 깎아 버리는 데엔 살짝 배신감마저 들지만.

● 안드로이드나 아이폰에서도 '쿠키요미'라는 이름을 넣으면 한국어로 번역된 버전이 나온다. 2008년 등장한 이후 각종 언론에서 소개되면서 인기를 끌었는데, 2022년부터는 최대 열 명까지 온라인 게임으로 즐길 수 있다고 한다.

흑백 화면에 빨간색으로 사람 모양 테두리가 칠해진 캐릭터가 등장한다. 주인공 '나'다. 빨간 캐릭터가 상황에 맞게 해야 할 행동을 터치해서 그를 움직이면 된다. 조금만 늦게 화면을 터치하면 다음 문제로 넘어가 버린다. 빠른 템포나 상황에 걸맞은 박자감이 필수다.

첫 번째 상황. 지하철 안, 캐릭터 '나'는 양옆에 빈자리를 두고 가운데 앉아 있다. 일행으로 보이는 두 명이 '나' 앞으로 다가온다. 자, 어떻게 할 것인가. 짐작하는 건 어렵지 않다. 게임에서 요구하는 정답은 둘이 나란히 앉을 수 있도록 '나'를 움직여 자리를 비켜 주는 일이다. 물론 선택은 자유다. 다만, 아무런 동작도 취하지 않을 경우 게임 화면 속 일행은 다른 칸으로 이동해 버린다. 동시에 내 점수는 조용히 깎인다. 공기를 못 읽는다는 뜻이다. 자리를 비켜 주는 행위가 암묵적인 강요로 다가오는 셈이다. 지하철 내 취객을 보고 "웃는 건 실례"라고 말하는 일본의 공기와도 일맥상통하는 대목이다. 웃어도 그만, 안 웃어도 그만인 게 아닌, 웃으면 '안 되는' 분위기를 조성하는 그 묵직함 말이다.

우리의 실생활에 적용해 본다. 지하철을 타면 대개 사람들은 양옆에 빈자리를 두고 앉는 걸 선호한다. 이때, 일행 두 명이 내 앞을 서성거리면 나는 '눈치껏' 비켜 준다. 일행을 앞에 누고 보른 척 눈을 감고 있는 쪽을 선택할 수도 있다. 그럴 경우 일행은 자연스럽게 한 명씩 내 양 옆자리에 앉을 것이다. 눈치가 보이는 건 이때부터다. "자기야, 가방 들어 줄까?"라든지, "자기야, 우리 어디서 내리는 거였지?"라는 대화들이 가운데 나를 끼워둔 채 진행되기 때문이다.

두 번째 퀴즈. 이 장면에선 아침 정보 프로그램을 생방송으로 진행하는 두 사람이 등장한다. 캐릭터 '나'는 여성 앵커 역할이다. 남성 해설 위원과 나란히 서서 시청자들에게 고개 숙여 인사를 하는 장면이다. 이때, 남성 해설 위원이 쓰고 있던 가발이 떨어진다. 여기서 선택지는 두 가지다. '가만히 있는 것'과 '옆으로 고개를 돌려 못 본 척하는 것'이다. 물론 게임이 요구하는 정답은 하나, 후자다. 가발을 떨어뜨린 상대방이 민망할 수 있기에 못 본 척, 모르는 척하는 게 공기를 잘 읽는 행동이기 때문이다. 이 역시 '게가 맛있다는 취객'을 못 본 척하던 지하철 안 사람들이 보여 준 모습과 일맥상통한다.

반면 한국이라면 어떨까. 다양한 경우의 수가 존재한다. 방송 사고가 났을 때 해설 위원이 유연하게 넘어갈 능력이 되는지, 심각한 뉴스 속보를 전달해야 하는 상황인지(생기 발랄한 정보 프로그램이라면 좀 더 부드럽게 넘어갈 수 있을 테니 말이다), 해설 위원의 컨디션은 어떤지, 스튜디오의 분위기는 어떤지에 따라 다채로운 해결책을 고민해 볼 수 있다.

이 모든 걸 감안하고 행동하는 게 우리식 눈치다. 어쩌면 경직되어 있기보다 부드럽게 웃어넘기는 게 되레 분위기를 살리는 일일 수 있다. 아니, 조금 더 욕심을 부리자면 이 상황에서 가장 눈치껏 대처해야 할 사람은 해설 위원이 아닐까 싶다. 가발이 떨어진 순간 옆에 서 있던 앵커는 물론이요, 촬영 담당자와 프로그램 PD, 보고 있던 스태프들은 일순 당황할 것이다. 여기서 재치 있게 선수를 친다면 긴장감은 누그러진다. "아이고, 제가 인사를 너무 공손하게 드린 흔적이 이렇게 남았습니다"라든가, "오늘은 본의 아니게 저의 많은 걸 보여드리게 되었습니다"라는 말을 건넨다면 방송 사고가 아닌 깜찍한 해프닝으로 시청자에게 기억될 수 있을 것이다.

꽤 오래전이지만 한국에서 비슷한 사례*가 있었다. 교양 프로그램인 KBS 〈6시 내 고향〉에서 벌어진 작은 사고였다. 방송 말미에 김재원 아나운서가 앉은 의자가 조금씩 아래로 내려갔고, 좌우 나란했던 두 아나운서의 머리 높이가 눈에 띄게 벌어지기 시작했다. 이윽고 김재원 아나운서 머리가 김솔희 아나운서 머리보다 한참 아래로 내려갔을 때쯤 상황을 파악한 그가 물꼬를 텄다.

● 유튜브에 '의자 내려가는 아나운서'라고 검색하면 가장 먼저 등장한다.

김솔희 아나운서 (참았던 웃음을 터뜨리며) 아니 왜 이렇게 내려가 계시죠!

김재원 아나운서 (덩달아 웃음을 터뜨리며) 그러게요. 제가…….

김솔희 아나운서 (계속 웃으며) 의자가 왜 이러죠?

김재원 아나운서 (마찬가지로 웃으며) 제가 몸이 무거워진 모양이에요.

김솔희 아나운서 (웃는다)

김재원 아나운서 (웃음을 멈추지 못하며) 어머니가 친절하게 설명을 잘해주 셨는데 버섯 이름이 기억이 안 나요.

김솔희 아나운서 신 (한 번 참으며) 백화고 (다시 웃음을 터뜨리며) 입니다 (웃 음을 가다듬으며) 아우 참 별 게 다 사람을 이렇게 웃깁니 다. 내일은 김재원 아나운서의 의자를 잘 손봐서 앉혀드 릴게요. (웃으며 방송을 마무리한다)

방송은 한동안 장안의 화제였다. 김재원 아나운서는 한 인 터뷰에서 "의자가 내려가는 사고 이후 그 어떤 것도 두렵지 않게 되었습니다"라고 말해 주위를 폭소케 했다. 생방송에서 웃음이 터져 나오는 뜻밖의 해프닝. 의자가 내려갔던 김재원 아나운서 못지않게 당황했을 김솔희 아나운서다. 놀라운 건 이 장면엔 단 한순간도 억지스러움이 없다는 점. 상황을 눈치 챈 순간부터 담백하게 방송을 끝맺은 김솔희 아나운서의 위 트가 빛을 발했다. 웃긴 상황은 웃김으로 솔직하게 표현하는 당당함, 상대방이 민망하지 않도록 문장 곳곳에 건네는 배려,

혹여나 불쾌했을 시청자의 마음까지 부드럽게 달래 주는 솜씨. 우아함과 교양이란 이런 것이 아닐까.

감춰진
심리를
간파하는

'암묵지'

¶

말없이 우리는 남은 국수를 먹었다. 누군가를 오래 만나다 보면 어떤 순간에 말을 아껴야 하는지 어렴풋이 배우게 된다. 두 사람 모두 젓가락을 내려놓고도 한참 시간이 흘렀을 때에야 그는 입을 열어, 열여덟 살에 자신이 가출한 적이 있다고, 그때 죽을 고비를 한 번 넘겼었다고 말했다.

경하야.

인선이 전송한 내 이름이 문자 창에 단출하게 떠 있었다. 대학을 졸업하던 해에 인선을 처음 만났다…그 후 삼 년 동안 매일 함께 출장을 다녔고, 퇴사한 뒤로도 이십 년을 친구로 지냈으니 그의 습관들에 대해 알 만큼 안다. 이렇게 내 이름만 먼저 부르는 것은 안부 인사가 아니라 구체적이고 급한 용건이다.

- 한강, 《작별하지 않는다》

1인칭인 이 소설 속 '경하'가 '인선'을 대하는 모습에서 암묵지가 지닌 거대한 힘을 느낀다. 오래 봐야 알 수 있는 것, 자세히 들여다봐야 보이는 것들은 그 누구도 아닌 오로지 한 사람에게 오롯이 주어지는 몫이다. 활자로 학습할 수 없다는 건 직접 몸으로 체감해야 습득할 수 있다는 뜻. 동시에 개개인의 특성에 따라 암묵지가 각기 다르게 적용될 수 있다는 것을 의미한다. '눈치 잘 보는 방법'이라는 백과사전이 존재한다면 '말 없이 국수를 먹을 경우 말을 아껴야 한다'든가, '내 이름만 먼저 부르는 건 안부 인사가 아닌 급한 용건'이라든가, 지구인이 80억이라면 80억 가지 방법이 나와야 할 텐데, 백과사전이 그 모든 데이터를 담아낼지는 미지수다. 암묵지는 그저 끊임없이 반복된 경험에서 비롯되는 확률 높은 선택지일 뿐이다.

언젠가 캠핑 갔을 때 일이다. 노지에 차를 세워 두고 하루를 보내는 일은 처음이라 모든 게 서툴렀다. 모든 캠핑장에 샤워 시설이 있을 거라 생각했던 나는 가방 안에 수건과 드라이기를 꾸역꾸역 챙겨 갔다. 그리곤 단 한 번을 꺼내 보지 못한 채 집으로 되가져왔다.

이윽고 밤이 깊어 캠핑장은 점점 고요해졌다. 노래를 틀어 났던 휴대폰을 집어 든 누군가가 볼륨을 줄이며 말했다. "캠핑장에서 10시 넘어가면 노래는 끄는 게 '국룰'이야." 너무 정색하고 말하길래 국룰 사항 표지판이라도 있는 줄 알았다. 모두가 이용하는 장소에서 큰 소리로 음악을 틀면 안 된다는 건

상식과 매너라지만, '국룰'이란 표현이 새삼스럽게 들렸던 이유는 무엇이었을까.

> 월드컵에 치맥은 국룰.
>
> 놀이공원에 캐릭터 모자는 국룰.
>
> 튀김만두는 국물에 찍어먹는 게 국룰.
>
> 소주와 감자탕 콜라보레이션은 국룰.
>
> 한강 공원 국룰은 즉석에서 끓여 먹는 라면.
>
> 김장 후 수육은 국룰.

무작위로 '국룰'을 검색해서 나온 문구들이다. 국룰이란 '국민 룰rule. 보편적으로 통용되는 정해진 규칙'이란 뜻이다. 2021년에 등장했지만 아직 국어사전에 등재되지 않은 신조어다. 상식과 매너와는 조금 다른 뉘앙스다. 상식과 매너라면 외국에서 찾아온 친구들도 그리 깊게 생각하지 않아도 낼 수 있는 답일텐데 국룰이 담은 의미는 그것을 살짝 벗어나 크고 작은 범주에서 활약한다.

국룰에서 '국'은 쉽게 예상할 수 있듯 나라 국國이다. 언론에선 국민 룰이라 정의하고, 통상적으로도 이것의 준말로 여기는 추세다. 하지만 쓰임새를 자세히 살펴보면 조금 다르게 다가온다. 국민 룰이면 한국인은 다 납득할 수 있어야 하는데,

대세의 취향이 나라나 국민을 대변할 순 없기 때문. "비 오는 날엔 막걸리가 국룰!"이라는 말처럼 애주가들에게 익숙한 조합도 있지만, 막걸리를 싫어하는 이에겐 그저 주정뱅이들의 진부한 문장일 뿐이다. "화난 여자친구 달래 줄 땐 엽떡(엽기떡볶이)이 국룰!"이라지만, 나처럼 매운 걸 못 먹는 사람에겐 화를 더 돋우는 지름길이다. 그래도 대세의 취향이 반영된다면 이해가 쉬운 편이다. '칸다소바 잠실 롯데월드몰점에서는 밥까지 비벼 먹는 게 국룰'이라던가 '해리단길 맛집 노베나인 해운대 감바스에 파스타 면 추가는 국룰'처럼 생소한 문장들도 존재한다. 여기서 국룰의 역할이란 '개인의 체험으로 찾아낸 100점짜리 조합' 정도로 해석이 가능하다. 국룰이란 말을 붙일 정도면 (내겐 낯선 조합이라 할지라도) '한 번쯤 시도해 볼 만한 맛인가 보다' 하는 호기심 정도는 생기는 것이다.

국룰과 비슷한 일본어를 찾아 본다면 테이방定番이다. 뜻은 다음과 같다.

1. 유행을 타지 않는 기본적인 상품.
2. 언제든 어디든 있는 것. 누구나가 할 법한 것. 으레 정해져 있는 것.

차이점이 있다면 한자가 알려 주듯 테이방은 '정해진定 순서番'를 의미한다. 어떤 대상이나 상황에 대한 아무런 기존 정보나 데이터가 없는 상황에서 나 혼자 "생맥주는 김치랑 먹는 게 테이방이야!" 외칠 순 없다. 어디까지나 정해진 테두리가 있고 사회 구성원들이 납득하는 범주에서 사용할 수 있는 말이다.

일본에선 물건을 사고팔고 돈을 주고받는 곳이라면 어디에서든 들을 수 있는 대화가 있다. 편의점, 식당, 매표소, 백화점, 옷가게. 어디를 가도 1000엔짜리 지폐를 내면 직원은 "1000엔 받았습니다"라는 말을 반드시 복창한다. 거스름돈을 돌려줄 땐 "○○엔 돌려드립니다" "영수증은 괜찮으신가요?"라는 말이 세트처럼 따라온다.

지인들과 도쿄를 찾았을 때였다. 호텔 프론트에서 지인이 계산을 하고 있었다. 일본어를 알아듣지 못하는 지인은 직원이 하는 말들에 미소로 화답하며 자신은 일본어를 못한다는 걸 온몸으로 표현했다. 물론 직원도 그가 일본어를 못한다는 것쯤은 진작에 눈치채고 있었다. 놀라웠던 건 그럼에도 불구하고 직원이 나지막한 목소리로 중얼거리던 접객 언어였다. 지폐를 내고 거스름돈과 영수증을 건네는 과정. "10000엔 받았습니다" "○○엔 돌려드립니다" "영수증은 괜찮으신가요?"라는 문장들을 그는 아주 정직하게, 재빠르게, 토씨 하나 빼놓지 않고 읊어대던 것이었다. 상대방이 못 알아들을지언정. 정해진 순서에 맞게 존재해야 마땅한 말들은 기어이 각자의 자리에 존재해야만 하는 시스템. 그래야만이 매끄럽게 흘러가는 것이었다.

그러니 이 같은 언어들은 사실 대화라는 말과 어울리지 않는다. 대부분은 정해진 멘트가 있다. 가령 커피숍에 들어갔다면 다음과 같은 상황이 펼쳐진다.

점원   ① 어서오세요. ② 정해지셨으면 주문하세요.

손님   뜨거운 커피 하나 주세요.

점원   ③ 뜨거운 커피 하나, 맞으십니까?

손님   네.

점원   ④ 3500원입니다.

손님   (만 원을 낸다)

점원   ⑤ 만 원 받았습니다. ⑥ (지폐를 세어서 보여 주며) 먼저 큰 거스름돈 6000원이랑 ⑦ (동전을 손에 쥐어 주며) 500원 돌려 드립니다.

일본인 점원의 대화에서 ①부터 ⑦까지 어느 것 하나 빼놓을 수 없다. 어느 하나라도 사라지는 순간 정적이 생긴다. 들어가야 할 문장이 생략되면 점원과 손님의 관계가 어긋나기 시작한다. ⑥과 ⑦이 번거롭다는 이유로 손님의 한 손에 지폐와 동전을 한꺼번에 쥐여줄 수는 없는 노릇이다. 만 원짜리를 주고받은 건 손님도 직원도 두 눈으로 똑똑히 봤지만 ⑤를 생략할 방법은 없다. 어디에서든 어떻게든 누구에게나 통용되는 규칙이다.

반면 한국은 어떤가. 지폐와 동전을 거의 사용하지 않는다는 점에서 이미 ④부터 ⑦까지 "카드 꽂아 주세요"라는 한 문장으로 압축된다. "어서오세요"라는 인사말도 천차만별이다. "편하신 데 앉으세요"부터 "혼자요?"라고 묻거나 아예 힐끔 쳐다만 보기도 한다. ②번 문장 역시 레스토랑 같은 곳이 아니면 들을 일도 없다. ③번도 마찬가지다. 직원이 "맞으십니까?" 했다가 손님에게 "한 대 맞고 싶냐"는 소리를 들을 수도 있다. 번거롭고 귀찮고 시간이 오래 걸리는 건 딱 질색인 우리다.

그래서 웃지 못할 상황도 벌어진다. 온라인 커뮤니티에 돌아다니는 '꼭 메뉴 한 개만 패는 단골들'이라는 출처 미상의 글에서 가져온 내용이다. 사람들이 달았던 댓글을 누군가 정리해 놓은 것인데, 매일 같은 가게에 가서 같은 메뉴를 주문하는 사람들에 대한 이야기다.

> * 카페에서 처음 알바했을 때 최고참 언니가 "○○아 잘 봐. 저분은 늘 녹차 라테를 시켜" 이러는 거야. 바에 있는 다른 사람은 이미 녹차 라테 만들고 있음. 난 진짜 이해를 못했어. 아니 저러

다가 다른 거 시키면 어쩌려고? 그런데 그 손님 나 그만둘 때까지 밤 10시에 와서 맨날 녹차 라테 마시고 감. 내가 짐.

* 나는 내가 손님 입장이었는데 학원 가까이에 있는 김밥천국에 알바 출근하듯이 저녁으로 김볶밥 먹으러 갔거든. 어느 날 갑자기 다른 거 땡겨서 메뉴판 3분쯤 보다가 "라면 하나 주세요" 했는데 사장님이 웃으면서 김볶밥 한 손에 들고 오시다가 배신감 어린 표정으로 날 바라보심.

* 나 공차 '처돌이'였는디 맨날 가는 지점이 터미널에 있는 거라. 저 멀리서부터 손님이 보이는 일자 통로였는데 가게에 입장해서 내가 보이기 시작하면 직원들이 음료를 만들기 시작해서 내가 도착하면 주문할 필요 없이 "4300원이요" 이랬음. 그래서 다른 거 마시고 싶으면 통로 입장하는 순간부터 아니라고 해 초처럼 손 흔들어야 함.

* 울 동네 굽네 떠오른다. 한 1년간 볼케이노 순살만 주문하다 보니 사장님이 점점 전화 받으시자마자 "몇 동 몇 호이시고 볼케이노 순살이시죠?" 하시다 나중엔 "네, 볼케이노 순살" 하고 끊으심. 그런데 어느 날 내가 "갈비천왕 순살요" 하고 끊으니까 "네" 하고 끊으시더니 바로 다시 전화 옴. "보, 볼케이노 아니고요?"

정해진 말을 건네면 충분히 가늠할 수 있는 대답이 돌아오는 문화 덕에 암묵적인 신뢰가 집단에 소속된 사람들끼리 공유되는 일본과 달리 한국은 '내가 원하는 것' '네가 원하는 것' '우리가 원하는 것'으로 국룰을 만들어 가는 문화다. '이렇게 하면 상대방도 좋아해 주겠지? 서로가 편하겠지?'라는 눈치가 만들어 내는 암묵지다. 암묵지暗默知란 숨겨져 드러나지 않지만暗 잠잠하고 묵묵하게默 알고 있는 것들知을 의미한다. 좀 더 정갈한 언어로 풀어 보면 '학습과 경험을 통하여 개인에게 체화體化되어 있지만 말이나 글 등의 형식을 갖추어 표현할 수 없는 지식'을 뜻한다.

지인과 호프집에 갔던 날이었다. 가볍게 맥주나 한 잔 하려고 들어간 뒷골목의 작은 가게. 주문했던 닭발이 기대 이상이었던 나머지 그 맛을 잊지 못하고 일주일 만에 또 방문한 터였다. 매운 걸 잘 못 먹는 편이라 닭발 하나 입에 넣고 "후, 하, 매워" 하니 사장님이 물을 가져다주었다. "저번보다 맵네요. 그런데 너무 맛있어서 먹게 돼요"라고 말하자 사장님이 "어머, 미안해라. 다음엔 고추를 안 넣을게요"라고 답했다.

잠시 뒤 호프집에 처음 깄던 날 우리 테이블을 남낭해 수었던 직원이 바구니에 귤 몇 개를 담아 왔다. 우리만 그 직원을 기억하는 줄 알았더니 직원도 우릴 기억하고 있었다.

"지난번에도 오셔서 닭발 시키셨죠? 이거 좀 드시라고 가져왔어요. 제가 못 알아봐서 죄송해서. 하하. 다음엔 꼭 기억할게요."

직원이 자리를 뜨자마자 마주 앉은 지인과 눈이 마주쳤다. "이 집은 무조건 단골이다" "그렇지." 직원이 귤을 갖다 주며 "알아보지 못해 미안하다"라고 한 것도, 찬 맥주잔에 뜨거운 물을 담아 주며 잔은 차지만, 물은 뜨겁다고 알려 준 것도, 가게 매뉴얼엔 없는 항목이다. 매뉴얼은 '손님이 오면 바로 가져가야 할 세 가지: 물티슈, 물병, 컵'과 같은 내용을 적는 곳이지, '지난번에 온 손님을 못 알아봤을 경우 대응법'을 적어 놓는 곳은 아니다. 손님을 응대하다 보면 말로 표현하기 모호한 경우가 많다. 해도 그만, 안 해도 그만인데, 해 보니 좋아하는 손님이 있다. 그러한 경험들이 차곡차곡 쌓여 암묵지가 된 것이다.

소소하고, 섬세하고, 절묘한 타이밍이 필요하다는 점에서 암묵지는 유용하다. 눈치를 사용해야 할 때 더할 나위 없이 중요한 데이터가 되어 준다. 그렇다면 암묵지란 무엇인가. 가장 최근의 기억이다. 기억을 잘 못한다면 기록해 두는 게 좋다. 가만히 생각해 보면 우리가 매일 하는 일이다. 매번 벌어지는 일을 누군가에게 말하고, 채팅으로 주고받는 행위. 모든 게 기억과 기록을 의미한다. 어쩌면 암묵지란 기억하고 기록하고 경험하는 모든 것에서 나오는 자연스러운 반응인 건지도 모르겠다.

기억력이 썩 좋지 않은 나에겐 작은 습관이 하나 있다. 가까운 사람의 생일이 다가오는데, 아무리 생각해 봐도 이 친구의 취향이 떠오르지 않을 때를 대비해 써먹는 방법이다. 이왕 줄 거면 그에게 필요한 물건을 주고 싶은데, 영 생각나지 않을 때가 많다. 그래서 휴대폰에 저장된 이름 옆에 그의 취향을 적어 둔다. 가령 그의 블로그에서 '이런 파랑, 너무 좋아하는 색감이다'라는 문구를 본다면 카카오톡 이름에 '조해언(찐파랑 좋아함)'이라고 적어 놓는 식이다. 채팅을 주고받을 때마다 '조해언=찐파랑'이라는 공식이 각인되는 셈이니 까먹을래야 까먹을 수가 없다.

방송 일을 하면서 오랜만에 연락하는 취재원에게 대뜸 용건부터 꺼내기 껄끄러울 때가 있다. 그간 상대방과 주고받아 온 메일을 훑어본다. 어떤 대화가 오갔고, 이 정도 시간이 지났으면 그의 화두는 이것이겠거니 짐작해 본다. 상대방이 속한 집단이나 회사, 공동체와 관련된 기사를 찾아볼 때도 있고 SNS를 들여다보기도 한다. 상대방과 접점을 많이 만들어 두기 위함이다. 이 습관은 한 동료로부터 배웠다. "기자 선배들을 만날 땐 그 선배가 무슨 리포트를 했는지, 다 모니터하고 나가거든요"라던 그의 한마디. 그가 사람을 대하는 방법은 신선했고, 존경심마저 일었다. 그저 환심을 사기 위한 행위라기보단 상대방을 제대로 마주하기 위한 작은 예의라고 느꼈기 때문이다.

암묵지는 그런 의미에서 눈치를 주고받는 모든 여정과 밀접하다. 상대방이 걸어온 길을 기억해 둔다면 앞으로 쌓여 나갈 순간들은 보다 수월해지기 때문이다. 대수롭지 않은 일이지만, 가치는 있다. 차곡차곡 쌓이는 각자의 암묵지가 거대한 맥락이 되는 데까지 그리 오랜 시간이 걸리는 건 아니니까 말이다.

소소하고, 섬세하고, 절묘한 타이밍이
필요하다는 점에서 암묵지는 유용하다.
눈치를 사용해야 할 때 더할 나위 없이
중요한 데이터가 되어 준다.

'거시기'의
거시기한

뜻

¶

"자, 이제부터 숨 막히는 전쟁이다."

저녁 식사가 끝나 갈 무렵, 남은 음식을 내려다본 친구가
힘주어 말했다. 테이블엔 병어 회 한 점, 청어 알 한 줌, 두부
한 조각이 남아 있었다. 우리는 김 한 장씩을 들고 선심 쓰듯
서로가 좋아할 만한 걸 권했다. "네가 병어를 먹어, 좋아하잖
아." "그럼 내가 청어를 먹을까?" 그렇게 한 점의 음식도 남기
지 않고 깔끔하게 비워 낸 건 정말 오랜만이었다.

여럿이 모여 식사하는 자리. 먹음직스러운 요리로 호기롭
게 달려들던 손들이 느릿해지고, 어느 순간 접시엔 음식이 꼭
하나씩 남는다. 덩그러니 남은 한 입 거리 음식들을 서로에게
권하지만 다들 손사래 치기 일쑤다. 방금까지 그렇게 맛있다
며 먹어 놓고도 갑자기 배가 부르다며 거절한다. 자기가 혼자
다 먹었다느니, 원래 안 좋아했다느니 얼토당토않은 귀여운
핑계늘을 내놓는 식이다. 익숙하면서도 신기하고 귀여운 광

경이다. 내내 잘 먹고는 마지막 한 덩어리에 서로에 대한 마음을 쏟아 내는 모습. 남은 음식들이 대파나 쪽파, 마늘 뭐 이런 것들이었다면 권할 일도 없었을 거다. 양파 조각 하나 남았다고, "이 양파 네가 먹어" 하지는 않는다. 뭔가 놀리는 것 같다. 권할 만한 음식은 마지막 한 입으로 대미를 장식하기에 마땅해야 한다. 가령 스테이크 한 조각이라든가, 해산물 파스타에 들어 있던 토실토실한 새우 한 마리라든가. 누구나 충분히 탐낼 만한 것이어야 한다. 차마 덩어리째 음식을 가져올 순 없어 그걸 또 반으로 나눠 절반을 상대방의 몫으로 남기는 세심함도 종종 볼 수 있다. 작은 덩어리 하나에 긴 고민을 담는 우리네 귀여운 습관이다.

식사를 시작한 순간으로 돌아가 본다. 사실은 면이 아니라 새우부터 먹고 싶었으리라. 선뜻 포크를 가져가자니 욕심부리는 것 같아 일단 참아 본다. 슬슬 눈치를 보다 누군가 가져가면 덩달아 용기 내 가져온다. 개수가 적어질수록 또다시 눈치가 발동된다. 그렇게 끝끝내 남은 것들. 음식이 사라져 가는 시간은 배려의 미덕, 눈치의 움직임이 끊임없이 공존하는 여정이다.

이런 문화는 한국에만 있는 줄 알았다. 일본에서 체류한 지 수년 되어 가던 어느 날 일본인 친구들과의 식사 자리에서도 음식이 하나 남았다. 먹음직스럽게 구워진 우설(소혓바닥)이었다. 친구가 내게 권해 왔다. 나는 배가 부르기도 했지만, 단가 높은 그 고깃덩어리를 날름 가져오긴 민망해 거절했다. 그러자 친구가 내게 말했다. "이야, 너 일본 사람 다 됐네."

궁금했던 것도 잠시. 일본에선 이렇게 남은 음식에 이름까지 붙이는 문화가 존재한다는 걸 알게 됐다. 일명 '원려의 덩어리遠慮のかたまり*.' 원려遠慮란 '앞으로 다가올 일을 헤아리는 깊은 생각'을 의미한다. 모두가 괜찮다며 사양하고 남은 음식을 일본인은 헤아림의 결과라 풀이하는 모양이었다. 반면 이런 음식 덩어리를 두고 우리는 이렇게 말해 볼 수 있다.

"야, 거시기야. 하나 남으면 거시기하니까 네가 거시기해."

바꿔 말하면 이러하다.

"야, 길동아. 하나 남으면 아까우니까 네가 먹어."

---

* 주로 일본의 관서 지방에서 사용하는 말로 2021년에 신조어로 일본어 사전에 등재됐다. 관동 지방에서는 '관동의 남은 한 개関東の一つ残し', 쿠마모토현에서는 '히고의 남은 한 개肥後のいっちょ残し', 사가현에서는 '사가의 남은 한 개佐賀んもんのいっちょ残し'로 지역의 이름은 앞에 붙이는데 관서 지방은 호칭이 색다르다.

언어의 부재, 말하지 않아도 아는 것, 밑에 모든 것을 담지 않는 문화. 그런 우리네 정서를 모른다면 결코 이해할 수 없는 말이다. 시인 김호균의 말을 빌려 '거시기'에 대한 이야기를 조금 더 해 보겠다.

'거시기'처럼 전천후全天候한 말을 나는 아직 알지 못한다. 한마디로 '거시기'는 만능이다. 어떤 상황, 그 어떤 객체나 대상으로 퉁쳐도 '거시기'는 능히 그 역할을 받아낸다. 말하는 이와 듣는 이가 이심전심만 된다면 말이다. 한 동네 살던 친구가 자신의 어머니에게 이렇게 말한다.

"아따, 나 내일 거시기 땜시 쪼깐 거시기한께, 거시기 보고 거시기랑 같이 거시기 허라 그라쇼."

친구 말을 번역해 보자면 이렇다.

"내일 나는 예비군 훈련 때문에 친척집에 가기는 좀 어려울 것 같으니 동생한테 막냇동생 데리고 갔다 오라고 하시오."

친구의 어머니는 대답하신다.

"그라믄 쫌 거시기허겠구만. 알았다. 거시기한테 그러라 허께!"

아무 데나 쓰는 말이지만 아무렇게나 쓸 수 있는 말은 아니다. 혼자만 아는 거시기로는 소통이 어렵기 때문이다. 거시기는 어디까지나 상대방과 나 사이에 공유되는 기억과 정보가 존재할 때 주고받을 수 있는 말이다.

'인체의 내밀한 부분을 돌려 말할 때도 쓰이는 '거시기'는 사실 국어사전의 표준말로 등재되어 있다. '거시기'는 명사에서 형용사로, 동사, 부사, 접속사에서 의문대명사로 숱하게 모습을 바꾸며 복잡한 세상사와 다단한 심정 사이를 오가는 말이지 않나 싶다. 그런데도 신기하게 잘 알아먹는 것은 함께 생활 속에서 부대끼며 살아온 이들의 공동체적 사유가 배어 있는 말이기 때문이다.'

국문학자 이어령도 거시기와 머시기는 언어와 비언어의 아슬아슬한 경계선에서 줄타기하는 곡예의 언어라고 표현했다. 막연한 '애매어'를 통해 서로의 생각과 느낌을 더듬는 과정, 그 자체를 의미하는 이 단어가 아름답다고 말한다. 음식이 한 덩어리도 남지 않을 때까지 끊임없이 서로의 생각과 느낌을 더듬어야 하는 일, 어쩌면 우리의 숙명인 건지도 모르겠다.

아무리 애매하고 복잡한 것이라고 해도, 오래된 과거나 먼 미래의 낯선 풍경이라 해도 '거시기'라고 하면 그들은 미리 알고 머리를 끄덕일 것이다. '머시기'라고 하면 말을 듣기도 전에 미소지을 것이다. 한쪽은 암시하고 다른 쪽은 짐작한다. 그래서 '거시기와 머시기'는 서로 공유하고 있는 집단 기억에 접속하는 ID이고 비밀번

호다.

- 이어령, 《거시기 머시기》

거시기, 머시기. 언뜻 떠오르지 않거나 입에 담기 거북한 단어를 말하고자 할 때 쓰는 말은 어느 언어에나 존재한다. 영어의 '왓차마콜릿whatchamacallit'이 그렇다. "what you may call it"을 소리 나는 대로 적은 단어다. "그거 있잖아, 그거!" 할 때 '그거'의 역할을 해 주지만, 역시나 우리의 '거시기'와는 다르다.

그래서 초면이거나 서서히 알아 가는 사람에게 건네는 말이 있다. 앞으로 알아야 할 것이 태산만큼 쌓여 있지만, 가벼운 소재들로 쉽게 상대방을 간파하려는 의도를 담아 묻는다.

"MBTI가 뭐예요?"
"O형인 줄 알았어요."
"헉, 염소자리세요? 나돈데!"
"개띠세요?"

그저 호기심을 채우기 위한 수단이 아니다. 앞으로 이 사람과 나아갈 시간 속에서 내가 알아야 할 것들, 상대방이 알아주길 바라는 점들을 손쉽게 공유하는 것이다. 내가 살펴야 할 상대방의 눈치가 있다면 그 눈치의 기준점을 어렴풋하게라도 정해 두려는 사심이 담겨 있다. 통성명을 마치고 선뜻 사는 지역, 직업, 나이, 결혼 유무를 묻지 않게 된 세상이기에 16가지 성격을 기술하는 데 나쁜 표현이 없다는 장점을 지닌 MBTI*는 부담 없이 귀엽게 던질 수 있는 퀴즈가 된다.

가령 ENFP 유형은 '재기발랄한 활동가'로 곧잘 묘사된다.

자유로운 사고의 소유자입니다. 종종 분위기 메이커 역할을 하기도 하는 이들은 단순한 인생의 즐거움이나 그때그때 상황에서 주는 일시적인 만족이 아닌 타인과 사회적, 정서적으로 깊은 유대 관계를 맺음으로써 행복을 느낍니다. 매력적이며 독립적인 성격으로 활발하면서도 인정이 많은 이들은 인구의 대략 7퍼센트에 속하며, 어느 모임을 가든 어렵지 않게 만날 수 있습니다.

하지만 이 유형에 '팩폭(팩트 폭력)'을 넣어 검색하면 전혀 다른 이야기가 나온다.

자유롭다 = 자꾸 뭘 뒤엎고 싶어 한다, 이랬다저랬다, 충동적.
타인과 깊은 유대관계를 맺음으로써 = 자기 능력 이상으로 퍼줌.
매력적이며 독립적인 성격으로 = 단체보다 개인을 중요시함.

● 사람의 성격을 16개로 나눈 심리 테스트.

활발하면서도 = 뜬금없이 흥분함.

'용감한 수호자'라 불리는 ISFJ도 마찬가지다. '소중한 이들을 수호하는 데 심혈을 기울이는 헌신적이며 성실한 방어자형'은 한순간에 '지나친 간섭과 부담으로 느껴질 관심과 배려, 타인의 행복을 위해 헌신하다 보니 인간관계에서 스트레스를 받는 유형'으로 변모한다.

MBTI에 대한 해석은 사실 동전 뒤집기나 다름없다. '고지식하다'라는 말엔 철두철미함이 담겨 있고, '산만하다'라는 설명에는 자유로움과 유쾌함이 숨어 있다. MBTI에 과몰입하게 되는 이유가 있다면 상대방을 더 이해하고 배려하기 위한 마음에서 비롯된 호기심이 아닐까. 좀 더 눈치껏 상대방에게 대응할 수 있는 작은 수단이 되어 주기 때문이다. 친구와 여행을 떠났을 때 "괜찮아, 내가 J(계획적인 유형)니까 일정을 한 번 짜볼게"라며 P(즉흥적인 유형)를 안심시키기 위한 말을 건넨다든가, 사람 많은 자리에 나가 I(내향적인 유형)인 친구를 대신해 스스럼없이 말을 거는 식이다.

2022년 CNN은 '한국의 젊은 층은 데이트 상대방을 찾을 때 MBTI를 적극 활용한다'라고 보도하며 채용 과정에서까지 MBTI 결과에 지나치게 의존하는 현상을 지적했다. 하지만 우린 알고 있다. 상대방을 궁금해 하며 던지는 질문이 이게 처음은 아니라는 걸. 우리에겐 이 심리가 어쩌면 익숙하다는 걸 말이다. 혈액형별로 성격을 파악할 수 있다고 믿은 스무 살 때 "너의 블러드 타입은 무엇이냐" 물으니 "그게 무엇이냐" 되묻던 미국인 친구가 생각난다. "혈액형은 네 몸 안에 흐르는 혈액 유형을 말하는 것인데 A도 있고, B도 있고, AB도 있고"라며 덧붙이니 그는 몹시 순수한 표정으로 되물었다. "그럼 난 C……?"

말하지 않아도 안다고 했다가, 말하지 않으면 모른다고 했다가. 정 때문에 눈치 보지 말자 했다가도 하나만 주면 정 없다며 한 개 더 얹어 주는 우리다. "혈액형을 믿어? 신빙성 하나도 없는 이야기야"라며 정색해 버리기엔 너무 귀여운 의도가 담긴 질문이다. 혹자는 말한다. 사실 오늘 처음 만난 사람들보다 오래된 사람들의 MBTI가 훨씬 재밌고 궁금하다고. 이미 알고 지낸 시간이 많이 흘렀음에도 여전히 우린 서로에 대해 궁금한 모양이다. 타인을 처음 알았던 그 순간부터 그 속마음을 가늠할 수 없는 마지막 순간까지 끊임없이 서로를 헤아리는 사람들, 바로 우리다.

말보다
빠르고

글보다
강력한 것

¶

거리에서 벌어지는 일들을 상상해 보자. 우린 종일 쉴 새 없이 말하며 지낸다. 그 언어가 입이 아닌 눈으로 전달될 뿐. 괄호 안에 소리로 표현되지 않은 마음의 언어를 적어 보았다.

상황 1

황급히 뛰어오는 택배 기사와 마주친다. (택배 기사의 속마음: 제가 지금 많이 급합니다) 통로는 한 사람만 겨우 지나갈 수 있다. 잠시 멈추어 (행인의 속마음: 먼저 지나가세요) 택배 기사가 지나가길 기다린다. 택배 기사는 보일 듯 말 듯 희미한 목례를 (택배 기사의 속마음: 감사합니다) 건넨다.

상황 2

걸어가는 인도 위로 오토바이 한 대가 아슬아슬하게 지나간다. 보행자는 고개를 획 돌리며 (보행자의 속마음: 오토바이가 왜 인도로

다닙니까?) 째려본다. 오토바이를 탄 사람은 힐끔 (운전자의 속마음:
미안합니다) 쳐다보곤 제 갈 길을 달려간다.

상황 3

운전하는데 옆 차선에 있던 차량이 갑자기 끼어들려고 한다. 액
셀을 밟으며 창문을 슬쩍 내리고는 (운전자의 속마음: 깜빡이 켜고
들어와야죠) 눈길을 보낸다. 창문이 다시 천천히 올라간다.

상황 4

한 남성이 길거리에서 담배를 피우는 어려 보이는 사람을 한 번
쳐다보곤 (남성의 속마음: 쯧쯧, 머리에 피도 안 마른 놈이……) 혀를 찬
다. 흡연자는 연기를 손으로 휘휘 저으며 한 걸음 옆으로 (흡연자
의 속마음: 아, 조금 민폐였나?) 물러난다. 건물을 청소하는 사람이
때마침 꽁초를 주우러 나와 도끼눈 (청소부의 속마음: 저 꽁초 바닥
에 버리기만 해 봐) 을 뜬다. 흡연자는 또다시 한 걸음 옆으로 움직
이며 (흡연자의 속마음: 못 본 척해야지) 딴청을 피운다.

일상에서 흔히 마주치는 또 다른 예들도 있다. 붐비는 점심
시간, 식당에 혼자 온 손님은 4인용 테이블에 앉을까 하다 슬
쩍 2인용 테이블에 앉는다. 주인에게 두어 번 물을 부탁했는

데 까먹은 눈치면 직접 가서 가져오기도 한다. 지하철을 타면 나란히 비어 있는 세 칸 중 가운데에 앉는다. 커플이 다가와 서성이면 비켜 주어야 하나 생각한다. 우리는 낯선 타인일지라도 상대방의 감정을 추측하고, 그에 걸맞은 행동을 결정하기 위해 끊임없이 마음을 움직인다.

이 모든 건 역시 눈으로 드러난다. 의식하고 살지 않을 뿐 길거리에서 마주치는 타인과 수많은 '눈치 언어'를 주고받으며 사는 우리다. 웬만한 건 눈으로 해결한다. 해결이 안 될 경우 소리로 된 언어가 등장한다. 눈치란, 눈으로 소통하려는 본능과 '말하지 않아도 알아주길 바라는' 우리네 정서가 한 스푼 얹어진 결정체인 셈이다.

눈치의 어원은 17세기부터 18세기까지 사용되던 '눈츼'라는 단어에서 찾을 수 있다. 통용됐던 한자도 무려 세 가지다. 각각의 뜻을 들여다보면 다채롭게 풀이된다. '눈이 가진 세력眼勢' '눈이 알아내는 것眼識' '눈의 가진 빛깔眼色'을 의미한다. '눈치가 빠르면 절에 가서 젓갈을 얻어 먹고' '떡 하나도 얻어 먹고' '참새 방앗간도 찾아내던' 옛날부터 우리 조상들은 열심히 눈동자를 굴리며 살았을 거란 뜻이다. 기세와 분별력을 담은 눈동자가 반짝반짝 빛이라도 났던 걸까. 눈동자의 움직임에 기세와 기운이 담겼음은 물론이다. '츼'라는 단어는 '한쪽에 치우친 모양'을 의미한다. 눈동자를 이리저리 굴려 흰자를 보이는 행위. 눈동자가 한쪽으로 치우치는 모양. 이 모든 건 공막이 하얀 영장류인 인간만이 할 수 있는 행위다. 눈동자를 굴려 마음을 읽어내는 행위가 인간의 본능이라면 눈치라는 이름은 우리 조상들이 기가 막히게 잘 지어낸 이름이 아닐까.

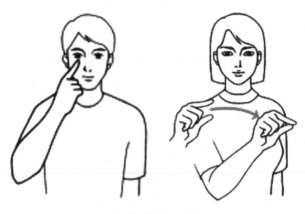

©국립국어원 한국수어사전

한국 수어로 '눈치를 채다'를 표현할 땐 오른손 검지로 오른쪽 눈을 가리킨 다음, 엄지와 빨래집게 모양을 만들어 왼쪽으로 빠르게 움직이는 동작을 만드는데, 이는 '눈'과 '빠르다'를 결합한 언어다. 눈치라는 개념이 가진 빠름과 강력함은 한국 수어에도 자연스럽게 녹아 있는 셈이다.

거울을 보자. 우리 눈은 눈동자와 공막으로 이루어져 있다.

인간이 지닌 홍채의 색깔은 저마다 다를지언정 공막의 색은 오로지 흰색이다. 흔히 흰자위라고 부르는 부분이다. 공막이 하얗면 눈동자가 조금만 돌아가도 무엇을 바라보는지 쉽게 알아차릴 수 있다. 그러나 침팬지나 보노보는 다르다. 그들의 눈에는 흰자, 즉 공막이 없다. 정확히 말하자면 색소가 공막을 짙게 만들어 홍채와 뒤섞여 보인다. 일부러 드러내지 않는다면 침팬지의 눈동자가 어디로 향하는지 알 길이 없다.

신기한 건 본래 인간의 눈도 마찬가지였다는 사실이다. 동물의 행동을 연구한 일본의 고바야시 히로미小林洋美와 코시마 시로幸島司郎는 우리의 눈은 수평 방향으로 시야를 확장하기 위해 적응한 결과 지금의 모습으로 진화했다고 말한다. 수평 방향으로 시야를 확장한다는 것. 고개를 돌리지 않고도 양 옆 좌우를 살펴볼 수 있는 동작. 곁눈질이 그 예다. 우리가 눈치 볼 때 표정이기도 하다.

침팬지와 보노보처럼 공막 색이 어두운 눈을 두고 '위장형'이라 부른다. 포식자에게 시선의 방향을 들키지 않게 설계된 구조다. 반면 우리의 흰색 공막은 시선이라는 신호를 강화하기 위함이다. 목적은 의사소통이다.

"이 케이크 누가 먹었어!"라고 화내며 엄마가 아이들을 돌아본다. 세 명의 아이 가운데 유일하게 한 명이 딴청을 피운다. 딴청 피우는 건 어떻게 알까. 그 아이의 시선이 돌아갈 때 안다. 정면으로 쳐다보지 못하고 눈동자를 위로 바짝 올린다든가, 괜히 다른 곳을 쳐다보며 시치미를 떼는 그 표정이다. 아이는 케이크를 먹은 게 자신이라는 걸 말로 꺼내지 않았을 뿐, 온몸으로 표현하는 셈이다. 이처럼 우리의 흰 공막은 속마음을 고스란히 담아냄과 동시에 그 의도를 상대방이 알아차리게끔 가장 정직하게 표현해 내는 마음의 장場이기도 하다.

눈치란, 눈으로 소통하려는 본능과
'말하지 않아도 알아주길 바라는' 우리네 정서가
한 스푼 얹어진 결정체인 셈이다.

무례한
말과
무해한
말의

한 끗
차이

¶

버락 오바마 미국 전 대통령이 뉴올리언스를 방문해 주민들을 만났을 때였다. "왜 사람들이 대통령을 싫어하나요? 사람들은 대통령을 좋아해야 하잖아요." 이 놀라운 질문을 던진 건 아홉 살짜리 소년이었다. 오바마는 "내 말이 그 말"이라면서도 "나는 많은 표를 얻어서 대통령이 되었기 때문에 모든 사람이 나를 미워하는 건 아니다"라고 진땀을 흘리며 아이를 설득했다.

아홉 살짜리 소년의 질문에 오바마가 당황했던 건 그게 자신의 허를 찌르는 질문이었기 때문이다. 모두가 묻고 싶었지만, 아무도 묻지 않았던 질문. 거기에 오바마가 정색할 수 없었던 건 이 아이가 너무도 무해한 호기심으로 물어본 것이었다는 걸 알았기 때문이다. 반면 어른이 이런 질문을 던졌다면 어땠을까. 질문의 정당함보다 무례함이 먼저 언급되었을지 모르는 일이다.

2022년 한국에서도 비슷한 일이 있었다. '어린아이의 무해한 호기심' '아홉 살'이라는 두 명분은 '대중의 마음을 대변하는 직설적 화법'과 '인턴 기자'라는 프레임으로 대체되었다. 주인공은 20대 대선 당시 네 명의 대통령 후보를 기자 연기를 하며 단독 인터뷰했던, 〈SNL 코리아〉에 출연하는 배우 주현영이다. 초기엔 주현영이 실제 기자인 줄 알았던 사람도 더러 있었다. 방송 콘셉트가 코미디, 정치 풍자였지만, 대통령 후보들에게 핵심을 찌르는 질문을 던지는 유일한 역할을 해준 덕분이기도 하다. 주현영은 일명 '주 기자'라는 별칭의 기자 연기를 하면서 국민을 대신해 대통령 후보들에게 우리가 가장 묻고 싶은 질문을 던졌고, 듣고 싶었던 그들의 속내를 받아냈다. 어쩌면 본질에 가장 충실했던 인터뷰가 아니었을까 싶다. 방송을 본 사람들이 이 발칙한 대화를 크게 문제 삼지 않고 그저 코미디로 통쾌하다며 웃고 넘길 수 있었던 건 이러한 명분이 제대로 적용된 덕분이었다. 그의 질문 가운데 압권은 두 가지 보기 가운데 하나를 선택해야 하는 퀴즈, 일명 '밸런스 게임'이었다.

주 기자   2021년 기준 재산이 1550억이신데 '이 돈을 지킨다 VS 1550원만 남기고 대통령 되기'?

후보   어…대통령 되기.

주 기자   음…….

후보   어차피 대통령되면 가지고 있는 주식들 다 백지신탁해야 돼요.

주 기 자   음…그렇군요.

후보   그러니까 강제 매각하는 거죠.

주 기 자   그렇군요. 그러면 돈보다는 1550원만 꼴랑 남기고 대통령이

            되는 게 훨씬 더 좋다고 생각하시는군요?

후보   음…….

또 주현영은 '오징어 게임'*이 실제 벌어진다면 참가할지 여부를 묻자 "참가 안 한다. 확률이 너무 낮다"라고 대답한 후보에겐 "456억…그 돈이 벌써 있으신 건 아니에요?"라며 되받아치기도 했다. 시간이 지나고 주현영은 해당 코너를 진행하며 긴장됐던 순간을 다음처럼 회상했다.

"누구라고는 말씀드릴 순 없지만, (인터뷰)하기 전에 관계자분께서 '우리 후보님께 이런 질문은 하지 말아 달라'고 부탁하셨다. 그런데 (녹화) 들어가기 전에 PD님께서 '현영아 그냥 해'라고 하셨다. 현장에서 그 질문이 제 입 밖으로 나갔을 때, 정말 뒤에서 땀이 흐르더라. 그렇지만 제가 거기에 동요하는 모습을 보이면 그분도 대

● 456억의 상금을 차지하기 위해 456명의 사람들이 벌이는 데스 매치를 담은 넷플릭스 드라마.

답할 가치를 못 느끼실 수도 있기 때문에 아무렇지 않은 척 '이거 뭐 대답해 줄 수 있는 문제 아닌가?'라는 태도로 임했다. 그때 가장 긴장했다."

어쩌면 이미 짜인 각본이 있고, 유쾌하게 하자는 콘셉트의 예능 프로그램이었기에 가능했던 걸지도 모르겠다. 코너 속 주현영의 역할이 아직 방송을 잘 모르는 '인턴 기자'였다는 점도 이 인터뷰가 문제가 되지 않는 데에 한몫했다. 캐릭터 설정까지 철저하게 '풍자, 위트, 개그가 허용되는 장'이었다. 질문을 받은 후보들이 언짢았을지언정 정색할 수 없었던 이유이기도 하다. 그렇다고 주현영이 눈치를 보지 않았을까. "질문이 입 밖으로 나갔을 때 뒤에서 땀이 흘렀다"라는 그의 말엔 대통령 후보를 앞에 둔 상황 속 긴장감이 역력히 드러난다. 다만 인터뷰에서 언급했듯 '대답을 얻어 내기 위해' '아무렇지 않은 척' 물을 수 있었던 것이다.

'무해하다'라는 표현은 보통 어린아이의 어리숙함, 순수함, 천진난만함을 표현할 때 사용하는 말이다. 해가 없다는 뜻이다. 거기에 숨겨진 정의가 더 있다. 상대방을 상처 줄 의도가 없다는 것과 속내를 있는 그대로 내보이는 솔직함이다. 똑같은 질문이지만 질문을 던진 이가 스무 살을 넘긴 성인이라면 불쾌해지는 이유란 뭘까. 그가 눈치를 못 챙긴다고 생각하기 때문이다. 하지만 엄밀히 파고들면 그 눈치란 그저 사회가 만들어 낸 체면, 배려, 예의가 겹겹이 쌓인 편견의 산물일 뿐이다.

"나이가 몇 살이냐"라는 질문이 불쾌하다면 나이에 따른 편견이 사회 곳곳을 장악해 버렸다는 방증이다. "외동이에요?"라는 말이 기분 나쁘다면 외동에 대한 세간의 편견이 부정적이란 뜻이다. 나의 경우엔 그랬다. 늘 혼자였으니 양보를 모를 것, 본인 위주로 돌아가는 세상에서 자라 왔으니 독단적일 것, 원하는 모든 걸 누렸을 것이란 생각. "아, 외동이세요?"라는 한마디에 담겼을 오만가지 편견들이 오랫동안 나를 괴롭혔다.

그러한 시선들에 맞섰던 때가 있다. '혼자 자랐으니 사랑 듬뿍 받고 살아온 온실 속 화초'라는 시선과 마주할 때마다 어릴 적 아버지한테 회초리로 호되게 맞았던 이야기를 꺼낸다든가, 부모님은 원하는 걸 뭐든 사 주는 분들이 아니었다며 구구절절 가족의 소비 습관까지 들먹거린다든가, 혹여나 나의 행동에서 '독단적' '이기주의'가 내비친 건 아니었는지 끝없이 돌이켜 봤다. 아이였을 때는 '외동딸 콤플렉스'에서 벗어나고 싶어 외삼촌의 아들을 내 동생이라며 거짓말을 하고 살았던 순간들도 있었다. 끝없는 자기방어에서 벗어나려면 결국은 인정하는 것밖에 없었다. 사람들의 시선의 옳고 그름은 사실 중요하지 않았다. 내가 누군가에게 양보할 줄 모르는 환경에서 자란 건 팩트fact이며 다른 형제, 남매와 사랑을 나누지 않아도 되는 환경이었던 것 역시 팩트. 그러니 내게 부족한 점이 있다면 그걸 알려 달라 사람들에게 요청했다. 그러자 어느 순간 나를 괴롭혀 온 외동딸 콤플렉스는 사라졌다.

한참 체중이 불었다 줄었다를 반복할 때도 마찬가지였다. 꼭 한 번씩 물어보는 이들이 있었다. 묻는 방법도 가지각색이다.

"살이 많이 올랐네?"
"요즘 좋은 거 먹고 다니나 봐?"
"한동안 잘 빼더니만······."
"몇 킬로그램 정도 찐 거야?"

체중 관리로 스트레스를 받았을 때였기에 질문을 받을 때마다 기분이 그리 좋지 않았다. "네"라고 퉁명스럽게 말했다. 집으로 돌아와서도 내내 분했다. "제가 살찌는 데 보태주신 적 있나요?" 하고 받아칠 걸 그랬다는 치졸한 생각까지 들었다. 누군가 한 번 더 물어보면 "혹시 거울 안 보시나요?"라고 갚아 주려고 소심한 복수의 칼날을 갈기도 했다. 그러나 요즘은 그 말이 더 이상 내 마음을 괴롭히게 내버려 두지 않는다. 다만 그 사람에게 그런 질문은 살이 쪄서 스트레스를 받는 사람에겐 무례한 질문일 수도 있다는 걸 인지시킨다. 살이 찌고 싫어도 안 찌는 사람에게 멋모르고 "살 안 쪄서 좋겠다"라는 말을 칭찬인양 건네는 것처럼, 사실 남에게 스트레스를 줄 의도로 말을 건네는 사람은 세상에 그리 많지 않다는 걸 이제는 안다.

세상이 나에게 건네는 모든 말에 날을 세우고 살다 보면 칭찬도 욕으로 들릴 때가 있다. 가령 초면이었던 어르신으로부터 "반가워요. 후덕하고 예쁘게 생겼네"라는 말을 들었을 때였다. 욕과 칭찬을 동시에 들은 기분이었다. 집으로 돌아와 엄마에게 푸념을 털어놨는데 배꼽이 빠져라 웃던 엄마는 "덕이 많다는 뜻이니 너무 기분 나쁘게 들을 필요는 없어"라고 했다. 그러면서도 "마른 사람한테 쓰는 말이 아니긴 하지"라며 웃었다. '후덕하다'의 사전적 의미를 찾아 보니 '덕이 후하다, 관후하다, 너그럽다, 덕성스럽다'라는 뜻이었다. 좋은 의도로 한 말에 날을 세운 건 어디까지 내 마음이었다는 걸 절감한다. 그 이후 대화할 때 내가 취하고 싶은 의미만 받아들이기로 했다. 예를 들면 후덕하다는 말을 들어도 '오, 난 초면인 사람이 보아도 덕이 많은 인상이로구나'라고 취사 선택하는 식이다.

이처럼 고맥락 말 문화에선 필요 이상의 에너지를 쏟아야 하는 경우가 생긴다. 물론 무해한 척 무례한 질문을 던져 오는 사람도 더러 있다. 그런 말엔 사실 마음으로 대꾸할 가치가 없다고 느낀다. 물론 상처가 될 순 있다. 그럴 땐 단도직입적으로 표현한다. 방금 그 말이 내겐 무례하게 들렸다고 말이다. 용기가 없어 정확하게 의사를 전달할 자신이 없을 땐 침묵을 유지한다. 무례함에 할 말을 잃었다는 걸 온몸으로 보여 주는 것이다. 그리고 마음을 쓰는 일은 거기서 그렇게 끝낸다. 집으로, 침대 안으로, 반신욕하는 욕조 안까지 그 마음을 끌고 들어오지 않는다. 우리는 눈치를 타고났지만 그렇기에 눈치로부터 자유로울 수 있는 천부권 역시 타고 나지 않았는가.

잊을 만하면 끊임없이 재조명되고 있는 이야기로 마무리하려 한다. 누군가 온라인 커뮤니티에 '한 아이의 엄마를 찾습니다'라며 올린 글이다. 요약하자면 이렇다. 글쓴이는 반찬 가게를 운영하는 사람으로 종종 그의 엄마가 일을 도와주었다. 글쓴이의 엄마는 17살 때 공장에서 일하다 왼쪽 손을 잃어 평소 의수를 착용해 왔다. 오랜 시간 의수를 끼면 피부가 간지럽다 보니 잠깐 의수를 빼놓았는데, 때마침 가게에 들어온 다섯 살짜리 아이가 글쓴이의 엄마에게 물었다.

"할머니는 왜 손이 없어요?"

아이의 말에 당황해서 할 말을 잃은 사이 아이의 엄마가 재빨리 대답했다.

"할머니는 음식을 너무 맛있게 잘 만들어서 천사님이 손을 빌려 간 거야. 네 외할아버지처럼 나중에 하늘나라에 가시면 빌려줬던 손도 돌려받고, 상도 받고, 선물도 많이 받으실 거야. 그러니까 할머니께 '맛있게 잘 먹겠습니다' 하자."

글쓴이는 글의 말미에 '사소할 수 있지만 저희 엄마는 그 일로 아이처럼 웃으며 좋아하셨다'라고 적었다. 더불어 감사함을 표현하고 싶다며 아이 엄마를 애타게 찾고 있다고 덧붙였다. 말 한마디로 천 냥 빚도 갚는다고 했다. 이렇게 햇살같은 말 한마디에 피곤한 맥락과 어려운 분위기 속 고단한 눈치 여정도 눈 녹듯 사라질 수 있다.

PART 2

속마음을
선명하게 읽는 법

진실은
맥락에

숨겨져
있다

¶

"미국에선 코스트코가 식자재나 생필품을 사는 마트인데요. 혹시 일본에서는 데이트 코스인가요?"

미국의 한 언론사가 일본의 리얼리티 프로그램 〈테라스 하우스〉* 제작진을 만나자마자 건넸다는 질문이다. 질문의 내막은 이러하다. 마음에 둔 여성과 저녁 식사를 하러 간 남성. 방송사에서 제공한 차를 운전해 보고 싶다는 걸 핑계 삼아 은근슬쩍 여성에게 데이트를 신청하는 장면이다. 하지만 남성의 마음을 진작에 알아챈 여성은 호응할 생각이 없는 눈치다.

- 넷플릭스와 일본의 후지텔레비전이 공동 제작하는 일본의 리얼리티 프로그램이다. 일반인 남녀가 한 지붕 아래 생활하는 모습을 담았다. 독채와 차량을 제공하고 그들이 생활하는 모습을 담아낸다. 처음 만난 남녀가 주고받는 대화, 관계를 맺어 가며 나우는 어어 녹하됩 하면은 모니터하는 패널들이 주고받는 대화들을 엿볼 수 있다.

남　그 차 타보고 싶은데, 같이 타자.

여　차? 다들 코스트코 가고 싶다던데.

남　코스트코?

여　응.

남　이 맥락에서 코스트코는 좀……. (웃으며) 난 지금 데이트 신청하려고 한 건데.

여　아……. (웃으며) 데이트?

남　갑자기 코스트코 이야기가 나와서.

여　아 그래? 코스트코 이야긴 줄 알았지.

남　내가 코스 짜 놓을게. 차로 어디든 멀리 가자.

여　멀리?

남　응, 운전해서 갈 수 있는 곳.

여　코스트코는?

남　어디든지 좋아.

여　코스트코 가고 싶어. 다른 애도 가고 싶다 그랬어.

이 짧은 대화에 '코스트코'라는 단어가 무려 일곱 번이나 등장한다. 여성은 정말 코스트코에 가고 싶었던 걸까? 아니다. 어떻게든 남성과 단둘이 있고 싶지 않았다. 어딘가 모르게 겉도는 대화. 여성은 한결같이 코스트코를 방패 삼으며 최대한 간접적으로 거절한다. 남성은 그런 여성의 의도를 아는지

모르는지 기어이 '데이트'라는 단어를 꺼내 든다. 부담스러워
진 여성, '단둘이' 가는 것만큼은 피해 보자는 심산이다. 다른
사람을 끌어들여 '다 같이' 코스트코에 가는 걸로 대화는 마무
리된다. 그러니까 여성에게 코스트코란, 데이트를 가고 싶지
않아 막다른 골목에서 찾은 유일한 비상구 같은 셈이다. 여성
의 속마음을 괄호 안에 넣어 각색해 보자면 다음과 같다.

남 그 차 타보고 싶은데, 같이 타자.

여 차? (갑자기?) 다들 코스트코 가고 싶다던데. (일단 다 같이 장 보러
가는 식으로 대화를 몰아가 봐야지)

남 코스트코?

여 응. (제발)

남 이 맥락에서 코스트코는 좀……. 난 지금 데이트 신청하려고 한
건데.

여 아……. (큰일 났네, 뭐라고 하지?)

여성이 시간을 벌기 위해 웃어 본다.

여 (일단 못 들은 척 되묻자) 데이트?

남 갑자기 코스트코 이야기가 나와서.

여 (냉부새 화법으로 시간을 끌어 보자) 아 그래? 코스트코 이야기인 줄

알았지.

남　내가 코스 짜 놓을게. 차로 어디든 멀리 가자.

여　(또다시 앵무새 화법에 도전) 멀리?

남　응, 운전해서 갈 수 있는 곳.

여　(코스트코를 밀어야겠다) 코스트코는?

남　어디든지 좋아.

여　(난 안 좋아) 코스트코 가고 싶어. (둘이 가긴 부담스러워) 다른 애도

　　가고 싶다 그랬어.

미국 시청자들은 어쩌다 그가 코스트코에 가고 싶어 한 것이라 이해한 걸까. 여성은 군이 갈 거라면 코스트코에 가자고 했다. 남성에게서 데이트라는 말을 듣자마자 웃음으로 얼버무렸다. 남성이 데이트하고 싶어 한다는 걸 알면서도 코스트코 이야기인 줄 알았다며 말을 돌린다. 남성이 멀리 가자는 말에 "멀리?"라며 되묻더니 다시 코스트코 방패를 꺼냈다. 남성의 어디든지 좋다는 말에도 여성은 군이 코스트코가 좋다며 '다른 애'를 끌어들인다.

대화 내내 여성은 확실한 의사 표현을 한 번도 보여주지 않았다. 시종일관 웃음으로 무마했고 말을 돌렸다. 직접적으로 'No'를 외치지 않았을 뿐 간접적인 표현은 끊임없이 등장했다. 눈치나 표정, 정적, 되묻기, 못 알아들은 척, 달갑지 않은

뉘앙스. 그는 비언어 커뮤니케이션에 비중을 두었던 것이다.

애써 짓는 미소, 멋쩍은 표정, 어색한 정적, 우회적인 화법. 어쩌면 우리에겐 익숙한 표현이다. 버스에서 큰소리로 통화하는 승객을 힐끔거리거나 곁눈질로 눈치를 주는 사람은 있어도 대놓고 "통화 자제해 주세요"라고 말하는 사람은 드물다. 사무실에서 볼펜을 똑딱거리는 사람에게 헛기침은 할지언정 "볼펜 소리가 시끄럽다"라고 말하는 경우도 드문 편이다. 미국 시청자들이 해당 에피소드를 보고 '일본에선 코스트코가 데이트 코스로 인기 있나 봐'라고 생각했다는 건 그들 문화에선 직접적인 언어 표현을 그만큼 중요시한다는 방증이다.

〈테라스 하우스〉 시리즈 내내 코스트코 사건은 잊을 만하면 회자됐다. 일본인들에게는 미국인의 시각 또한 신선하고 낯설었던 모양이다. 이러한 동서양의 문화 차이를 깔끔하게 설명해 줄 수 있는 이론이 있다. 에드워드 홀Edward. T. Hall의 '문화적 맥락cultural context'이다. 한마디로 표현하자면 대화를 나눌 때 얼마나 문맥에 의존하는지를 보는 것이다. 여기서 문맥이란 분위기, 눈치, 뉘앙스, 말투, 눈치와 같은 비언어 커뮤니케이션을 의미한다. 거기에 둘 사이의 관계와 대화의 전후 맥락까지 포함된다. 모두 언어가 아닌 눈치로 파악해야 하는 요소들이다.

한국과 일본은 에눌러 말하고, 줄여 말하는 데 익숙한 문화다. 그만큼 공유하는 문맥이 거대하다_{high context}는 뜻이디.
에드워드 홀이 말하는 문맥의 정의는 '벌어진 일을 휘감고 있는 정보, 벌어진 일의 의미와 밀접하게 연결되어 있는 것'이다. 〈테라스 하우스〉에서 여성이 남성에게 직접적으로 거절하지 못한 이유엔 다양한 배경이 있다. 매일 얼굴을 보며 살아야 하는 사이라는 점, 남성이 직접 고백을 해 온 게 아니기에 직접 거절할 명분 또한 없다는 점, 선불리 나섰다가 관계가 곤란해질 수 있다는 점, 이야기하지 않아도 지레짐작으로 눈치채 주길 바란다는 점, 그 마음들은 언어로 표현되지 않는다. 그저 여성의 정적과 멋쩍은 웃음, 못 알아듣는 척하는 무해한 얼굴 표정으로 드러날 뿐이다.

"바빠?"라는 말은 지금 잠깐 시간 되냐는 뜻, 혹은 얼마나 바쁘길래 답장도 안 하냐는 뜻, "요즘 바빠?"라는 말은 한번 보자는 뜻, 부탁할 일이 있다는 뜻, 무수한 경우의 수를 두고 있다. 단지 우리는 상대방이 누구인지, 그간 우리 사이에 어떤 대화가 오갔는지, 대화의 전후 맥락으로 열심히 추측할 뿐이다. 지나가다 우연히 만난 지인이 "언제 밥 한번 먹어야지!" 했다고 해서 대뜸 휴대폰 캘린더를 열며 "나는 다음 주 목요일 괜찮아. 어때?"라는 말을 건네기란 쉽지 않다. 혹 그런 사람이 눈치 없다고 느껴진다면 그만큼 우리가 문맥에 비중을 두는 경향이 높다는 방증이다. "밥 한번 먹자"라는 말이 인사치레라는 건 알지만, 문자대로 해석하면 사실 틀린 말은 아니다. 다만 말 자체에 사실 어떤 진실을 얼마나 담는지 차이가 있을 뿐이다.

주어가 생략되는지 아닌지로도 문맥 의존도를 알 수 있다. 대화자들이 충분히 문맥을 공유하고 있다면 굳이 주어를 붙일 필요가 없다. 흔히 동서양 언어를 비교할 때 주어의 생략이 차별점으로 거론된다. 주어가 생략될수록 대화자들이 문맥을 공유한다는 전제가 깔린다. 친한 사이일수록 주어가 생략되는 건 일상에서도 볼 수 있다. 연인 관계에서 한쪽이 유독 "나는 지금 데이트 신청을 하니까, 내가 데이트 코스를 짜 놓을게"라는 식으로 주어를 강조한다면 그만큼 둘이 공유하는 문맥이 적은 편이란 뜻일 수 있다. 하지만 어디까지나 그런 경향이 있다는 것일 뿐, 동양 문화권에 살고 있다 해서 모두가 그런 건 아니다. 열심히 코스를 짜겠다며 신이 나 있는 코스트코 사건의 남성처럼 우리가 매일 대화 속 눈치를 찾아 헤매는 이유이기도 하다.

그럼에도 맥락을 더 많이 살피는 쪽은 역시나 위계가 낮거나 관계가 틀어졌을 때 불이익을 당하는 쪽이라는 건 부정할 수 없다. 앞뒤 맥락 다 자르고 주어를 생략하는 화법. 뜬금없이 "잘 되어 가냐" "어떻게 됐냐"라며 깜빡이 안 켜고 훅 들어온 한마디에 누군가는 식은땀을 흘리기도 한다. 말을 건네 온 상대가 내게 임금을 주거나 인사를 평가하는 위치에 놓여 있다면, '뭐가 잘 되어 가야 하는지' '뭐가 어떻게 된 건지' 그저 열심히 눈동자를 굴려 답을 찾아내야 하니 말이다.

이해관계에 얽혀 있지 않다면 "뜬금없이 무슨 소리야?" 되물어볼 수 있다. 상대방이 누구냐에 따라 돌려줄 대답도 달라진다는 뜻이다. "뭐가요?"라고 물을 수 없는 상대방, "갑자기?"라고 물을 수 없는 상태일 수도 있다. 작은 호칭 하나에도 관계성이 드러나는 우리 문화에서 그런 문맥을 읽지 않기란 매우 어렵고, 당연히 문맥을 읽어야 하는 상황임에도 울분이 터져 나올 때가 있는 것이다.

"저는 '맥락'이라는 말이 싫습니다. '분위기'만큼이나 어려워요. 법을 공부할 때 말 뒤에 숨겨진 맥락과 분위기를 파악하지 않아도 되어서 좋았는데 그것만으로는 안 되는 사건도 있는 것 같습니다."

드라마 〈이상한 변호사 우영우〉에서 이런 맥락에 대해 화두를 던지는 대사였다. 무해한 얼굴로 이 말을 읊는 주인공 우영우(박은빈 役)의 얼굴에 나는 왠지 모를 뭉클함을 느꼈다. 우린 사실 너무도 많은 순간에 생각보다 더 자주 서로의 맥락을 살피며 산다는 걸, 가끔은 그 고단함에 지치기도 한다는 걸, 그럼에도 맥락이 만들어 주는 줄기에 기대어 사는 삶을 숙명처럼 받아들인다는 걸 넌지시 알려 주는 대목이었기 때문이다. 매 순간 우릴 고달프게 만들지언정 여전히 우린 서로에게 얽혀 있는 맥락을 이어 가기 위해 의지가 서린 오늘을 살아 내고 있는 건 아닐까.

공기와
뉘앙스,

맥락을
여는 법

¶

지인으로부터 전화가 걸려 왔다. 받자마자 대뜸 지인이 물었다. "그거 어떻게 됐어?" 나는 일단 시간을 벌기 위해 "그거요……?" 하고 천천히 되물었다. 마침 생각났다. 한 달 전쯤 지인과 식사하던 자리에서 스치듯 지나간 이야기였다. 지인의 마지막 말은 "나중에 시간 되면 한번 고민해 봐"였다. 그리고 한 달이 지난 오늘 내게 전화를 걸었던 것이다. 지인의 맥락 속에서 한 달이란 공백은 무의미했던 모양이다. 마치 그 이야기를 꺼낸 것이 엊그제인 것처럼 물었으니 말이다.

앞서 언급했던 에드워드 홀의 문화적 맥락 이야기를 다시 가져와 본다. 사람들이 대화를 나눌 때 얼마나 문맥에 의존하는지 살펴보면 동양권 특히 한국과 일본은 맥락에 대한 의존도가 높은 문화라는 내용이었다. 그래서일까. 일본에는 '당신과 이야기했던 그 맥락'이란 뜻을 가진 단어가 존재한다. 레이노例の라는 단어다. 법식, 규칙, 규정을 뜻하는 예例. 일본어 사전을 펼쳐 보면 '말하는 이와 듣는 이가 둘 다 알고 있는 사람,

사정을 지칭'한다고 풀이된다. 이런 레이노의 뒤엔 (우리가 공유하고 있는) 사람이나 장소, 사건 같은 명사가 붙는다.[*]

상사   레이노 히토例の人(그 사람) 어떻게 됐어?

부하   결국 해고됐다고 합니다.

▶   그 사람의 해고 직전까지 상황을 둘 다 알고 있다는 뜻이다.

상사   레이노 모노例の物(그 물건) 가져왔어?

부하   당연하죠. 부서지지 않게 잘 가져왔습니다.

▶   상사가 부하에게 가져오라고 당부한 물건이 있다는 뜻이다.

상사   레이노 고토例の事(그 일) 결국 하기로 했어.

부하   잘됐네요! 원하시던 일이었잖아요.

▶   상사가 하기로 한 일을 부하도 알고 있다는 뜻이다.

●   우리도 이미 알고 있는 바를 이야기할 때 '예의'라는 표현을 사용한다. "아무튼 아버지는 '예의' 그 사팔뜨기 눈으로 어머니를 쏘아보았다(정지아, 《아버지의 해방일지》, 창비, 2022, 93쪽)"의 경우 앞서 설명한 아버지의 사팔뜨기 눈이란 이미 독자들과 공유하고 있는 맥락이기에 '예의'라는 표현으로 대신했다. 다만 우리의 경우 구어체에서 좀처럼 볼 수 없다는 것에 차이를 둔다.

레이노는 일종의 암호다. 한편으로는 상대방에게 한 번도 이야기한 적 없는 '명사'를 두고 레이노라는 말을 사용하는 경우도 있다. 케이크에 초를 꽂은 채 '그거 어딨어, 그거'라고 말한다면 십중팔구 라이터나 성냥을 찾고 있다는 뜻인 것처럼 서로가 알고 있을 거란 믿음을 기반으로 할 수 있는 말이다. 하지만 레이노라는 말 자체에 우리가 육안으로 확인할 수 있는 힌트는 잘 보이지 않는다.

우리말로 하면 '거시기'쯤 되려나 싶다. 실생활에서 거시기라는 말을 쓰는 경우가 드물다면 '그거 있잖아, 그거'라는 식으로 상대방한테 '그거'를 알아차려 달라는 시그널을 보낸다. 그 말을 들은 상대방은 열심히 고민한다. 눈앞에 있는 상대방의 모습, 맞닥뜨린 상황, 그간 상대방과 주고받았던 이야기들까지. 모든 시간이 '그거'의 단서가 된다. 그 단서가 곧 맥락이다.

친한 친구나 동년배쯤 되는 편한 지인이라면 "그거 있잖아"라는 말을 들었을 때 받아칠 수 있는 대답이 수십 가지는 된다. "그게 뭐야, 말을 해 봐"라며 짓궂게 다그치거나 "그거, 그거, 뭘까, 그거" 스무고개하듯 함께 고민할 수도 있다. 〈삼시세끼〉에서 배우 유해진이 한 것처럼 말에 가락을 붙여 "그게~ 뭘까~ 어디~ 있을까~" 알면서 모르는 척 장난도 좀 칠 수 있다. 하지만 상사가 사무실에 늘어와 나싸고짜 "그기 있싫어" 한다면 상황은 달라진다. 부하 직원들이 "어떤 건지 말씀해 주셔야 알지 않겠습니까?"라고 되받아칠 수 있는 경우는 드물다. 다만 촌각을 다투어 상사의 말에 정답을 찾아낸 다음 매우 부드러운 목소리로 "혹시 어제 말씀하셨던 서류라면 이미 작성해 놨습니다"라는 식으로 대답해 볼 수 있겠다. 물론 언제나 마음처럼 흘러가진 않지만.

지인처럼 대뜸 그거를 찾는 일은 일상에서 비일비재하다. 나는 그럴 때 그들과 나의 시공간이 다르게 흘러간다고 여긴다. 분명 우리 사이에 맥락은 존재한다. 다만 내 눈엔 보이지 않는 맥락이요, 그대의 머릿속에 가득한 맥락일 뿐이다. 대부분은 지금 당장 궁금하거나 도움이 절박한 상황일 터이다. 그래도 어느 정도는 깜빡이를 켜 주어야 마땅하거늘 앞뒤 다 자르고 혹 들어오니 상대방은 당황스러움에 머뭇거리기 마련이다.

취재원한테 전화를 걸거나 필요한 자료가 있어 공공기관에 요청할 경우 나 역시 비슷한 실수를 저질렀다. 메시지로 지인에게 무언가를 물어볼 때도, 누군가에게 작은 도움을 요청할 때도, 갑자기 할 말이 생각났을 때도 마찬가지다. 한번은 섬에 사는 어민을 취재할 때였다. 통화도 꽤 여러 번 했고 취재차 이런저런 이야기를 나눈 상태였다. 며칠이 지나고 마을 주민을 소개받을 일이 있어 전화를 걸었다. 한참을 통화하고 나서 몇 차례 질문을 더 하려 하니 어민이 말을 머뭇거리기 시작했다. 잠시 정적이 흘렀고 "지금 내가 조업 중이라서 끝나고 다시 전화할게요"라는 말로 통화를 끝맺는 게 아닌가.

아뿔싸 싶었다. 물론 그가 전화를 받자마자 "통화 잠깐 괜찮으시냐"라고 양해는 구한 상태였다. 그럼에도 생각보다 길어지는 전화에 그는 난감했을 터였다. 나는 이 사안을 계속해서 취재하고 있었으니 그 길고 거대한 맥락 속에 살고 있는 상태였으나 그는 달랐다. 새벽에 배를 타고 나와 망망대해에서 열심히 통발 작업을 하는 와중에 걸려 온 전화였던 것이다. 그가 보내는 일상과 내가 보내는 일상엔 엄연히 다른 시간이 흐르고 있었거늘 내가 충분히 배려하지 못한 탓이었다. '용건은 간단히' 해야 맞다지만, 다짜고짜 일면식도 없는 사람에게 '용건부터' 말하는 것은 실례라는 생각이 점점 짙어진다.

"그때 먹었던 제철 회 참 맛있던데" 했을 때 스피드 게임처럼 "상암동 모리타!" 하고 나올 정도의 사이라면야 이런 건 전혀 문제되지 않을 수 있다. 다만 이제는 가까운 사이일수록 좀 더 신경 써 보고 싶다는 생각이 든다. 한 지붕 아래 사는 가족일지라도 같은 공간에 있는 게 아닌 이상 상대방과 나의 시간은 다르게 흘러갈 것이니 말이다.

한동안 이런 고민을 안고 살았던 나에게 좋은 본보기가 되어 준 동료가 있다. 그는 어떤 취재원에게 전화해도 늘 같은 문장으로 말문을 연다. 우연히 알게 됐다. 시방의 관공 공기관에 전화했을 때 전화를 받았던 공무원이 동료의 이름을 먼저 꺼낸 것이다. "취재하는 분한테 그런 말을 들은 건 처음이었어요." 그 한마디는 "식사는 하셨어요?"였다.

그러고 보니 그 친구, 누구와 이야기를 한들 항상 "밥은 먹었냐"라는 말부터 건넨다. 누군가는 빈말이라 싫어할 수 있을지언정 밥 먹듯 주고받는 그 말이 때론 반갑게 들려 온다. 마음이 허할 때 엄마가 건네 오는 "밥은 먹었어?"라는 한마디가 그 어떤 말보다 더 큰 위로로 다가오듯 말이다. 끼니를 거른 채 야근을 이어가는 와중 그가 뜬금없이 "밥은 먹었고?"라고 물어 오면 마음이 사르르 녹는다. 보릿고개는 옛말이 되어 버린 요즘이지만, 먹고사는 데 급급하지 않고 어느 정도 여유가 생긴 사회라지만, 여전히 우리의 가장 기본적인 안녕을 묻는 말임은 부정할 수 없다.

〈한국인의 쩝쩝어휘〉라는 온라인 커뮤니티에 떠돌아 다니는 작자 미상의 훌륭한 사전이 있다.

상황	표현
사람이나 상황이 싫을 때	밥맛 떨어진다
어떤 사람과 함께하고 싶지 않을 때	겸상 안 한다
일을 못하거나 영리하지 못할 때	밥값을 못한다, 밥그릇도 못 챙겨 먹는다

잘 지내는지 물을 때	밥은 먹고 다니냐
상대방이 바쁠 때	밥은 먹고 해야지
얌체 같은 사람을 가리킬 때	숟가락 얹는다
회사에서 해고당하지 않는 사람이나 자리를 가리킬 때	철밥통이다
감옥에 수감될 때	콩밥 먹는다
몹시 화가 났을 때	밥상 엎는다
만나고 싶을 때	밥 한번 먹자
어떤 일을 무조건 해야 할 때	찬밥 더운밥 가릴 때가 아니다

"밥 한번 먹자"라는 말부터 "밥맛이 없다" "겸상도 하기 싫다" "숟가락만 얹는다"까지. 으레 당연한 듯 써 왔던 말인데 모아 놓고 보니 새삼스럽다. 우리가 '밥'에 기대는 안녕은 일상 속 언어에 이렇게나 다채롭게 녹아 있는 셈이다.

그 외에도 "밥 먹을 땐 개도 안 건드린다"라는 말처럼, 우리네 삶에 '밥상'이란 장場이 자주 등장하는 건 밥에 서로의 안녕이 고스란히 담겼다는 걸 무의식적으로 인지한다는 뜻이기도 하다. '밥맛이 돌아왔다'라는 말은 그간 묵은쌀로 밥을 해 먹었는데 간만에 양반쌀 진미라 고급스러운 맛이 돌아왔디는 뜻이 아니다. 그간의 편치 못했던 심기가 비로소 안정되었기에 맛을 누릴 수 있는 여유가 생겼다는 의미다. 방송 아이템도 못 찾았는데 '밥이 넘어가냐'라는 말은 사회 초년생 때 유독 자주 들었던 말이지만, 나는 "밥심으로 사는 민족이라며, 먹고살자고 하는 짓이라며, 밥값하려면 일단 밥부터 먹어야 하는 것 아닌가?"라고 조용한 반기를 들었던 기억이 있다.

본론을 꺼내기 위해 건네는 "식사하셨냐"라는 질문은 진심으로 상대방의 끼니를 걱정해서 하는 말이 아닐 수 있다. 그 질문에 상대방이 진지하게 "오늘은 한식이 좀 땡겨서 장조림이랑 김치찌개 먹고 왔어요"라고 대답한들 "그러셨군요" 외엔 달리 대답할 말이 없기도 하다(물론 상황에 따라서 장조림과 김치찌개를 필두로 이야기를 시작해 볼 수도 있겠지만). 그럼에도 "식사하셨냐"라는 말은 하루 24시간 가운데 지금 이 순간부터 당신과 나의 시간을 함께 보내게 된다면 당신의 안녕을 묻는 것으로 대화의 맥락을 만들어 가겠다는 의미를 포함하고 있다.

"식사하셨어요?"에 얽힌 맥락에는 '내가 지금 당신에게 전화를 건 이유를 당신도 어느 정도 눈치챘겠지만, 일단 지금 점심시간이 막 지난 시점이니 예의를 갖추고 싶고, 혹시 당신이 맛있게 먹은 메뉴에 대해 이야기해 주어도 크게 상관은 없지만, 곧 본론으로 들어갈 것'이라는 뜻이 담겼다. 곧장 빈말로 치부되지만, 사실은 꽤 다채로운 의미를 담고 있는 셈이다. 대화를 위한 예열 작업이자 상대방에 대한 배려다. 지금 이 순간부터 당신과 나의 맥락을 열어 가겠다는 물꼬의 신호인 것이다.

얼마 전 "식사는 하셨어요?"를 자주 사용하는 그 동료가 취재원의 마음을 얻었던 문장이 "편안한 밤 되십시오"라는 말이었다는 걸 들었다. 누군가에겐 그저 빈말일지언정, 대화를 마무리하는 상투적인 문장일지언정, 취재원은 한 번도 편안한 밤을 보낸 적이 없었는데 동료의 "편안한 밤 되십시오"라는 말에 동료를 만나 보고 싶은 마음이 들었다고 한다.

식사는 하셨냐며 말문을 여는 문장에, 하루의 맥락을 끝내기 위한 편안한 밤 되시라는 매듭에, 동료가 어떤 마음을 담았을지 그 무게를 가늠할 길은 없다. 다만 우리가 상투적으로 쓰는 문장 하나에 담는 깊이란 상대방에 따라 다르게 가닿을 거란 것. 오로지 그렇게만 추측해 볼 뿐이다.

하지만 생각해 본다. 누군가와 대화를 열어 가고, 만남을 이어 가고, 용건을 주고받고, 관계를 만들어 가는 과정에서 상대방과 나의 맥락을 연결하는 데엔 나의 책임이 있다는 것을. 그 맥락을 여닫을 때 어떤 문장을 선택할지는 자유롭겠지만, 빈말이라 생각했던 공간에 상대방의 안녕을 묻는 한마디쯤 넣어 보는 건 그리 어려운 일도, 거추장스러운 일도 아님을 넌지시 적어 본다.

분위기를
바꾸는

친절한
언어들

¶

어느 날 아침이었다. 잠결에 엄마 목소리가 들렸다. "어머나, 너무 예쁘네!" 가만 보니 식탁에 장미꽃 한 송이가 작은 화병에 꽂혀 있었다. 이리 둬 봤다가 저리 둬 봤다가 어느 쪽이 더 예쁠까? 한껏 들뜬 엄마 옆에 웃으며 의기양양한 표정을 짓고 있는 건 아버지였다. 웬 장미냐 물으니 아침 산책하고 돌아오는 길에 마당에 떨어져 있던 걸 주워 온 것이라 했다. 그날 아침, 꽃 한 송이로 밥상은 화기애애했다. 칭찬은 아버지를 움직였다. 다음 날도 그다음 날도 식탁엔 어김없이 장미꽃이 놓여 있었다. 그때마다 엄마의 언어는 섬세하고 다양하게 변했다. 어제는 식사 내내 풍겨 오는 장미의 향기에 대한 이야기를 하다가도 다음 날은 색감이 화병에 잘 어울린다는 말이 오갔고 다른 날은 잊지 않고 장미꽃을 주워 줘 고맙다는 식이었다.

아버지가 안 열리는 반찬 뚜껑을 연다든가 고장 난 자질구레한 것들을 뚝딱 고쳐 낼 때마다 엄마는 아버지 앞에 엄지를 척 내세웠다. 조금 오글거리게 들리는 말도 아무렇지 않게 건

났다. "우리 남편 최고!" 칭찬이 쑥스러운 아버지는 고개를 숙인 채 잔잔하게 웃었다. 생각해 보면 대수로운 것들도 아니다. 안 열리는 뚜껑은 고무장갑 끼고 열면 잘 열린다. 떨어진 뚜껑은 접착제로 붙이면 잘 붙는다. 그럼에도 엄마는 기어이 말로 표현하는 쪽을 택한다. 어떻게 이런 걸 고쳐내느냐며. 이렇게 행동의 끝에 구체적인 표현이 따르면 새로운 전개가 열린다. "고칠 거 뭐 더 있나? 가져와 봐, 내가 고칠게!" 한껏 의기양양해지는 아버지의 마음처럼 말이다.

얼마 전 출근길에 겪은 일이다. 내가 탄 버스가 굴다리 아래 커브 길을 지나고 있을 때였다.

"기사님!"

"네."

"기사님, 진짜 이렇게 좁은 통로 다니실 때마다 대단하신 것 같아요."

"(웃으며) 왜요?"

"이렇게 큰 차를 몰고 통로를 지나가는 건데 이걸 어떻게 운전하지?' 그런 생각이 들어요. 얼마나 연습을 많이 하신 걸까. 정말 대단하신 것 같아요."

버스 기사의 뒷자리엔 20대 초반쯤 되어 보이는 여성이 앉아 있었다. 버스가 우아한 곡선을 그리며 도로를 통과할 때마다 여성은 입 모양을 동그랗게 벌린 채 조용한 감탄사를 뱉어냈고, 백미러에 비친 기사의 얼굴에 연신 미소가 번졌다. 그가 어떤 의도로 기사님에게 뜬금없는 칭찬을 건넸는지는 모른다. 그런 건 중요하지 않았다.

내게 인상적이던 건 백미러를 통해 반사되던 기사님의 웃음꽃 피어나던 얼굴과 단어 하나하나를 세심하게 골라내며 힘주어 말하던 그의 다부진 말투였다. 애초에 대중교통을 책임지는 기사님한테 굳이 운전을 잘한다는 말을 건넬 일도 드물겠지만, 기어이 건넨다 한들 내가 생각한 최상의 언어는 "승차감이 좋네요"가 전부인데, 그는 달랐다. 기사님이 핸들의 커브를 꺾는 우아함, 제자리로 돌아오는 핸들을 부드럽게 터치하며 바로잡는 손길까지 하나하나 의미를 부여했다. 그후 한동안 굴다리 커브 길을 지날 때마다 그날의 기억이 떠올랐다. 언제 곱씹어도 웃음을 머금게 되는 잔상이다.

아이가 100점을 맞아 왔다. 이때 "이야, 우리 아들 멋지다!"라고 칭찬하는 것보다 "엄마는 네가 100점을 맞았다는 것이 참 기뻐. 그건 네가 실수를 안 하고 잘 풀었다는 얘기니까"라고 해주는 것이 더 좋다. 무조건 "아유 예뻐" "너무 멋지다" "정말 착하네" "역시 최고야" 식으로는 칭찬하지 않았으면 한다. 물론 예쁜 옷을 입어서 예쁠 내는 예쁘다고 해도 된다. 하지만 뭔가 성취를 잘해냈을 때 조차 뭉뚱그려 그런 말로 칭찬하지는 말아야 한다.

오은영 정신건강의학과 전문의가 부모들에게 보내는 편지다. 섬세한 언어를 사용하는 게 좋다는 걸 머리론 안다. 입에 잘 붙지 않을 뿐이다. 제아무리 사랑스러운 아기가 태어난다 한들 나의 언어가 아닌 이상 자연스럽게 건넬 수 없음은 당연하다. 내가 뱉어 본 적 없는 말은 범접할 수 없는 영역의 언어이기 때문이다.

대화를 나누고 나면 기분이 좋아지는 사람이 있다. 비결이 뭘까 관찰해 보니 자기만의 언어를 구사하는 사람들이었다. 그들이 어떤 공통점을 가졌을지 살펴보니 답은 하나. '친절함'이었다. 친절함이란 구체적인 언어이자 섬세함을 의미한다. 뭉뚱그려 말하는 데 익숙해진 요즘의 언어에서 한 발자국 더 깊숙하게 들어가는 것. 그렇게 좀 더 다채로운 언어를 구사하는 사람들이 있다.

"예쁘다"라는 말 대신 "오늘 입은 옷 처음 보는 것 같은데 잘 어울린다"라고 말하는 식이다. 우리가 어제 같이 보낸 하루가 재밌었다면 그들은 "즐거웠다"라는 말 대신 "문득 든 생각인데, 역시 삼겹살은 너랑 먹을 때 맛있는 것 같다"라며 구체적인 순간을 꼽아 낸다. 영혼 없이 그저 문장만 길게 늘어뜨리는 게 아니다. 그들의 섬세함은 상대방에 대한 감정을 하나의 그림으로 각인시키는 작업이다. 그렇게 그림을 그려 내는 언어는 상대방의 마음에도 한참을 맴돈다. 오늘 뭐 입고 갈까 고민하다가도 "잘 어울린다"라는 말을 들었던 옷은 괜히 한 번 더 만지작거리게 된다든가. 삼겹살이 먹고 싶어지는 날이면 저 말을 해준 얼굴이 한 번 더 떠오르는 법이다. 구체적인 언어는 한 폭의 그림 같은 장면을 만들어 내고, 누군가에게 오랜 흔적을 남긴다.

부산에서 갓 잡았다며 꽃게를 한 상자 보내 온 지인이 이런 말을 했다. "승민이 언니 먹으려고 면접까지 본 놈들이에요. 다리 떨어진 애들은 파지게가 아니고 40마리 한 상자인데 20마리로 나누려다가 잘린 애들이에요. 아픈 애들 아니니까 맛있게 드세요." 게도 맛있었거니와 그의 마음만으로도 배가 불러오는 기분이었다. "먹어요. 선물이에요"라는 말을 그는 어쩜 이렇게 위트 있게 표현했을까?

이런 친절한 언어는 비단 친목을 도모하기 위한 수단만은 아니다. 업무를 볼 때도 '친절함' 그러니까 '구체적인 답변'을 해 주는 친구들이 있다. 종종 팀 단체 채팅방에서 당일 기사를 모니터링한 다른 팀원이 방송을 담당했던 팀원에게 피드백을 해 쥰다. 그저 매일 하는 상투적인 언어도 물론 존재한다. '고생했다' '수고했다' '잘 봤다' 같은 언어다. 그러나 눈길을 끄는

긴 역사나 특정 장면을 구체적으로 묘사한 언어들이다. "뙤약볕 아래 쭈그리고 앉아 있던 할머니 옆으로 다가가서 인터뷰를 하는 모습이 인상적이었어"라든가 "예원아, 이건 너니까 할 수 있는 아이템인 것 같아. 너가 가진 시선이 오롯이 담겨서 보는 내내 마음이 따뜻했어"라는 식이다. 방송을 안 본 사람이라 할지라도 저런 말을 들으면 대체 무슨 장면일까 궁금해지기 마련이다. 뇌리에 박히는 표현은 구체적일수록 강렬하다.

한번은 엄마가 마늘을 자른 칼로 파프리카를 썰었다. 그 파프리카가 들어간 샐러드를 한 입 맛본 아버지가 파프리카에서 마늘 냄새가 난다며 얼굴을 찌푸렸다. 엄마 역시 아버지의 의중을 모르지 않을 터였다. 엄마는 욱해서 "그럼 당신이 샐러드 만들든가" 할 수 있다. 또는 대수롭지 않다는 듯 "아, 쏘리" 할 수도 있다. 아침 밥상에 마늘 냄새나는 파프리카는 그리 큰일이 아니니까. 그러나 잠깐 정적이 흐르고 엄마가 내놓은 대답이 내겐 다소 인상적이었다. "맞네, 도마를 안 썼고 파프리카를 썰어 버렸다. 냄새가 좀 심한가? 와, 근데 당신은 후각도 미각도 뛰어나네요. 나보다 훨씬 뛰어난 것 같아." 자칫 불쾌할 수 있는 언어를 칭찬의 언어로 바꾸는 힘은 그런 친절함에 있었다.

칭찬 같은 좋은 말은 물론이요, 다소 달갑지 않게 들리는 말도 한순간에 분위기를 바꿔 버릴 수 있는 힘은 생각보다 작고 소소한 것들이 품고 있다. 같은 말도 어떤 언어로 표현할 수 있을지 고민하다 보면 상황이나 상대방을 더 자세히 보게 된다. '자세히 보아야 예쁘고, 오래 보아야 사랑스럽다'라는 〈풀꽃〉이라는 시의 시구처럼 섬세한 말 한마디란 어쩌면 사람을 사랑하기 위한 또 하나의 방법인 걸지도 모르겠다.

진심을
전하는
침묵,

눈맞춤

¶

'우리는 태어나는 순간부터 눈맞춤에 의존하여 살아간다.' 아기는 나를 돌봐주는 사람의 의도나 기분, 생각을 인식할 때 눈을 보기 시작한다. 상대방이 어디를 보고 있는지, 눈빛은 어떤 느낌인지 주의를 기울이는 것이다. 결과적으로 이 행위는 인간들이 협력적으로 의사소통하는 데 이바지하도록 설계되었다고 풀이된다. 우리의 하얀 공막은 무려 8만여 년 전부터 친화력을 선택한 결과로 진화된 것이다.

본능처럼 타인과 눈을 마주쳐 온 우리지만, 어른이 된 지금은 눈맞춤도 눈치껏 가려서 해야 한다. 카페에서 맞은편의 사람과 눈이 마주치고 내가 시선을 돌리지 않은 채 한없이 응시한다면 오해가 발생할 수 있다. 내 얼굴에 뭐가 묻었나? 왜 계속 쳐다보지? 내게 관심이 있나? 어라, 계속 쳐다보네. 뭐지, 싸우자는 건가? 점점 무서워지는데? 이상한 사람인가?

우리가 옹알이할 무렵 어른들은 하염없이 눈을 맞춰 주었을 것이다. "까꿍"이라고 외쳤을 것이다. 아기였던 우리는 그렇게 눈을 마수치는 행위에 안심하며 자라 왔다. 그러다 점점 말을 하고 두 발로 걸어 다닐 무렵 어른과 마주할 땐 눈을 '내리깔아야' 한다는 걸 배운다. 꾸중을 듣는 상황이면 더더욱 그러하다. 자칫 잘못 눈을 마주쳤다간 어김없이 이런 말이 날아온다. "어디 어린놈이 동그랗게 눈을 뜨고 어른을 쳐다봐?"

세상은 "대화할 때 눈을 쳐다보며 말하세요"라고 하지만 퇴사하는 날 상사의 두 눈을 똑바로 쳐다보며 "사표 수리해 주십시오"라고 말한다면 "이런 건방진 자식이…"라는 말부터 날아올지도 모른다. 그렇다고 다른 곳으로 시선을 돌리면 "어디 사람이 말하는데 다른 데를 쳐다보고 있냐"라며 핀잔을 듣기 십상이다. 면접 보러 가서도 마찬가지다. 눈을 똑바로 바라보고 말하는 행위는 '당당하고 좋아 보이는 눈빛'과 '건방지고 오만한 시선' 그 사이 경계선을 아슬아슬하게 넘나든다. 그러니 우리의 눈은 어김없이 눈동자를 보는 듯 상대방을 응시하다가도 자연스럽게 그의 눈가와 눈매를 훑어 주고, 열심히 움직이는 입술도 슬쩍 봐주었다가 다시 눈언저리로 시선을 돌려야 하는 운명에 처한 것이다.

드라마 〈동백꽃 필 무렵〉에서 시청자들을 웃음 짓게 만들던 대사 중 하나는 "너 눈깔 똑바로 안 떠? 이 새끼 또 눈깔은 왜 또 이려?"였다. 주인공 용식(강하늘 役)은 정의파 경찰이자 순애보를 지키는 캐릭터로 등장했다. 용식은 옳지 않은 일엔 유독 '눈깔'을 희번덕거리며 분노했다. 그가 순정을 바친 동백이(공효진 役)가 누군가로부터 괴롭힘을 당할 때도 어김없이 희번덕거리는 눈깔을 내보이며 "나 황용식이유!"를 외쳤고, 동백은 "어머 어머, 용식 씨 눈 왜 그래요?"라며 응수했다.

용식에게 뒤집힌 눈깔은 불의를 참지 못하는 '정의'와 동백에 대한 '순정'을 의미할 뿐인데, 용식이 눈깔을 뒤집을 때마다 파출소장이며 용식의 엄마가 안절부절못하는 장면은 폭소를 자아냈다. 정작 용식의 '눈깔'은 아무런 잘못도 하지 않았는데 말이다.

눈맞춤은 비언어적 대화 수단 가운데 하나이자 진실한 마음을 전하는 침묵의 수단이다. 고맥락 화법에선 드물게도 예쁘고 아름다운 화법이 아닐까. 어쩌면 가장 하고 싶은 말을 우린 눈에 담고 사는지도 모르겠다.

눈맞춤의 힘을 절실하게 깨닫게 된 건 비교적 최근이었다. 프리다이빙을 즐기며 바닷속 쓰레기를 건져 올리는 플로버를 취재하러 제주 바닷가를 찾았을 때였다. 취재원을 따라 난생처음 바닷속에 뛰어든다던 내 동료들은 하나도 안 무섭다는 말과 달리 동공이 흔들렸다. 방파제에서 카메라를 들고 내가 그들에게 건넬 수 있는 건 오직 '눈길'뿐이었다. 쓰레기로 뒤덮인 바다에 잠수하던 그들이 이따금씩 고개를 들어 올리는 순간을 놓치고 싶지 않았다. '힘내'라는 입의 소리보다 '계늑 시켜보고 있다'라는 무언의 언어가 훨씬 묵직한 응원으로 가닿길 바랐다. 탄광으로 취재하러 갔을 때도 마찬가지였다. 언제 갱도가 무너질지 모를 막장 앞. 캄캄하고 습도 높은 낯선 환경에서 잔뜩 겁을 먹은 우리가 유일하게 할 수 있는 건 우리끼리 눈빛을 주고받는 일이었다. 산소마스크를 끼고 있어 동료들과 소리 내어 말을 주고받을 수 없는 상황이기도 했지만, 두려움 속 그들과 수없이 주고받은 눈빛은 가장 큰 힘이자 위안이 된다는 걸 그날 절감했다.

취재하다 보면 세상에 털어놓기 힘든 이야기를 가진 사람들을 만나곤 한다. 취재팀의 오랜 설득 끝에 카메라 앞으로 등장한 그들은 결코 무너지지 않으려는 듯 결연한 모습으로 인터뷰에 응한다. 보통 인터뷰에 응하는 사람은 카메라 렌즈를 정면으로 응시하기보다 질문을 던지는 인터뷰어와 눈을 맞춰 가며 대화를 하는 식으로 진행된다. 이때 인터뷰어는 오디오가 물릴* 경우를 우려해 말로 대답하는 대신 눈으로 대답하고, 눈으로 듣는다. 처음엔 발이 떨리고, 두 손을 맞잡으며 긴장을 녹이려는 듯한 모습을 보이던 사람도 이내 눈빛으로 말하기 시작한다. 기계가 아닌 사람과 눈을 맞추고 우리가 당신

● 인터뷰이가 말하는 도중 인터뷰어의 "네" "그렇군요" "정말요?" 같은 추임새가 들어가서 오디오가 겹치게 되는 순간을 말한다.

의 이야기를 진심으로 듣고 있다는 마음이 전달되는 순간 벽이 무너지듯 그들의 속내도 조금씩 드러나는 것이다. 눈을 함부로 마주칠 수 없는 세상에서 유일하게 '한없이 눈을 마주쳐도 괜찮다'고 허락된 그 순간을 나는 애정한다.

이젠 도무지 시선 처리를 어떻게 해야 할지 모르는 어른들의 세상이 되었다. 눈맞춤으로 마음을 훔치는 데엔 3분밖에 걸리지 않는다는 정설이 등장한 것도 무리가 아니다. 서로 마주 앉아 아무 말 없이 '눈맞춤'이란 행동을 통해 진심을 전하는 '침묵' 예능 프로그램 〈아이컨택트〉가 신선하다는 반응을 불러온 것도, 출연자들이 말없이 눈물을 뚝뚝 흘리던 것도 우리가 그토록 눈맞춤을 두려워하고, 어려워하면서도 한편으론 그리워했음을 알려 주는 대목이 아닐까.

대화를
즐기는
팁,

리액션의
공식

¶

"아, 카카오톡에 그거 생기고 너무 좋아!" 한동안 자주 들었던 말이다. 단체 채팅방에서 대화를 마무리 지을 때마다 어느 선에서 말을 그만해야 할지 곤란했던 사람들. 직장인들의 숨통을 트이게 해준 건 '카카오톡 공감 기능'이었다.

대화창의 말풍선을 꾹 누르면 이모티콘이 등장한다. 하트(좋다), 엄지손가락(최고), 체크(확인), 웃는 표정(기쁨), 놀란 표정(놀라움), 우는 표정(슬픔). 총 여섯 개다. 기존에 사용되던 '좋아요'보다 훨씬 다채로운 반응이 가능해졌다. 대화에 매번 참여하긴 귀찮고, 그냥 넘기기엔 살짝 민망한 상황일 때 유용하게 쓰인다. 대답을 하기 곤란해 '안 읽은' 상태로 대화창을 방치할 필요도 사라졌다. 이 공감 기능으로 '답장하지는 않았으나 충분히 당신의 말에 공감하고 있다'라는 마음을 조용히 전할 수 있으니 말이다.

상대방 오늘 즐거운 저녁이었어요. 도착하셨나요?

| 나 | 토착했어요. 잘 가셨죠? 저도 너무 즐거웠어요. |
| 상대방 | 네, 다음에 또 뵈었으면 해요! |

이때 "네!" 한마디를 더 얹어야 할까? 끝인 듯한 끝이 아닌 듯한 답장이 왔을 때 여기서 끝내야 할지, 한 문장 더 보태야 할지 고민되는 순간이 있다. 매일 연락하는 관계라면 가벼운 이모티콘으로 대체할 수 있다. 별다른 문제가 되지 않는다. 그러나 나보다 연배 높은 상대방이나 그리 편하지 않은 사이라면 이야기는 달라진다. 특히 상사가 보내는 메시지에 반응할 말을 고민하는 건 이래저래 마음이 쓰이는 일이다. 그런 의미에서 공감 기능은 유용하다.

문장마다 다른 감정을 누르며 쏠쏠하게 애용하는 경우도 많다. 문장 하나하나에 한 명씩 각자의 감정을 덧대는 식이다.

부하 직원들이 가득한 단체 채팅방에 상사가 이런 메시지를 남긴다면

오늘 추웠지? (웃음)

현장에서 늘 고생이 많아요. (엄지손가락, 하트)

내일 하루 더 남았지만 끝까지 잘해 보고. (무응답)

조만간 맛있는 거 먹으러 갑시다. (엄지손가락, 하트)

소소한 표현일지언정 대화마다 부지런하게 감정 이모티콘을 누르는 이들을 볼 때면 이 기능이 꽤나 쏠쏠한 재미를 주고 있다고 느낀다. 예전이라면 '넵!' 한마디로 끝나 무미건조했을 단체 채팅방이 이전보다 다채로워진 기분마저 든다.

누군가의 세세한 반응은 이처럼 별것 아닌 일에도 서로의 기분을 알게 만들어 주는 모양이다. 꼬박꼬박 하트를 눌러 주던 동료가 단체 채팅방을 나가고부터 "아무도 호응을 안 해 준다"라며 섭섭함을 토로하는 친구도 있다. 단체 채팅방에서는 '엄지손가락'만 쓰던 이성이 개인적으로 대화할 때는 '하트'를 눌러 준다며 자신에게 호감 있는 건 아닌지 설레는 친구도 있다. 새끼손톱보다 작은 이모티콘에도 우린 '리액션'이란 큰 의미를 부여하고 있는 모양이다.

리액션이란 단어가 본격적으로 등장하기 시작한 건 2000년대 초반이었다. 20여 년이 지났음에도 마땅한 우리말로 자리잡지 못하고 그대로 쓰인다. 국어사전엔 '다른 연기자의 대사나 행동에 대해 반사적 작용으로 나타나는 연기'라고 풀이되어 있다. 리액션은 어쩌면 말 그대로 우리가 '연기자'가 되는 순간을 의미하는 걸까. 굳이 적합한 뜻을 고르자면 '반응'에 가까운데 이것 역시 뭔가 심심한 느낌이다. '리액션 부자' 대신 '공감 부자', '리액션 여왕' 대신 '호응 여왕', '리액션 맛집' 대신 '반응 맛집.' 어색하기 짝이 없다.

일본에선 이런 리액션을 아이즈치相槌라고 부른다. 일한 사전에는 '(대장간의) 맞메질'이라 나온다. 망치를 들고 서로 相 때린다槌는 뜻이다. 마주 보고 앉은 두 사람이 쉴 새 없이 번갈아 가며 망치질하는 모습을 떠올려 본다. 요구되는 리액션 비중도 맞메질만큼이다. 말하는 사람 못지않게 추임새는 조금씩, 자주, 잘게 잘게 들어가니 결코 비중이 적지 않다. 일본 개그맨들이 둘씩 짝을 이뤄 데뷔하는 경우가 많은 것도 이런 맞메질 때문이다. 리액션은 일방적인 반응이 아닌 엄연한 1인분의 역할을 의미하기에 둘이어야만 완전체가 되기 때문이다.

지금은 한국 방송 프로그램에서도 흔하게 볼 수 있는 모습이지만, 화면에 PIPPicture in Picture*를 띄워 패널들의 리액션을 보여 주는 방법은 일본 방송의 '국룰'이었다. 예능은 물론이요, 정보 프로그램이나 시사교양 프로그램도 마찬가지였다. 화면 속에서 영상을 본 진행자나 패널이 어떻게 반응하는지 표정을 방송으로 고스란히 내보낸다. 눈물을 흘리고, 경악하고, 소리를 지르고, 끊임없이 고개를 끄덕이는 모습들이다.

일본어를 배우지 않은 사람도 '스고이すごい(대단하다)'나 '소데스카そうですか(그렇군요)'는 한 번쯤 들어 봤을 법하다. 이

● 화면 속 작은 화면.

역시 일본의 리액션 문화에 배경을 둔다. 사실은 그리 놀랍지 않아도, 그렇게까지 납득하지 않아도 이 언어들은 한 문장 끝에 따라붙는 세트처럼 등장한다. 일본에서 비즈니스를 하는 사람이라면 누구나 알 법한 '아이즈치 사시스세소' 공식도 존재한다.

> **사스가**さすが (역시)
>
> **시리마셍데시타**知(し)りませんでした (몰랐어요)
>
> **스고이 데스네**すごいですね (대단하십니다)
>
> **센스 아리마스네**センスがありますね (센스가 있네요)
>
> **소데스카**そうですか (그렇습니까?)

이 공식은 각 문장의 앞글자 '사さ' '시し' '스す' '세せ' '소そ'만 따서 만든 호칭이다. 어떤 상황에도 쉽게 갖다 붙일 수 있는 리액션 용어다. 어디까지나 '호응'의 역할을 해 주기 때문에 잘게 잘게 쪼개지는 대화의 공백마다 빈틈없이 끼워넣는 식이다. 일본에서의 대화란 듣는 사람의 리액션이 더해졌을 때 비로소 완성된다는 걸 의미한다.

다시 한국으로 돌아와 본다. 호텔 사이드에 '리액션'이란 단어를 넣고 기사 검색을 해 보면 다양한 수식어가 따라붙는다는 걸 알 수 있다.

리액션 요정으로 대활약한 연예인 아무개

(리액션을 너무 잘해 방송에서 크게 활약했다)

무근본 리액션으로 모두를 놀라게 한 아무개

(주변 사람을 당황하게 할 정도로 뜬금 없는 반응을 보였다)

리액션 전쟁처럼 뜨겁게 달아오른 분위기

(한쪽은 물개 박수, 한쪽은 환호성으로 경쟁하듯 호응했다)

폭풍 리액션으로 출연자들의 흥이 달아오른다

(폭풍이 치듯 끊임없이 큰 동작으로 호응했다)

리액션 고장으로 정적이 흘렀으며

(어떻게 반응해야 할지 몰라 얼어붙었다)

쿨한 리액션을 내보이기도 하지만

(덤덤하게 받아들이는 반응을 보였다)

리액션 장인의 역할을 톡톡히 해내듯

(열정적인 질문과 몰입, 공감으로 적절하게 호응했다)

다채로운 리액션이 존재한다

(박수, 환호, 표정, 웃음, 칭찬 등 언어와 비언어를 망라한 호응을 보였다)

로또만큼이나 리액션에 대한 우리의 욕구와 열정이 치열한 걸 알 수 있다. 리액션마저 누가 누가 잘하나 경쟁하는 것 같아 안쓰러운 순간들도 있지만, 반가운 사실이 하나 있다. 우리가 리액션이란 단어에 담는 의미는 반응보단 '공감'이나 '호응'에 초점이 맞춰졌다는 점이다. 호응이란 곧 좋은好 반응應, 즉 긍정의 방향성을 갖는다. 웃음이 많은 사람에게 '리액션이 좋다'라는 별칭이 따라붙는 것도 비슷한 맥락이 아닐까 싶다.

리액션의 가장 큰 재미는 서로가 속고 속인다는 점이다. 리액션을 주고받는 모두가 거짓으로 반응을 보인다고 생각하진 않는다. 다만 한결같이 칭찬을 건네는 사람에게 우린 쑥스러운 듯 말을 건넨다. "으이그, 사회생활만 늘어 가지고" "그런 건 어디서 배워 온 거야?" "항상 좋은 말씀만 해 주시네요." 누군가는 진심을 다해 건넨 말일 수도 있고 말 그대로 사회생활을 하다 보니 절로 입에 붙어 버린 말일 수도 있다. 다만 중요한 건 그런 오가는 말들에 그리 크게 마음 쓸 필요는 없다는 점이다. 어차피 진심은 행동으로 드러나니까. 진심은 굳이 알려고 하지 않아도 자연스럽게 전달되곤 한다.

한 번은 경상도 지역의 공무원과 통화를 하고 있었다. 외가가 부산이라 내 딴엔 경상도 말이 친근하다 생각했는데 상대방의 억양이 귀에 영 익숙지 않았다. 자꾸 성을 내는 것 같기도 하고, 내 질문에 짜증을 내는 것 같기도 하여 소심스레 물었다. "궁금한 게 더 많은데, 자꾸 화를 내시는 것처럼 들려서 마음이 쓰입니다. 질문을 더 드려도 괜찮을까요?" 사실 이 방법이 딱히 옳다고 생각하지 않는다. 하지만 얻어야 할 건 얻어야 하니 어쩔 수 없이 솔직할 수밖에 없었던 셈인데, 웬걸 그 질문은 나의 소심함에서 비롯된 망상이었다. 단지 '억양' 때문에 생긴 오해였던 것이다. "이짝 말이 쪼메 사납고 벨라지요. 미안씁미더." 소탈하게 웃으며 말투가 드세 미안하다고 말하는 그에게 되레 미안해졌다.

그러니까 리액션이라는 건 사실 무조건적인 호응을 나타내기 위한 수단이 아닐지도 모르겠다. 리액션이 본래 의미처럼 '상대방의 행동에 반사적으로 나타나는 연기'라면 때론 솔직함이 유용한 리액션으로 작용할 수 있다는 걸 깨달았다. 맛없는 음식을 먹고도 "맛있다!"라고 외쳐야 하며 마음에 들지 않는 일도 "훌륭하네!"라고 말해야 한다면 건강한 리액션이라고 말할 수 없다.

대신 방법을 바꿔 보는 거다. 억지 겉치레 대신 긍정에 초점을 맞추는 것이다. "맛없다!"라고 표현하는 대신 "살면서 모르던 맛을 알게 됐다"나 "식감이 신선하다"처럼 거짓말을 하지 않고도 리액션을 할 수 있는 방법은 다양하게 존재한다. 그러니 리액션이 대화 끝에 남는 부채처럼 부담으로 다가오지 않기를 바랄 뿐이다.

이렇게 리액션은 상대방의 언어와 쿵덕쿵덕 방아질처럼 티키타카tiqui-taca를 이룬다. 짧은 패스를 경쾌하게 주고받는 축구 전술처럼 대화의 합을 맞추어 나가는 과정이 이루어지는 셈이다. 리액션에 따라붙는 단어들이 풍부하다는 건 그만큼 우리가 상대방의 반응에 일희일비하고 있다는 방증이 아닐까.

다정한
언어가

살아남는다

¶

당신의 눈동자를 인식해서 디스플레이가 반응합니다.

아무것도 조작하지 마세요.

당신의 시선이 머무는 동안, 화면은 꺼지지 않습니다.

갤럭시 S4가 등장했을 때 세상은 놀랐다. 눈동자를 움직이면 화면이 저절로 내려간다고? 다른 곳을 쳐다보면 재생 중이던 영상이 알아서 멈춘다고? 손으로 조작하지 않아도 저절로 반응한다며 일본에선 '당신의 의도를 알아차리는 휴대폰'이라는 카피 문구를 달고 나왔다. 당시 선풍적인 인기를 끌었음은 물론이요, 출시한 지 한 달 만에 세계 시장에서 판매량 1000만 대를 돌파했다. 주변 일본인 친구들이 소니와 파나소닉 같은 일본 내수 제품에서 한국의 갤럭시로 갈아타기 시작한 것도 그즈음이었다.

적절한 타이밍에 니즈를 충족시키는 기능. 사람들이 열광한 건 '말하지 않아도' 원하는 게 이루어진다는 지점이었나.

언어의 부재가 주는 편리함이란 어쩌면 인간이 갈망하는 가장 기본적인 욕구인지도 모르겠다. 어쨌거나 기술은 인간이 좇는 그 편리함을 충족시키기 위해 존재한다는 듯 나날로 발전해 가고 있다.

지금은 어떤가. 한때 획기적이었던 시선 추적 기능은 웬만한 앱의 기본 값이 되었다. 전자책 플랫폼 '밀리의 서재'만 해도 손 하나 까딱 안 하고 눈동자의 움직임만으로 책 한 권을 읽어 낼 수 있다. 넘김 버튼만 응시하면 자동으로 페이지가 넘어가기 때문이다. 기계가 충돌을 감지하면 위험으로 인식해 긴급 통화로 자동 연결되고 해외 식당에 들어가 휴대폰으로 메뉴판 사진을 찍으면 깔끔한 번역본이 등장한다. 손목을 감싼 기계에 코 고는 소리를 녹음하면 내장된 앱이 "오늘은 수면이 부족한 날이에요"라고 말해 준다. 나도 모르는 생리 주기를 파악해 "곧 그날이 다가와요"라며 신호를 보내기도 한다. 나보다 나를 더 잘 아는 수준이다. '말하지 않아도 이루어지는 것'에 끊임없이 열광해 온 결과, 우리가 미처 '생각하지 못했던 부분까지 챙김'을 받고 사는 세상이다.

"말하지 않아도 알~아요."

1989년 온 국민을 흥얼거리게 했던 초코파이 CM송. 말하지 않아도 아는 마음을 '정情'으로 포장했다지만, 요즘은 말해 주어도 모르는 게 초코파이인 모양이다. 사무실 맞은편 인턴 친구에게 '정진수'라는 취재원 이름을 알려 주어야 했다. '정'을 자꾸 '전'이라 말하길래 "초코파이의 '정'이야" 강조했더니 인턴은 '아하!' 하는 표정을 지었으나 그가 적은 메모 속 취재원은 여전히 '전진수'였다. 그는 2001년생이었다. 옆자리 동료와 눈으로 무언의 메시지를 주고받았다. '2001년생에게 초코파이의 정을 말하다니 우리가 너무 꼰대였나 봅니다.'

시대가 흘러 사람들이 초코파이의 '정'을 모를지언정 어머니로부터 내려오는 '모정母情'은 여전하다. 친구와 덧없이 지내며 '우정友情'을 쌓고 연인과 '열정熱情'적으로 '애정愛情'을 주고받는다. 그러다 헤어지면 '냉정冷情'하게 돌아서다가도 '옛정'과 '잔정'에 휩쓸려 텁텁해 한다. 입지도 않는 옷들에 '정나미'가 들어 버리질 못하다 겨울철 이웃에게 '온정溫情'을 베풀 요량으로 기부한다. '인정머리' 없는 사람이기보단 '다정다감多情多感'한 사람이고 싶다. 우리가 마주하는 모든 순간에 정情은 깃들어 있다.

얼마 전 여행한 목포에서 벌어진 일. 목포 시내버스가 몇 개월째 파업 중이라는 사실을 분명 기사로 접하고 갔거늘 기차에서 내리자마자 머릿속에서 지워졌다. 목포역 광장에서 커다란 가방을 들쳐 메고 하염없이 먼 곳만 바라보는 니의 일행에게 징류상 벤치에 앉아 있던 할머니 두 분이 말을 걸었다.

"아야, 아가씨들 객지서 왔능가."

"네."

"오메, 멀리서도 왔네. 근디 시방 목포가 버스가 안 다닌디. 택시를 타는 거시 맞겄는디."

라며 버스가 몇 달째 파업 중이고, 그 때문에 당신들도 한 시간째 기다리는 중이지만 우린 목포 사람들이니 적응했다, 관광버스가 한 시간에 한 대 다니긴 하나 객지 사람들에겐 힘든 여정일 테니 저기 빈 택시를 타고 가라, 살포시 등을 떠밀어 주는 것이었다.

그렇게 본의 아니게 택시 여행이 되어 버린 목포 여정. 전날 저녁 눈여겨보았던 횟집을 목적지로 지정하고 택시를 불렀다. 기사님이 우리에게 대뜸 물었다.

"선경(횟집 이름)이 오늘 연다요?"

"연다고 나와 있긴 한데요."

친구와 두런두런 대화를 나누는데 기사님이 어디론가 전화를 건다. 수화기 너머로 "네, 선경입니다"라는 소리가 들렸고, 기사님은 마감 시간이 오후 8시 30분까지란 확답을 듣고서야 안심했다는 듯 전화를 끊는다. 제 할 일은 다 했다는 듯 방긋 웃고는 우리에게 서울에 언제 돌아가냐 묻는다. "내일 오전 기차예요" 하니

"그라믄 딱 떡갈비탕 한 그릇 자시고 가믄 되겄네. 명신식당에서 자실 수 있응께, 드시믄 쓰겄오. 소화 시키게 코롬 방 빵집 가가꼬 바게뜨 하나씩 드시고. 그렇게 해가꼬 걸어서 5분만 가믄 목포역에 딱 도착하겄어라."

오지랖도 이런 고마운 오지랖이 없다. 여유는 곳간에서 나온다던데 목포의 인심은 풍부한 먹거리, 산도 바다도 다 가진 마을에서 나오는 관대함인가. 알 길은 없었지만, 하나만큼은 분명했다. 그것은 우리네 정情이었다. 식당을 나오다 들고 있던 믹스 커피를 바닥에 흘려 죄송하다 거듭 말하는 우리에게 "사람이 살다보믄 그랄 수도 있재. 뭐시 죄송할 일이당가"라고 말하며 물티슈로 바닥을 벅벅 닦아 주는 것. 그것은 "for here or to go?(여기서 먹고 가나요, 포장해 가나요?)"라며 해사한 미소로 윙크를 찡긋 날리는 뉴욕의 친절함이나, 손님이 더 이상 보이지 않을 때까지 연신 허리를 굽히며 "아리가토 고자이마시타(감사합니다)"를 외치는 도쿄의 그것과는 다른 정서다.

한국인의 정은 그 거대하고 추상적인 정서 때문에 반감을 불러오는 개념이기도 하다. 이를 부정할 순 없다. 모든 것을 정으로 해결하려 들고, 정 없이 행동하면 한순간에 남이 되기 일쑤다. "그놈의 정이 뭐라고" "미운 정이 더 무섭다"라는 말들이 괜히 생겨났을까. 그 폐해를 보란 듯이 가장 먼저 인정한 건 아이러니하게도 수십 년간 국민 정서를 '말하지 않아도 아는 것=정'이란 공식으로 포장해 온 초코파이였다. 2012년 오리온은 "정 때문에 못한 말, 까놓고 말하자!"라며 '초코파이 정·까·말' 캠페인을 벌였다. 23년 만에 정반대 목소리를 내놓은 것이다. 그로부터 또다시 10여 년이 흘렀다. 이제 정에 대한 의미를 재정립해야 할 시기가 다가온 건지도 모르겠다. 아니, 어쩌면 저 공식은 처음부터 잘못된 걸지도 모르겠다는 쪽에 한 표 던져 본다.

우린 콩을 심어도 세 알을 심는 사람들이었다. 한 알은 새가 먹고, 한 알은 벌레가 먹고, 한 알은 사람이 먹어야 한다며. 감나무에 감을 따도 소지밥*, 서리밥, 까치밥은 남겨 뒀다. 담너머 뻗어 나간 가지에 달린 것은 이웃에게 주는 소지밥, 동네 꼬마들이 몰래 따먹으라며 서리밥, 한겨울 굶주릴 날짐승의 일용할 양식으로 까치밥. 나눠 주고 내어 주는 걸 미덕으로 여기는 사람들이다.

너무 오래된 이야기 같은가. 오늘날 식당을 가도 마찬가지다. 한 숟가락 퍼 주면 정 없다며 두어 숟가락을 얹어 주고 하나만 달라 하면 누구 코에 붙이냐며 두어 개를 두둑하게 챙겨 준다. 미운 놈 떡 하나 더 준다는 말이 태어난 넉넉한 인심의 고장이다. 애당초 다정多情함을 부정할 이유가 없다. 그저 '정'을 바라보는 우리의 어긋난 시선을 바로 잡아야 할 뿐이다.

애초에 정이란 '느끼어 일어나는 마음' 또는 '사랑이나 친근감을 느끼는 마음'을 의미한다. 목포에서 만난 할머니들이 객지서 올라온 애들이 잘 돌아다니려나, 내심 마음이 쓰였던 것은 전자의 의미요, 하염없이 버스를 기다리는 뒷모습이 당신들의 손자를 연상케 했다면 후자의 의미가 담긴 것이다. 정을 이루는 한자를 살펴봐도 마찬가지. 뜻과 마음心의 작용. 즉 사랑이란 의미가 담겼다. 어느 것 하나 올바르지 아니한 건 없

● 소지掃地란 땅을 쓰는 행위를 뜻한다. 불교에선 '마당 쓰는 일을 맡은 사람'을 일컫는 용어이기도 하다. 일본어로 '청소'를 의미하는 소지掃除와 발음은 같지만 다른 단어다. 찾아보던 중 예쁜 풀이를 발견해서 이곳에도 옮겨 본다. "장광에 골 붉은 감잎은 우리 집에만 떨어질 것인가. 담장 곁에 심은 감나무, 울 너머 이웃집에도 낙엽 떨구기 마련이다. 그래서 감을 따면 한 바구니 가득 갖다 주는 걸 잊지 않았다. 떨어진 잎을 소지掃地해 준 보답이라며 '소지밥'이라는 이름으로 이웃과 나누는 정이었다. 소설 《대지》의 작가 펄 벅Pearl Buck이 한국을 방문했을 때 초가집 마당의 감나무 꼭대기에 달려 있는 홍시가 겨울 새들을 위해 남겨둔 것이라는 설명에 이렇게 말했다. '어느 유적지나 왕릉보다 더 감동적인 이 한 장을 목격한 거만으로 나는 한국에 오기를 잘했습니다.'"(《전라도 닷컴》, 2022년 12월호(통권 248호)}

다. 인간의 본능이자 우리의 마음을 담은 말이기 때문이다.

눈에 보이지 않는 것. 숫자로 계산해 낼 수 없는 것. 온전히 마음의 작용으로 일어나는 것. 추상적이라 치부되어 온 정의 개념을 생물학적 관점에서 풀어낸 이야기가 있다. 《다정한 것이 살아남는다》에 소개된 귀여운 보노보 실험이다. 보노보는 '가장 인간적인' 유인원으로 규정되는 포유류. 침팬지랑 비슷한 생김새에 인간과 98.7퍼센트에 가까운 DNA를 공유하는 동물이다. 실험에서 연구자는 방 한쪽에 과일을 산더미처럼 쌓아 놓고 보노보 한 마리를 들여보낸다. 바로 옆방엔 다른 보노보들을 들였다. 두 방은 여닫이식 철창으로 분리된 상태. 과일 더미와 더불어 방에 갇힌 보노보는 아직 아침 식사를 하기 전이다. 배가 고픈 보노보는 어떻게 행동할까. 배고픔을 해결하기 위해 혼자서 다 먹어 버리진 않을까.

그러나 예상을 깬 결과가 나왔다. 과일을 독식할 줄 알았던 보노보는 직접 철창을 열어 다른 보노보들에게 나누어 주었다. 자기가 먹을 음식이 줄어든다 해도 자신의 것을 남과 나눠 먹는 걸 선호한다는 의미였다. 추가 테스트에서 보노보는 아무 대가가 없는 상황일지라도 처음 보는 보노보를 기꺼이 도우려는 모습까지 보였다.

반면 정반대 성격인 침팬지는 낯선 이들 사이에서 이루어지는 친화적 상호작용이 불가능한 개체로 규정됐다. 이처럼 침팬지보다 훨씬 큰 포용력을 보인 보노보들은 침팬지보다 훨씬 많은 새끼를 낳으며 자연에서 끝까지 살아남는다. 폭력성을 대변하는 적자생존보다 다정함이 훨씬 강하다는 주장을 뒷받침해 주는 거대한 번식의 역사다. 이처럼 다정함이 자연에 보편적으로 존재하는 건 그 속성이 너무나 강력하기 때문이다.

유약하게 태어난 인간이 살아남을 수 있었던 이유 역시 같은 맥락이다. 현생 인간의 시원이라 불리는 호모사피엔스 외에도 인간 종은 최소 네 종이 존재했다. 180만여 년 전 지구상 가장 너른 영토에 분포했던 탐험가, 호모에렉투스처럼 말이다. 질긴 생존력으로 지구 전역을 개척한 호모에렉투스는 불을 다루는 법을 터득했고 자기방어와 요리에 능했다. 하지만 호모에렉투스는 살아남지 못했다. 여타 종이 멸종해 가는 와중에도 꾸준히 번성한 건 호모사피엔스뿐이었다. 그 원인으로 지목되는 건 초강력 인지능력. 호모사피엔스만이 유일하게 협력적 의사소통인 '친화력'으로 생각을 주고받고 기술을 발전시켜 온 것이다. 한 번도 본 적 없는 사람과 처음 만나 한 가지 공동 목표를 성취하기 위해 함께 일할 수 있는 유일한 종, 지금 우리의 모습처럼 말이다.

《다정한 것이 살아남는다》에서 말하는 다정함이란 '일련의 의도적 혹은 비의도적 협력, 또는 타인에 대한 긍정적인 행동'으로 정의된다. 그것은 때로 우리가 친해지고 싶은 누군가와 가까이 지내는 단순한 행동으로 표출되는가 하면, 공동 목표를 달성하기 위해 협력하는 모습으로 나타나기도 한다. 여기서 협력이라는 개념을 살펴볼 필요가 있다. 눈치에 포함되는 '누군가의 마음을 읽는 복합적인 행동'도 협력과 맥脈을 같이 하기 때문이다.

남과 행동을 맞추고, 의사소통을 터득해 나가는 협력의 DNA. 대부분의 사람이 망각하고 지내지만 사실 우린 옹알이를 하던 시절부터 이러한 기술을 습득한다. 이 기술이 복잡한 인간관계와 문화의 세계로 이어지는 관문인 셈이다. 우리가 타인의 마음과 연결되면서 습득한 지식을 다음 세대로 물려줄 수 있는 중심점엔 친화력이 존재한다. 어쩌면 우리가 곁눈질로 상대방의 안색을 살피는 행위인 눈치 역시 친화력을 위한 선택적 진화였을지도 모른다.

다정함이 자연에 보편적으로 존재하는 건

그 속성이 너무나 강력하기 때문이다. (…)

애당초 다정多情함을 부정할 이유가 없다.

그저 '정'을 바라보는 우리의 어긋난 시선을 바로잡아야 할 뿐이다.

반어법이
우리에게
주는

메시지

¶

어른이 된 우리가 가진 모든 경험과 기억을 지우고 어린 시절로 되돌아가 보자. 밥을 먹다 그릇을 엎었다. 음식이 테이블 위로 쏟아진다. 엄마가 말한다. "잘한다, 잘~해." 그릇을 엎었는데 잘한다는 소리를 듣는 세상. 배움의 과정에 있는 우리에겐 의아한 상황이다.

청찬이 아니란 걸 알 수 있는 단서는 엄마의 표정이다. 말은 거짓을 대변할 도구로 쓰이기도 하지만, 눈빛만큼은 진실을 보여 준다. '저 말을 곧이곧대로 믿으면 안 되는 거구나.' 우린 그렇게 엄마도 거짓말하는 사람이라는 걸 배운다. 그조차도 엄마가 말해서 아는 것이 아니다. 그저 눈치로 터득할 뿐이다.

아이는 차츰 언어가 모든 사실을 있는 그대로 담아내지 않는다는 사실을 깨닫는다. 이쯤되면 궁금해지기 마련이다. 왜 반대로 말할까. "못한다, 못~해" 할 수도 있는 것을 왜 굳이 거짓으로 말할까. 이윽고 터득한다. "잘한다, 잘~해"라는 날을 문사내로 해석했다간 터무니없는 결과를 불러올 수 있다는 것을. 전국 팔도강산 어디에서든 이 말은 '반어법'이란 프레임으로 통용된다는 것을 말이다.

이러한 일련의 과정을 겪고 자란 우리에겐 어떤 일이 벌어질까. 택시 문을 세게 닫아 버린 상황에서 택시 기사가 웃으며 말한다. "이잉? 그래 가지고 문짝이 부서지겠슈?" 우리는 그 말이 진정으로 문짝을 부숴 주길 바라는 마음에서 나온 것이 아님을 안다. 그간의 경험 데이터가 쌓인 덕분이다. 그저 멋쩍게 웃고 만다. 너무 세게 닫았다는 뜻임을 인지해서다. 이러한 화법이 매력 있게 다가오는 까닭은 상대방이 민망하지 않도록 배려한 우회적 표현이란 걸 알기 때문이다.

이처럼 언어는 모든 걸 내포하지 않는다. 그 쓰임새가 시대와 문화, 정서를 끊임없이 반영할 뿐이다. 눈치도 마찬가지다. 어떤 식으로 눈치의 '말 문화'가 존재하는지 살펴본다면 우리 안에 눈치가 어떤 개념으로 자리 잡았는지 파악할 수 있다. 더불어 눈치의 쓰임새를 새롭게 바꿀 수 있다면 눈치쯤은 자유자재로 사용할 수 있을지 또 모를 일이다. '눈치'에서 파생된 '눈칫밥'은 부정적인 인식을 담고 있다. 눈치 살살 봐 가며 먹는 밥이니 언제 체할지 모르는 불안감이 깃들었다. "그 사람 마음에 드는 눈치야"라는 말을 듣는다면 무언가에 만족해 할 상대방의 얼굴이 떠오른다. 대놓고 드러내진 않아도 좋은 반응이란 뜻이다. 표현 하나하나에 우리가 눈치를 대하는 자세, 문화, 마음은 고스란히 녹아 있다. 이렇듯 언어란 문화를 들여다볼 때 쓸모 있는 도구가 되어 준다. 인지언어학적congnitive linguistics 관점에서 풀어낸 흐름이다.

인지언어학. 언뜻 낯선 용어이지만, 실생활 속 우리가 매일 반복하는 일이다. 우리는 눈을 뜬 순간부터 다시 잠자리에 들기까지 매 순간 '인지認知'라는 것을 한다. 노트북을 보고, 글자를 읽고, 커피를 마시고, 사무실 문을 열고 들어오는 저 사람이 동료인지 부장인지 가려낼 수 있는 능력. 마음의 언어로 풀어내자면 '자극을 받아들이고, 저장하고, 인출하는 일련의 정신 과정. 지각, 기억, 상상, 개념, 판단, 추리를 포함하여 무엇을 안다'는 것. 그러니 인지언어학이란, 우리가 사용하는 언어를 자세히 들여다보면 우리가 세상을 어떻게 인지하는지 알 수 있다는 관점을 지닌다. 언어는 마치 거울과도 같아서 우리의 인지 과정을 고스란히 반영해 주기 때문이다. 어려운 이름과 달리 아주 직관적인 학문이다.

평소랑 똑같은 농담을 던졌는데, 상대방의 표정이 어둡다면 "무슨 일 있어?"라고 물어보게 되는 것. 같이 식사를 하는데 유독 오이에만 손이 안 가는 상대방을 보며 '오이를 좋아하지 않는구나!'라고 지레짐작해 보는 것. 이 모든 게 인지 과정의 결과물이다. 이런 과정이 쌓이면 경험이란 네이디기 '생긴

디. 지식과 기억량이 늘어나면서 최종적으로 우리가 속한 문화와 연결해 사회적 개념, 상식, 사고로 발전한다.

언어를 주고받는 데엔 두 가지 기능이 있다. 정보를 전달하는 기능, 화자話者의 관계성을 대변하는 기능이다. 정보 전달과 관계성 가운데 어느 쪽을 중시하는지는 문화에 따라 달라진다. 서양 문화권이 화자의 관계성보다 정보 전달에 비중을 둔다면, 한국이나 일본과 같은 동양 문화권은 관계성을 중시하는 경향이 있다.

우리가 얼마나 관계를 끔찍하게 생각하는지는 일상 언어에 면밀하게 드러난다. 가장 단순한 사례로 존댓말이 그렇다. 점심시간, 상사가 "뭐 먹을까?" 물었을 때 사원인 내가 "넌 뭐 먹고 싶은데?"라고 되물을 수 없는 이유다. 사원과 상사의 관계엔 위계와 질서가 존재하기 때문이다. 영어권 국가들처럼 "헤이, 미스터 김"이라고 사장을 부를 수 없는 이유이기도 하다. 친구에겐 '야' '너' '이 자식'이란 말을 서슴없이 내뱉어도 커피숍 아르바이트생이 손님에게 "야, 네가 주문한 커피 나왔다"라고 할 수 없는 이유다.

한동안 '커피 나오십니다'라는 식의 잘못된 높임말을 지적하는 기사들이 쏟아졌다. '커피가 나오신다'는 건 손님이 아닌 사물을 높인다는 이유에서였다. 한 기자가 아르바이트생에게 물었다. 이 표현이 잘못된 걸 알면서도 쓰는 이유가 무엇인가.

아르바이트생의 대답은 뜻밖이었다. "커피 나왔습니다"라고 하면 다짜고짜 화내는 손님이 있다는 것이다. "커피 나왔습니다"가 올바른 표현이지만 손님에게는 어딘가 모르게 반말로 들린다는 이유였다.

요새는 보기 드물지만 압존법 역시 고질적인 존대어 문화 가운데 하나다. 풀이하자면 존대尊를 누르는壓 법法이다. 원칙은 간단하다. 대화하는 상대방, 대화에 등장하는 인물, 그리고 나. 셋 가운데 나이와 직급이 가장 높은 사람에게만 존대어를 쓰는 식이다. 가령 사장이 부장을 찾는 자리에서 말단 사원인 나에게 "김 부장 어디 갔나?"라고 묻는다면 나는 "김 부장 잠깐 자리 비우셨습니다"라고 말해선 안 된다는 식이다. 위계질 서가 나, 부장, 사장의 순으로 높아지기 때문이다.• 관계에서 가장 높은 사람은 사장이므로 부장은 낮춰 말해야 한다는 논 리. 고로 압존법대로면 저 질문의 정답은 "김 부장 잠깐 자리 비웠습니다"가 맞는 표현이다.

상대방이 누군지에 따라 '나'는 '저'가 되고, '우리'는 '저희'

• 적다 보니 생각난 일화 중 하나. 우리 회사에선 과장도 부장도 사 장도 대표도 '님'자를 생략한다. 하루는 지인이 어디 감히 부장님 을 '부장'이라 부르냐며 의아해 했다. 지인 역시 압존법에 시달렸 던 만단 사원에서 지금은 과장이 되었다. 말끝에서 존중을 받고자 하는 욕구는 어디서 나온 것일까?

가 된다. 하지만 '우리나라'를 '저희나라'라고 하면 아니 되며 어른을 가리킬 때는 '자기'라는 단어 대신 '당신'이라는 높임말을 써 주어야 한다. 자신의 기분을 언짢게 하느니 차라리 잘못된 언어를 사용하는 게 낫다는 손님의 심보와 아르바이트생의 올바르지 않은 언어 사용. 누가 묻는지에 따라 '갔는지' '가셨는지'를 매번 계산해서 답을 내놓아야 하는 정서. 언어로 정보를 전달하는 기능에 중점을 둔다면 "He just stepped out(그는 잠깐 자리 비웠어요)"라는 한마디면 될 것이다. 그러나 관계성을 중시하는 우리는 '김 부장님'이라고 해야 할지 '부장'이라고 해야 할지 '나가셨다'라고 해야 할지 '나갔다'라고 해야 할지 머리를 굴려야 한다. 복잡하고도 머리가 아프지만, 공통점은 딱 하나, 우리는 언어를 통해 서로의 관계를 끊임없이 확인하려 든다는 점이다.

압존법을 낡은 관습의 산물로 치부하는 시대라지만, 그 또한 우리네 정서를 대변해 왔음은 부정할 수 없다. 이러한 현상을 인지한 순간 언어는 어디까지나 선택적 재료이자 형식에 불과할 뿐이란 걸 깨닫는다. 관계를 중시하는 문화이기에 탄생할 수밖에 없었던 고질병, 압존법. 눈치가 관계와 국경을 넘어 다정함이란 생존 본능과 관련되어 있다면, 이제는 형식보다 본질에 더 초점을 맞출 필요가 있지 않을까.

서양 문화권이 화자의 관계성보다
정보 전달에 비중을 둔다면, 한국이나 일본과 같은
동양 문화권은 관계성을 중시하는 경향이 있다.

디테일한
화법이

지니는
힘

¶

여기 초록색 방이 있다. 이 방에 입장하는 순간 규칙이 하나 생긴다. 누가 나를 부를 때마다 보직과 이름 석 자로 대답해야 한다는 것. 나를 부르는 건 이 방에 먼저 들어온 사람들이다. 그들은 내 어깨를 툭 치고 지나가거나 옷깃을 스친다거나 머리를 건드리기도 한다. 하지만 절대 흥분해서 "아이씨, 왜 때려요?" 하면 안 된다. 무조건 보직과 이름을 큰소리로 또박또박 외쳐야 한다.

전화를 받을 때도 정해진 멘트가 있다. 습관처럼 "여보세요?"라고 했다간 긴 정적이 흐른 끝에 무시무시한 욕설이 쏟아질지도 모른다. 만약 상대방의 말을 못 알아들었다면 "잘못 알아들었습니다"라고 해 주어야 한다. "네? 뭐라고요?"라는 대답은 용납되지 않는다. 초록색 방에 처음 들어온 사람이라면 누구에게나 평등하게 적용되는 규칙이다. 이 방이 어디인지 짐작하는 건 어렵지 않다. 바로 군대다.

초록색 방에서 살아 본 적 없는 나 같은 사람에겐 엄청히 낯신 인거나. "여보세요"를 할 수 없는 곳이라니. 길거리에서 누가 내 머리를 때리면 경찰을 불러야지, 어느 누가 관등성명을 한단 말인가. 이 모든 건 군대라는 특수한 상황이기에 가능하다.

넷플릭스 오리지널 드라마 〈D.P〉는 그런 의미에서 신선했다. 〈D.P〉는 탈영병을 쫓는 체포 전담 헌병들의 이야기다. 드라마는 수많은 부대 가운데에서도 헌병이라는 특정 문화를 조명했다. 시대적 배경 또한 2014년 전후로 설정했다. 이 드라마를 받아들이는 감각은 저마다 다를 터이지만 군대식 언어 문화의 단면을 들여다보기엔 좋은 사례가 되어 준다. 내가 이 드라마를 눈치라는 관점으로 들여다봤을 때 놀랍게도 군대 밖 우리의 일상과 그리 동떨어져 있지 않음을 알 수 있었다. 다음은 이등병 안준호(정해인 役)와 상병 박성우(고경표 役)가 대화하는 장면이다. 박성우 상병이 창밖을 바라보면서 담배 한 개비를 입에 물며 장난 섞인 한탄을 쏟아 낸다.

박성우 (창밖을 바라보며) 아유, 나가고 싶은 날씨다. 야, 탈영할 거면 하루라도 빨리해. 요즘 탈영병이 없어서 밖을 못 나간다. (안준호를 바라보며) 오케이?

안준호 예, 알겠습니다.

박성우 (정색하며 안준호에게 한 발자국 다가간다) 알겠다고? 이 개새끼가 탈영을 하겠다는 거야?

안준호　(당황하며) 아, 아닙니다. 죄송합니다.

박성우　(장난이라는 듯 낄낄거리며) 아이씨, 장난이야, 미안해.

　　　박성우는 안준호의 입에 담배 한 개비를 물려 주고 사라진다. 안준호의 표정에는 변화가 없다.

　이등병인 안준호에게 정답이란 게 있었을까? 여기서 잠깐, 다음은 안준호 역할을 연기했던 배우 정해인의 인터뷰다.

　"연기하는 데 가장 중점을 둔 부분은 이등병이라는 점이었어요. 할 수 있는 게 없고, 할 수 있는 대답도 정해져 있잖아요. 주변 자극이나 새로운 환경을 받아들이며 인물이 어떻게 적응하는지, 선임들이 하는 말과 표정을 기민하게 캐치하고 리액션을 해야 하는 부분이 있다고 생각했어요. 그래서 액션보다 리액션에 중점을 뒀습니다."

　그가 표현한 '이등병의 역할.' 그는 마지막 대답에서 정확하게 눈치의 정의를 내려 주었다. 눈치가 빠르다는 건 액션이 아닌 리액션, 즉 상대방에 따라 달라질 수밖에 없다는 뜻이다. 그의 인터뷰에서 '주변 자극'이나 '새로운 환경'은 군대라는 조직을 뜻하지만, 말과 표정을 기민하게 캐치하고 리액션

해야 하는 대상은 '선임'이다. 조직과 선임 모두의 눈치를 각기 다르게 봐야 하는 셈이다. 그게 어떻게 다를 수 있는지 물을 수 있지만, 앞선 장면은 군대라는 광범위한 공간보다 눈앞의 선임에게 이등병의 눈치의 초점이 향해 있다는 걸 단적으로 보여 주는 사례다.

선임이 탈영하라고 지시한다면 그건 군대라는 조직의 지침과 역행하는 명령이다. 그것도 탈영병을 쫓는 헌병 부대에서 말이다. 그런데 안준호는 "지금 저보고 탈영하란 말씀이십니까?" 할 수 없다. "그건 잘못된 명령이지 말입니다" 할 수도 없다. 이유는 단순하다. 이등병이니까. 선임의 말 자체는 모순일지언정 지금 이등병인 내 눈앞에 있는 인물, 선임의 존재가 훨씬 중요한 것이다. 적어도 그 순간에는 그렇다. 그래서 이등병이 고른 답은 "예, 알겠습니다"였던 것이다. 어쩔 수 없이 탈영을 긍정해 버린 셈이다.

그런데 선임인 상병 박성우는 정색한다. "알겠다고? 이 개새끼가 탈영을 하겠다는 거야?" 그가 하래서 한다 했는데 덤으로 욕이 한 바가지 돌아온다. 안준호는 반사적으로 태세를 전환한다. 그리곤 다시 말한다. "아, 아닙니다, 죄송합니다." 이 상황에서 이등병 안준호에게 눈치란 '그때그때 선임의 비위를 잘 맞추는 것'이 된다.

이런 상황은 우리가 마주하는 일상과 그리 동떨어져 있지 않다. 나이, 연차, 경력 등 나보다 앞서 있는 사람들이 대화의 대상인 상황이라면 충분히 존재할 법한 장면이다. 상급자가 터무니없는 일을 시켜도 하급자 입장에선 무조건 따라야 하는 경우가 있다. 수직 관계가 명확한 직장이나 위계상 어쩔 수 없이 '을'의 관계에 놓여 있다면 말이다. 상황이 여의치 않거나 도의적으로 어긋난 일이라 할지라도 어쩔 수 없이 명령을 따라야 하는 경우가 생긴다. 그 순간만큼은 나의 주관이 철저하게 배제된다.

"까라면 까야지."

누가 까라고 하는 것인지, 주어는 생략됐다. 하지만 우린 알고 있다. 그 주어는 99.9퍼센트의 확률로 나보다 상급자일 가능성이 크다. "위에서 까라면 까야지"라는 말은 들어 봤어도 "후배가 까라면 까야지"라는 말은 넌센스다. 갓 들어온 인턴 사원의 "밥 사 주세요"라는 말에 사장이 대뜸 "인턴이 까라면 까야죠. 언제 사드릴까요?" 하진 않는다. 사실 이 말은 명령을 따르는 입장에서도 대놓고 표현할 수 있는 말이 아니다. 상사가 지시를 내린 상황에서 "네, 선배가 까라면 까야죠"라고 말할 수 있는 사람은 그리 많지 않다.

이런 '까라면 까던' 문화에 변화가 차츰 찾아오는 모양이

나. 요즘 대기업에선 '요요요' 주의보가 떨어졌다고 한다. 일명 '3요'란 상사가 업무를 지시했을 때 "이걸요?" "제가요?" "왜요?"라고 되묻는 요즘 직원들의 반응을 3종 세트로 묶은 신조어다. 이에 따라 일부 기업들은 임원들을 대상으로 '3요'에 대한 모범 답안을 자료로 만들어 배포했다는 풍문도 있다. 3요에 대한 대답으로는 왜 이 업무를 지시했는지 정확한 내용과 목적에 대한 설명(이걸요?), 수많은 직원 가운데 왜 그가 선택되었는지에 대한 설명(제가요?), 해당 업무를 해야 하는 이유나 기대 효과에 대한 설명(왜요?)이 있다.

혹자는 '군소리 없이 지시를 따르던 기성세대와 확연히 구분되는 MZ세대의 반발'이라고 말하기도 한다. 하지만 3요는 반발이라기엔 지시에 대한 좀 더 합리적인 이유를 찾기 위한 그들의 의사 표현이다. 3요는 언뜻 고맥락과도 연관이 있다. 예전 같았으면 상사가 인턴에게 "일단 현장에 가"라고 했을 말도, 이제는 "언제 어떻게 상황이 발생할지 모르니 미리 가서 상황을 주시하고 나한테 보고를 해 주면 고맙겠어. 가능하면 휴대폰으로 발생하는 상황을 촬영해 주면 더 좋고"라고 풀어 주는 식이다. "오늘부터 네가 영업부로 가라"가 아닌 "영업부가 수개월째 인력난인데, 새로운 사람이 들어올 때까지 장그래가 도와주면 좋겠어. 영업쪽도 관심 있다고 했던 게 기억나서. 장그래 생각은 어때?"라고 묻는 것이다. 까라면 까는 것이 당연하고, 모든 지시는 직장인의 숙명이라 받아들이던 기성세대에겐 크나큰 충격일 수밖에 없다. 내가 상사인데, 이걸 하나하나 설명해 주어야 한다고?

모든 세대는 다 '내가 바로 낀 세대'라고 생각한다지만, 30대 중반을 넘어가는 나의 경우에도 '나는 낀 세대'라고 받아들이며 산다. 윗세대 눈치도 보이고, 어떻게 대해야 할지 모르는 아랫세대 눈치도 보이는 중간다리. 그런 나의 고민에 큰 도움을 주었던 동료가 있다. 그는 직장에서 일명 '허리' 역할로 선배들의 지시에 따르되 후배들도 매끄럽게 이끌어야 하는 역할이었다. 본인 스스로 "난 까라면 까야 한다고 생각해"라면서도 후배들에겐 절대 '까라'는 식으로 말하는 걸 본 적이 없다. 가령 방송용으로 후배가 촬영해 온 결과물이 영 마음에 안 든다 한들 그는 "이걸 영상이라고 찍어왔냐"라는 식의 화법을 지양했다. 대신 최대치의 너그러움을 장착한다. "장그래야, 편집 선배가 조언해 준 건데, 조명을 썼으면 어땠을까 한다네. (영상이 너무 어둡게 찍혔거든) 밝았더라면 (너는 조명을 안 썼지만) 눈물 흘리는 장면이 더 극적으로 보였을 거라고 말이야. 괜찮은 팁 같다. 연구해라" 하는 식이다.

촬영 영상에서 초점이 나갔다면 방송 사고나 마찬가지다. 현장에 카메라가 한 대뿐이라면 카메라를 담당한 사람은 무슨 일이 있어도 기본적인 실수를 저지르지 말아야 한다. 그

턴네 결국은 초점이 나간 영상만 찍혔던 적이 있다. 나였다면 "장그래야, 네가 촬영한 영상, 다시 제대로 봐봐"라며 의미심장한 주문만 건넸을 법한데 그는 달랐다. "현장에서 찍은 영상, 결국 초점이 나갔다. 왜 그런 건지 원인 찾아서 다음부터 주의해라. 편집으로 화질을 떨어뜨려서 초점을 선명하게 조정해서 쓸 수 있게 만들어 놓았다. 너의 잘못이 아닐 수도 있지만, 이게 계속 반복될 수 있으니 기계 결함인 건지도 봐 보면 좋겠다"라고 말이다.

이 얼마나 친절하고 다정한 조언인가. 매번 그가 후배들에게 건네는 말들에 감탄이 덧대어졌고, 어느새 후배들은 그의 말을 정확하게 인지하기 시작했다. 그렇게 조금씩 팀원들의 실력도 늘고 팀원들끼리의 심리적 거리감도 좁혀진다. "까라면 까" 대신 건넬 수 있는 말들이 얼마나 많은가. 결과적으론 상대방에게도 도움을 줄 수 있는 그런 말들 말이다.

"까라면 까" 대신 건넬 수 있는 말들이 얼마나 많은가.
결과적으론 상대방에게도 도움을 줄 수 있는 그런 말들 말이다.

눈치
게임에서

자유로워지는
순간

¶

술자리에서 누군가 외친다. "1!" 잠시 정적이 흐른다. 눈동자 여러 개가 바삐 돌아간다. 이내 다른 누군가 외친다. "2!" 일명 눈치 게임이라 불리는 이 놀이. 게임을 시작하는 사람이 숫자 1을 외치면 나머지 사람들이 차례로 '2' '3' '4'를 외치는 식이다. 중요한 건 다른 사람과 동시에 같은 숫자를 외치면 안 된다는 점. 타이밍을 놓쳐 끝끝내 숫자를 말하지 못한 사람도 어김없이 술잔을 비워야 한다. 눈치 게임은 우리의 눈치 문화를 가장 직관적으로 보여 주는 놀이다.

술자리에서가 아닌 일상에서의 현실판 눈치 게임도 있다. 내가 출퇴근할 때 타는 2200번 버스에선 매일 아침 재미있는 광경이 연출된다. 버스는 파주출판단지를 벗어나자마자 자유로를 쌩쌩 달려 곧장 종점(홍대입구)에 도착하는 노선이다. 어느 날엔가 버스를 탔는데 사람들이 하나같이 복도 쪽 좌석에 앉아 있었다. 어쩔 수 없이 맨 뒷자리에 가서 앉았는데, 파주출판단지의 마지막 정류장을 지나갈 무렵 놀라운 광경이 펼쳐졌다. 마지막에 올라탄 승객이 착석하고 자유로에 진입하는 순간, 복도 쪽 좌석에 앉아 있던 승객들이 일제히 엉덩이를 들어 창가 쪽 자리로 옮기는 것이 아닌가. 우연치고는 '다수가' '동시에' 보여준 모습이었기에 사뭇 기이하게 느껴졌다.

　이유는 쉽게 추측할 수 있다. 옆자리에 누군가 앉는 것을 원치 않지만, 직접적인 언어로 '앉지 말'고 할 수 없는 노릇. 최대한 옆자리를 비워 두겠다는 차원에서 처음엔 복도 쪽 좌석을 차지하고 앉은 것이다. 편하게 앉을 수 있는 자리가 뒤에도 많은데, 굳이 "잠시 앉을게요"라며 이미 앉아 있는 승객과 몸을 부대껴 비집고 들어갈 사람은 극히 드물 것이라는 걸 아는 까닭이다. 우리의 보편적 심리인 모양이다. 자리가 많이 남았는데, 누군가 내 옆에 앉으면 괜히 고개 들어 뒷좌석을 한 번 크게 훑기도 한다. '다른 자리는 다 찼나?' '왜 하필 내 옆자리지?'라는 마음의 소리가 들린다. 소리 없이 메아리처럼 맴도는 이런 언어들은 때때로 조용한 웃음을 자아낸다.

　눈치라는 단어가 가장 잘 어울리는 공공장소는 지하철이다. 큰 가방을 등에 멘 사람이 이리저리 움직이면서 뒷사람에게 부딪힐 때, 난데없이 울려 퍼지는 전화벨 소리로 주변의 시선이 집중될 때, 다리를 넓게 벌리고 앉아 옆 사람의 자리를 침범할 때, 지하철에서 크고 작은 신경전이 벌어질 때마다 우린 끊임없이 눈치를 주고받는다. 하지만 뭐니 뭐니 해도 가장 숨 막히는 눈치 게임은 빈자리에 누가 빨리 앉을 것인지다.

본격적인 눈치 게임은 누군가 몸을 움직이기 전부터 시작된다. 열차가 들어오면 그제야 슬금슬금 의자에서 일어나는 사람들은 이 게임에서 제외된다. 대신 문 앞 첫 번째 혹은 두 번째 서 있는 사람들끼리 눈동자 대결이 시작된다. 곧 열릴 문이 어디인지, 이쪽 문과 저쪽 문 사이 빈자리가 어디인지, 어떤 자세로 어떻게 걸어야 자리를 차지할 수 있을지 시뮬레이션을 펼친다. 문이 열리는 순간, 숨 막히는 전쟁이 시작된다. 보폭은 평소보다 커지지만, 그 어느 때보다 덤덤한 표정으로, 사람들은 움직인다. 특정 자리를 노리고 있다는 걸 온몸으로 표현한다.

사실 해결 방법은 간단하다. 빈자리를 차지하기 위한 라이벌이라 생각되는 사람에게 부탁하는 방법이다. "제가 오늘 다리가 너무 아픈데 앉아도 되겠습니까?"라고 물어본다면 마다할 이는 그리 많지 않을 것이다. "다리를 다쳐서요" "가방이 너무 무거워서요" "오늘 힘든 일이 있어서 너무 앉고 싶습니다"라며 정 앉고 싶다면 얼굴에 철판 좀 깔 수도 있는 법이다. 하지만 우린 말로 표현하지 않는다. 자리를 향해 달려 오거나, 손을 죽 뻗어 짐을 먼저 놓거나, 큰소리로 "아이고, 자리가 났네"라고 외치는 사람에게 그저 핀잔의 눈초리를 보낼 뿐이다. 그러니까 우리는 최대한 우아하게, 서로의 체면을 지켜 주며 결코 말로 표현하지 않는 방법을 선택하되 최선을 다해 나의 안녕을 위한 눈치 게임을 지속하는 중이다.

다시 술자리 눈치 게임으로 화제를 돌려 본다. 완벽하게 똑같은 방식의 놀이가 일본에도 존재한다. 이름은 다르다. 숫자를 차례로 외치는 식인데 '1, 2, 3, 4'가 아닌 '죽순 하나, 죽순 둘, 죽순 셋'이라 외치는 식이다. 왜 죽순인지는 모른다. 양손을 모아 위로 삐쭉 죽순 흉내를 낸다는 것만 안다. "죽순 둘!"이 겹치면 둘 다 술을 마신다는 점도 동일하다. 그리하여 이름도 '죽순 게임たけのこにょっき'이다.

한국의 눈치 게임과 유일한 차이점이 있다면 일본에선 적자생존에 초점을 두지 않는다는 점이다. 같은 방식, 똑같은 방법으로 승자와 패자를 가르지만 '빨리'가 중요하지 않다. 취기가 올라야 흥도 오른다고 믿는 우리는 그저 열심히 빠르게 진행되는 걸 목적으로 둔다. 누군가 '취해야' 재미있기 때문이다. 그렇기에 벌주도 꽤 엄격하게 제조된다. 좀 과하다 싶게 소주와 맥주의 비율을 맞춘 폭탄주를 비롯해 여기에 '이게 들어간다고?' 싶은 것들도 종종 섞인다. 제조의 마무리는 넘치게 흐르는 술이다. 왜? 우스갯소리지만 상대방에 대한 애정이 넘치기 때문이다. 일본 술자리에서의 벌주는 (물론 상황에 따라 다르겠지만) 대체로 소량의 맥주나 사와°다. 일본인들이 즐기는 놀이는 우리와 다른 범주에 있는 것이다.

그렇다. 우리의 눈치란 '빠름'과 매우 깊은 연관이 있다. 조금만 빠르게 움직이면 출퇴근길이 편하고, 조금만 빨리 외치면 술에 취하지 않고 귀가할 수 있다. 조금만 돈을 빨리 빼면 주식 시장에서 살아남는다. 조금만 일찍 도착하면 식당 앞에서 기다리지 않고 들어갈 수 있다. 지독하게도 빠름을 외치는 우리네 삶이 가끔은 안쓰러운 이유다.

어쩌면 눈치가 우리에게 스트레스로 다가온다는 건, 그러한 빠름이 주는 억압을 의미하는 걸지도 모르겠다. 선점하는 데 급급했던 문화에서 조금 벗어나 이제는 그냥 문가에 가서 서 있어도 본다. 운 좋게 생각지 못한 타이밍에 자리가 나기도 한다. 뛰어가느라 이리저리 부딪혀 눈치 보는 대신 천천히 걸어가 다음 열차를 타는 쪽을 선택한다. 눈치 게임에서 지면 벌주를 마셔 버린다. 그러다 취하면? 취했으니까 집에 간다. 과한 벌주를 받게 된다면 못 마신다고 말해 버린다. '빠름'이 주는 눈치에 호응하지 않아도 생각보다 괜찮다.

빠름을 재촉하는 마음은 '내가 이득을 볼 수 있을 거란 희망'에서 나오는 것 같다. 동시에 바꿔 생각하면 예를 들어 누구에게나 돌아갈 수 있는 자리이므로 오늘은 내가 앉았지만, 내일은 다른 사람이 앉을 수도 있다는 지극한 순리에 조금은

● 과즙, 소다수에 술을 섞은 일본식 음료.

마음을 내어 술 필요가 있다. 정류장에 도착하기도 전 기어이 일어나 한 손에 카드를 쥔 채 언제든 뛰쳐나갈 준비를 하고 서 있는 건, 환승 통로를 걸어가는 수많은 행인에게 '어깨빵'을 선물해야 직성이 풀리는 건, 어쩌면 그저 오랜 습관인 걸지도 모르겠다. 한 발자국 물러나 관망해 보니 그 한 끗 차이로 얻어지는 실상이 그리 나를 행복하게 만드는 건 아니란 걸 절감하는 오늘이다.

우리는 최대한 우아하게, 서로의 체면을 지켜 주며

결코 말로 표현하지 않는 방법을 선택하되

최선을 다해 나의 안녕을 위한 눈치 게임을 지속하는 중이다.

한국인이
일
잘하는

비결

¶

'오모테나시おもてなし*'라는 다섯 글자가 2020년 도쿄 올림픽 유치를 이끌었듯 일본의 접객 문화는 세계적으로 알려진 지 오래다. 접객接客이란 '손님을 대하는 방법' 정도로 풀이할 수 있다. 일본 여행을 다녀온 친구들이 하나같이 내게 물은 질문 가운데 하나는 "일본은 어딜 가도 친절한 것 같아. 어떻게 그럴 수 있지?"라는 것이었다. 물론 가게마다 조금씩 차이는 있지만, 외국인들에게는 대체로 일본 가게들이 손님을 대하는 모습이 친절하고 정중하다는 이미지가 각인되어 있다.

　내가 도쿄에서 지내던 시절, 오랜 기간 고깃집에서 아르바이트를 했다. 처음엔 소소한 용돈 벌이로 시작한 일이었는데, 접객 언어와 눈치의 상관관계에 대한 논문을 쓸 땐 훌륭한 연

● 고객에게 마음을 다해 환대한다는 뜻인 모테나스もてなす의 경어다. 진심을 담은 극진한 접대, 최고의 환대를 의미한다. 일본은 2020년 도쿄 올림픽 유치 과정에서 오모테나시를 키워드로 삼고 도쿄가 관광객들에게 안전하고 매력적인 도시라는 점을 내세웠다.

十의 장場이 되어 수었다. 손님, 논, 불건, 직원이 공손하는 거래의 장은 한국과 일본, 두 문화의 간극이 명쾌하게 드러나는 장이기도 했다. 둘은 비슷한 듯 엄연히 다른 범주에 있었다.

점심시간, 정장 차림의 직장인이 가게로 들어온다. 이 순간부터 내 머릿속에 시나리오가 그려진다. 앞치마를 내어 가야겠다든가, 연기가 덜 닿는 자리로 안내해야겠다는 식이다. 직장인은 점심시간이 한정되어 있다. 무슨 일이 있어도 요리를 빨리 내가는 게 기본이다. 여기까지는 한국과 별반 다름없다.

직장인이 자리에 앉는다. 주문을 받으러 간다.

"메뉴 정하셨나요?"

"괜찮으시다면 주문을 받겠습니다."

"주문을 다시 한 번 확인해 드리겠습니다."

"물수건을 드리겠습니다."

"괜찮으시면 사용하세요."

나는 매뉴얼에 적힌 접객 언어를 달달 외우는 앵무새가 된다. 그리고 이때부터 소소한 살핌이 시작된다. 손님이 국수를 시켰는데 곁이 코팅된 젓가락이라 면이 자꾸 미끄러진다. 이를 살피고 있던 내가 아등바등하는 손님 앞에 나무젓가락을 쓱 내민다. 손님이 다 먹고 비워 낸 국수 그릇을 테이블 바깥쪽으로 살짝 밀어내면 나 역시 슬쩍 다가가 "빈 그릇을 치워도 괜찮을까요?"라고 양해를 구한다. 손님이 주머니에서 담배를 꺼낼라치면 슬그머니 다가가 재떨이를 쓱 내민다.

언뜻 한국과 비슷해 보이지만, 한국에서는 굳이 손님에게 먼저 앞치마를 내주지 않아도, 손님의 물잔의 물이 비어 있어도, 테이블의 빈 그릇을 치우지 않아도 괜찮다. 벽에 걸려 있는 앞치마는 손님이 알아서 가져가고, 물은 셀프로 마시고, 빈 그릇은 테이블이 가득 차 더 이상 놓을 자리가 없을 때쯤 치워 준다. 그거 안 했다고 가게 서비스가 별로란 말은 아무도 안 한다. '바쁘면 못 볼 수도 있는 거지' 그러려니 넘어간다. 하지만 접객을 중요하게 생각하는 일본의 가게라면 소소한 살핌과 그에 따른 행동은 필수다. 때때로 접객을 제대로 하지 않으면 지적의 대상이 된다. "빈 그릇 안 치운 게 대수예요?"라는 말은 통하지 않는다. "너는 직원이잖아. 네 할 일을 왜 안 하는데?" 대답할 도리가 없는 질문이 돌아온다.

재밌는 건 손님이 절대 말로 표현하지 않는다는 점이다. 일본의 접객 문화에서 모든 건 손님이 요구하기 전에 이루어져야 한다. "저기요, 물 좀 주세요"라는 말을 듣고 물통을 가져오는 직원에게 눈치가 빠르다고 하진 않듯 명확한 언어 표현이 없을 때 비로소 눈치는 발동한다. 그래서 '타이밍'이 중요하다. 일을 시작한 초반에는 어느 타이밍에 어떻게 손님에게 다

가가야 할지 몰랐다. 고민하는 내게 어느 날 주방장이 조언을
건넸다.

"손님이 가게 문을 열고 들어와서 나가는 순간까지를 하나
의 큰 흐름이라고 생각해 봐. 손님이 들어와서 자리에 앉
고, 음식을 주문하고, 요리가 등장하고, 손님이 계산하고
나갈 때까지. 네 역할은 그 흐름을 깨지 않는 거야. 딱 한 템
포만 빠르게 다가가면 돼."

흐름을 깨지 않는 것. 그렇기에 웬만한 행위는 언어의 부재
속에서 이루어져야 마땅했다. 그것은 손님이 나에게 요구하
는 말을 최소화한다는 뜻이었다. 말로 요구하기 전에 이루어
져야 하는 것. 어떻게 아느냐. 손님의 행동 하나하나가 단서로
작용한다.

물이 반쯤 남아 있는 유리컵, 화장실을 찾는 듯한 눈초리,
조심스럽게 하얀 와이셔츠를 걷어 올리는 손짓, 연기를 피해
몸을 기울이는 모습, 주문서를 찾는 듯한 움직임, 상대방이 무
의식적으로 보내 오는 시그널을 곧바로 알아채고 대응하는
게 나의 역할이었다. 일본의 식당 어디를 가든 직원이 테이블
앞에 다가가 조용한 목소리로 "실례하겠습니다失礼します"로
말문을 여는 것도 마찬가지 맥락이다. 당신이 누리고 있는 식

사의 흐름을 내가 잠시 방해한다는 암묵적 양해다.

일본의 접객은 이렇듯 '장場'에 초점이 맞춰진다. 손님의 식사가 이루어지는 장이면 거기에 속한 모든 이가 '손님'과 '식사'에 초점을 맞춰 행동하는 것이다. 점장이 말한 '흐름'과 같은 맥락이다. 개개인의 취향이나 행동이 단서가 되지만, 가장 중요한 기준은 '접객의 장'이라는 하나의 테두리다. 개인의 비위를 맞춘다기보다 직원으로서 수행할 수 있는 최대치를 뽑아내는 것이다. 일본 식당에서 직원들이 휴대폰을 들여다보는 경우는 거의 없다. 손님이 불러도 못 듣는다든가 동료와 수다 삼매경에 빠진 모습 또한 찾아보기 힘들다. 타임카드를 찍는 순간부터 나는 '직원'이란 롤을 수행해야 하는 존재, 그 이상도 이하도 아니다. 흐름을 깨지 않아야 한다는 각자의 역할이 뚜렷하다. 역할을 수행해 내야 한다는 지향점 또한 뚜렷하다. 그 중심축엔 매뉴얼이 있다.

매뉴얼은 구두로도, 벽에 붙은 안내문으로도 공유된다. 모두가 출근하자마자 확인해야 하는 '커뮤니케이션 노트'로도 전달된다. 기본적인 룰을 공유하고 거기에 손님 개개인의 취향이 추가되는 식이다. 야마모토 손님에게는 기본 젓가락 대신 일회용 나무젓가락, 고바야시 손님은 식후 따뜻한 보리차가 필수, 다나카 손님은 양념 소스에 고추를 잘게 잘라 넣어드릴 것. 손님들의 작고 소소한 취향과 특징들을 기록해 나간다. 물론 모든 식당이 그런 건 아니다. 다만 직원이 기억해야 할 점들은 아날로그 형식으로 기록되고 공유된다는 점에선 크게 다르지 않다.

한국은 어떤가. 일단 들어가자마자 외친다. "이모, 여기 앉아도 돼요?" 일면식 없는 직원이지만, 내가 '이모'라 부르면 상대방은 이모가 된다. "내가 왜 당신 이모야?"라고 되묻지 않는다. 손님이 냉장고 문을 직접 열며 "소주 하나 가져갈게요!"라고 외칠 수 있는 건 상대방이 이모여서다. 직원과 손님의 경계선이 흐릿해지는 순간, 둘 사이의 보이지 않는 유대관계가 만들어진다.*

이렇게 6년 동안 일본에서 아르바이트하며 다른 사람들과 주고받은 언어, 관찰한 장면들을 토대로 논문을 썼다. 한국에 돌아와 어느 정도 시간이 흘렀을 무렵, 이 책을 쓰기 위해 2021년 겨울, 작은 모험을 시도했다. 고깃집 아르바이트생으로 지내보는 것. 고른 가게는 신촌 대학가 작은 골목의 냉동 삼겹살집이었다. 1990년대 유행한 일명 '탑골 가요'를 틀어놓는 감성 주점 콘셉트 식당이었다. 손님이 입구에 들어서면 흥이 오를 대로 오른 사장이 등장한다. 그가 몸을 둠칫거리며

● 일본의 식당에 들어가서 '이모'라고 부를 수 없는 이유다.

말한다. "어서 오세요, 편하신 자리 앉으세요."

처음 출근한 날. 그래도 고깃집 6년 경력자니 어리바리하단 말은 듣고 싶진 않았다. 무엇부터 배워야 할지, 매뉴얼은 있는지 물었다. '매뉴얼? 무슨 뚱딴지같은 소리야?'라는 표정으로 그가 말했다. "일단 내가 하는 거 잘 보고 따라 해." 그렇다. 이곳의 매뉴얼은 사장의 행동 하나하나를 보고 기록하는 나의 뇌에서 생성되는 것이었다. 손님이 들어오면 쌈채, 쌈장, 각종 반찬과 물수건, 수저, 물통과 물컵을 테이블에 가져간다. "이건 반찬이고요, 이건 쌈채고요"라며 일본에서처럼 하나하나 설명할 필요가 없다. 손님들 앞에 차례차례 수저를 놓지 않아도 된다. 수저를 테이블에 내려놓고 "메뉴 정하셨어요?" 묻기만 하면 된다. 손님에게 주문받을 때 굳이 일본에서처럼 무릎을 꿇거나 허리를 잔뜩 굽히지 않아도 된다. 먼발치서 '뭐 드릴까요?'라고 입 모양으로만 말해도 한국인들은 큰소리로 외친다. "삼겹살 2인분이요!"

추가 반찬은 셀프였다. '반찬은 셀프.' 한국에선 보기 흔한 광경이다. '손님이 알아서 움직이게' 만드는 시스템. "반찬 1회 추가당 300엔입니다"라는 말, 안 해도 된다. 남기면 환경 보호를 위한 벌금이 있다는 정도만 알려 두면 손님이 어떤 그릇에 얼마를 담아 가도 사장은 크게 개의치 않는다.

일했던 식당은 좋은 후기가 꽤 많았다. 후기는 대체로 두

가지 평으로 나뉘었다. '고기가 맛있다.' '사장님이 친절하다.' 후자가 궁금했다. 사장을 관찰했다. 사장은 딱히 말이 많은 편도, 서비스가 과한 것도, 붙임성이 특출난 것도 아니었다. 다만 하나만큼은 철저했다. 손님이 원하면 웬만한 건 다 들어준다는 것. 막걸리를 안 파는데 자꾸 막걸리를 찾는 손님들이 있다. 안 팔면 그만인 것을 사장은 옆 식당으로 달려간다. 막걸리를 빌려 오든 사 오든 어떻게든 손님 손에 쥐여 준다. 식당에 없는 걸 뻔히 알면서도 괜히 한 번 물어보는 손님의 마음을 읽은 까닭이다. 느닷없이 단체 손님이 들어와 중얼거린다. "저짝 테이블이랑 여짝이랑 붙이면 좋겠구만……." 뒤를 돌아보면 사장은 어느새 테이블을 번쩍번쩍 들어 나르고 있다. 흘러나오는 노래에 손님 중 누군가 격하게 어깨를 들썩거리면 사장은 조용히 지켜보다 슬그머니 볼륨을 높여 준다. 그러다 경찰이 찾아온다. 경찰이 "옆집에서 민원이…" 하면 살며시 볼륨을 낮춘다. "이 집 목살이 괜찮더라고." 어깨너머 들리는 목소리에 손님이 시킨 모듬 세트엔 평소보다 목살은 50그램 더 들어간다. 사장은 방긋 웃으며 잊지 않고 어필한다. "목살 좋아하시는 것 같아서 좀 더 드렸어요." 접시를 받아 든 이의 얼굴엔 화색이 돈다. 그리고 신기해 한다. '어떻게 기억한 거지?'

그 식당에는 어떤 정해진 매뉴얼도 없다. 손님이 고기를 주문할 때를 제외하곤 직접적인 의사 표현 또한 존재하지 않는다. 언어의 부재 속에서도 눈치껏 모든 게 유동적으로 돌아가는 식. 이렇게 아름다운 조화를 이루는 건 누군가의 눈동자가 쉴 새 없이 돌아가고 있다는 뜻이다.

가장 신선했던 건 직원들의 끼니였다. 손님과 같은 공간에서 직원이 식사하는 모습을 웬만해선 보기 힘든 일본과 확실히 달랐다. 이곳은 모두가 한 가족인 느낌이랄까. 사장이 느닷없이 세팅을 시작하길래 예약 손님이냐 물으니 나에게 되묻는다. "밥 안 먹어?" 직원들끼리 맛있게 밥을 먹다가도 손님의 "저기요" 소리에 달려간다. 오물오물 음식물을 삼켜 가며 주문을 받는다. 되레 손님들이 우리 눈치를 보기도 한다. "식사 중이시니 나중에 시킬게요"라며 주문을 미룬다든가, 술이나 음료수는 귀신같이 찾아내 알아서 가져가는 식이다.

돈을 내고 서비스를 받아야 하는 장에서 차고 넘치는 손님의 배려다. 유동성, 융통성이 없으면 돌아가지 않을 문화요, 매뉴얼이 있다면 돌아갈 수 없는 시스템이다. 일본에선 한국처럼 식당 한구석에 사장 내외가 사이좋게 마주 앉아 국밥 한 그릇씩 떠먹다 손님이 들어오면 서둘러 일어나 "어서 오세요" 하는 풍경을 상상할 수 없는 이유다.

내 역할이 무엇인지에 대한 경계선이 뚜렷할수록 스스로 할 수 있는 행동 범위는 좁아진다. 매뉴얼 또한 복잡해진다.

일본의 식당에서 '일하다 밥 먹는데 손님이 왔을 경우'에 대한 매뉴얼이 없는 건 애초에 벌어질 수 없는 일이라서다. 어떤 상황이 다가와도 눈치껏 대응하는 문화엔 융통성과 무질서함이 공존한다. 구태여 비교하자면 일본은 질서가 있는 대신 한국식 융통성은 찾아보기 힘들다.

결국 우리가 가진 눈치는 개인에 초점이 맞추어진 셈이다. 언뜻 무질서해 보이는 광경 속에도 온전한 질서가 존재한다. 눈치로 만들어진 질서다. 그러니 한국인이 매뉴얼이 없어도 일을 잘하는 이유는 단 하나다. 내 눈앞에 있는 상대방이 어떤 맥락에 놓여 있는지 한순간에 간파하는 습관이 일상화되어 있기 때문이다. 삼겹살을 먹으러 간 식당에서조차 말이다.

언어의 부재 속에서도 눈치껏 모든 게 유동적으로 돌아가는 식.
이렇게 아름다운 조화를 이루는 건 누군가의 눈동자가
쉴 새 없이 돌아가고 있다는 뜻이다.

PART 3

내 삶을 돌보는
감정 문해력

무례한
시대일수록
섬세한
언어가

필요한
이유

¶

방송 작가 일을 처음 시작했을 때 월급은 150만 원이었다. 20대를 내내 일본에서 보내다 한국으로 돌아온 탓에 세상 물정을 몰랐고, 업계 경력이 없으니 그저 방송국에서 일해 보는 것만이 꿈이었던 나에게 '1,500,000'이란, 매달 통장에 꽂히는 아라비아 숫자에 불과했다. 방송이 끝나는 끄트머리, 그러니까 시청자들이 리모컨을 돌릴 무렵 화면 위로 올라가는 활자들에 내 이름 석 자가 속해 있는 것만으로 희열은 넘쳤다. 세상에 알려지기를 간절히 바랐던 이야기들이 전파를 타고 누군가에게 전달될 때, 아무도 귀 기울이지 않는 목소리를 귀 기울여 들을 때 방송국 이름이 박힌 삼각대를 메고 다니는 것만으로도 세상을 바꾸는 데 일조할 수 있으리란 희망이 올라왔다. 누군가는 지상파가 아닌 종합편성채널을 얕잡아 부르는 말로 "종편도 방송이냐"라며 욕설을 퍼부었고, 인터뷰 요청을 할라치면 "지상파면 몰라도 종편이랑은 말 안 섞는다"라며 손사래 치기 일쑤였지만, 눈곱만큼도 상처가 되지 않았다. 하고 싶은 일을 하고 싶었으니까.

스스로 즐거울 수 있는 일을 하고 살면 성공한 인생이라 생각했다. 지금도 같은 생각이다. 하지만 처음에 먹었던 마음이 포물선을 그렸다가 다시 제자리로 돌아오기까지 10년이란 시간이 걸렸다. 대한민국 직장인 평균 월급 통계치를 볼 때마다, 비정규직의 처우와 고충을 토로하는 취재원보다 그를 취재하는 나의 삶이 더 열악하다는 걸 두 눈으로 확인할 때마다 마음엔 가시가 돋았다. 애초부터 이 길은 나의 선택이었기에 그 누구의 탓도 할 수 없었다. 그러니 나보다 높은 월급을 받고 워라벨이 좋은 이들이 업무 환경을 탓하는 걸 보면 나도 모르게 속마음에선 이런 소리가 올라왔다. '스스로 선택해 놓고, 왜 이제 와서 남 탓일까?' 내 마음에 박힌 가시가 남을 찌르기 시작한다는 건 그만큼 내 삶에 여유가 없다는 뜻이기도 했다. 현실을 직시할 용기가 사라진 마음, 막연한 미래에 대한 두려움, 나보다 훨씬 나은 삶을 살아가는 자를 향한 시기와 질투, 그 모든 걸 떠나 타인에게 시선을 나눠 주고 싶지 않은 마음, 일말의 공감도 건네고 싶지 않은 가련한 마음 말이다.

2022년 인상 깊었던 단어는 '누칼협(누가 칼 들고 협박했냐)'이었다. 어떤 마음에서 나오는 말인지 알 수 있었기에 더 아프게 들렸다. 뜻풀이만 보면 무시무시한 이 표현, 본래 게임 용어였다. 특정 문제로 불평불만을 일삼는 이들에게 "어차피 당신이 선택한 것이고 누가 칼 들고 협박한 것도 아닌데, 왜 그리 불평이 많냐"라며 상대방을 타박하는 언어로 사용됐다.

그 후 차츰 온라인 커뮤니티에서 퍼지기 시작해 사회문제를 대변하는 언어로 재생됐다. 계기는 2022년 겨울, 공무원들의 임금 인상 시위였다. 비슷한 시기에 있었던 화물연대 파업 시위 때도 마찬가지였다. 불합리한 사회구조와 부조리한 업무 환경에 누군가 목소리를 내는 순간 그와 나 사이에 날카롭게 선을 그어 버리려는 마음. 철벽 같은 마음은 상대방을 가장 빠르고 잔인한 방법으로 침묵시키는 수단이었다.

지난 2022년 카타르 월드컵 때 대한민국 대 포르투갈전을 앞두고 있던 상황. 포르투갈팀은 이기기에 장벽이 높은 상대였다. 경기를 며칠 앞두고 트위터의 한 유저가 "포르투갈 이기면 되는 거 아님?"이라는 글을 올리자 "우승 후보임"이라는 댓글이 달렸다. 포르투갈팀은 월드컵 우승 후보니까 이길 확률이 낮다는 의미였다. 그러자 원글 작성자가 이렇게 되받아쳤다. "알빠임?" 이 대범한 말은 결과적으로 우리나라가 포르투갈을 2대 1로 꺾어 16강에 진출하면서 재조명되기 시작했다.

"당신이 누군지 내 알 바 아니야"라는 말의 줄임말, 역경이 있더라도 상관하지 않고 나의 길을 가겠다는 마음, 주변 상황에 과하게 흔늘리지 않겠다는 당찬 각오다. 읊조리는 것만으로도 긍정적인 뉘앙스를 풍겨 온다. 월드컵 우승 우보인 포르투갈팀을 상대로 결코 포기하지 않고 끈질기게 맞붙은 끝에 극적으로 승리한 대한민국팀의 태도와 이 트윗이 절묘하게 맞물리면서 "2023년은 '알빠임' 마인드로 가겠다"라며 열렬히 호응하는 이들로 넘쳤다. 하지만 사실 "알빠임?"은 앞서 말한 것처럼 타인이 조금만 선을 넘으면 동전의 양면처럼 냉소적으로 변하는 태도 그 자체를 대변하는 언어다.

감정을 공유하는 수고가 사치인 시대가 온 걸까. 상대방의 마음을 헤아리지 않겠다는 적개심은 어디서 나온 걸까. 자신의 눈에 거슬리는 상황들에 철벽을 치고 싶어지는 두려움이 언제 이리도 만연해진 걸까. 강한 부정은 강한 긍정과 같은 맥락이라 했던가. 냉소주의가 만연한 사회라지만 한쪽에선 꾸준히 언어 감수성을 기르자는 목소리가 나오고 있다. 어쩌면 둘은 맞닿을 수밖에 없는 불가분의 관계인 건지도 모르겠다. 기어이 "누가 칼 들고 협박했나"라며 "네 사정이 어떤지 내가 알 바 아니라"며 다그치고 싶어질 만큼 에너지를 소진해 버린 지금의 우리에겐 좀 더 세심한 시선, 마음을 읽는 마음이 필요할 때인지도 모르겠다.

2023년 초 한 기사에 '디지털 토정비결'이라는 인터뷰가 실렸다. 데이터 과학자 송길영의 말을 빌려 우리가 올 한 해를 어떻게 보내야 할지 화두를 던져 주는 대화였다. "선善을 행하되, 선線은 지켜야 하는 극한 배려 사회가 왔다. 우리는 갈등의 맥락을 재배치하는 더 나은 언어를 설계할 수 있을 것인가?"라는 기자의 질문에 송길영이 답했다.

"무례하면 세상이 좁아집니다. 섬세한 조직, 세심한 인간이 살아남습니다."

이어 그는 올해를 관통하는 세 가지 키워드를 뽑았다.

"첫째 유리한 다양성, 둘째 관계의 돌봄, 셋째 건강한 긴장입니다."

그의 말을 빌리면 "구성원이 다양한가" "소수자 배려 문화가 있는가"라는 질문들은 더 이상 사회적 책무의 차원이 아니다. 생존의 문제인 것이다.

"장애인이나 남녀 비율로 조직의 형질을 변화시키는 게 생존에 압도적으로 유리합니다. 가령 '조직에 외국인 인사 룰이 있느냐'고 물었을 때 '우린 외국인이 없어서 괜찮다'고 하면 심각한 상황입니다. 디폴트(기본 설정 값)가 '균질'이니, 새로운 유입이 막힌 거죠."

우리는 이미 설손가족, 성상 가속이란 표현을 쪽력으로 산

무하는 사회에 살고 있다. 사려 깊은 시선, 세심한 언어는 선택이 아닌 필수의 세상이 되었다. 틀에 박힌 절차, 질서, 고정된 관념에서 벗어나 다양한 관점에서 접근해야 한다는 이야기다.

그의 이야기 가운데 '관계의 돌봄'을 재해석한 구절이 인상적이었다. 회사나 조직과 같은 사회 구성원이 모인 모든 곳은 그저 '잠시 같이 있는 환승장'이란 감각이 필요하다는 맥락이다. SF영화에 나오는 외계 생명체들이 머물다 가는 중간 기착지처럼 서로가 소중한 손님이란 태도. 쿨한 안녕. 있을 땐 층차層差 없이, 떠날 땐 감정 소모 없이. 회자정리會者定離, 거자필반去者必返에 기대어 서로에게 척을 지는 사이가 되지 말자는 이야기.

'누칼협'과 '알빠임'이란 단어들이 들려올 때마다 마음 언저리가 불편하다. 거리에서 마주치는 얼굴들에서 그 어느 때보다 고단함과 애처로움이 전해지는 요즘이다. 그저 잘 살아보겠다고 뛰어든 세상은 왜 이렇게 우리 마음을 못 살게 볶아댈까. 어쩌다 이리도 비죽비죽 가시를 드러내게 되었을까. 기사에 익명으로 달린 악성 댓글들을 볼 때마다, 분노를 한 데 끌어모아 돌파해 버리겠다는 마음들이 느껴진다. '누칼협'과 '알빠임'은 우리에게 방어막일까, 그저 양날의 칼일까.

생존에 유리한 다양성, 관계의 돌봄, 건강한 긴장. 이 세 가지 키워드를 곱씹으면서 떠오른 기억은 일본에서 벌어졌던 혐한 시위였다. 2019년, 도쿄 도심 곳곳에서 주말마다 열렸던 혐한 시위 현장을 취재할 때였다. 구글에 '혐한'을 넣고 검색하면 우익 단체가 주최하는 혐한 시위 수개월 치 일정표가 등장하던 시절이다.

우익 단체 우두머리인 사쿠라이 마코토桜井 誠가 마이크를 잡고 가두연설에 나선다. 양옆으로 그의 2인자를 자처하는 이들이 사쿠라이를 보좌하며 걸어간다. 우악스럽게 생긴 새카만 차량이 확성기를 달고 서행하며 뒤를 잇는다. 스피커에선 "조선인은 꺼져라, 더러운 조선인들아!"라는 말이 일본어로 끊임없이 울려 퍼진다. 집회 참가자는 수십 명에서 수백 명. 일장기와 전범기, 욕설이 적힌 피켓을 들어 올리는 그들은 평범한 일상을 살아가는 시민들이다. 하지만 그날만큼은 집회 신고자라는 명분으로 경찰의 호위 아래 혐한 구호를 외치며 안전하게 행진한다. 일장기와 전범기가 물결치는 시뻘건 행렬을 눈앞에 마주하다 보면 분노나 욕설보다 주저앉고 싶을 정도의 무력감을 느낀다. 왜 아무도 이들을 제지하지 않는 거시? 경찰은 왜 이들을 보호하고 있는 거지? 양옆을 지나가는 시민들은 이 거대한 행렬이 들리지도 보이지도 않는 듯 어찌 이리도 태평할 수 있는 거지?

무력감이 처연함으로 변해 갈 무렵 길거리 한구석엔 정의의 사노들이 능장한다. 카운터스Counters 다. 전범기와 일장기 대신 스마일 마크가 그려진 피켓을 들고 그저 혐한 시위를 반대하기 위해 거리로 나온 사람들. 혐오 발언에 맞서는 평화주의자들이다. 대부분은 SNS로 모인 일면식 없는 개개인이다. 딱히 단합하는 모습을 보이지도, 서로의 이름과 직업을 공유하지도 않는 그들 역시 평범한 일본의 시민들이다.

카운터스는 집회 신고자들에 맞선다는 이유로 경찰로부터 제지당한다. 하지만 그들은 아랑곳하지 않고 온몸으로 혐한 시위를 막아낸다. 때론 우익 세력에 붙잡혀 옷가지가 쥐어뜯겨 나가기도 하고, 길바닥에 몸뚱어리가 내동댕이쳐지기도 한다. 우익 단체가 진입할 도로를 차단하겠다며 거리에 드러눕기도 하는데, 경찰이 이들을 저지하는 행동은 가히 충격적이다. 공권력에 저항하는 대상에겐 가차 없는 폭력이 가해지는 것이다. 현장에서 만난 카운터스에게 물었다. 도대체 당신을 여기까지 나오게 한 건 무어냐.

그들 모두가 한목소리를 내고 있었다. "소시민으로서 해야 할 일을 할 뿐입니다." 사회적 약자에게 화살이 향하고 혐오를 담은 시선이 가해지는 사회는 건강하지 않다는 것이다. 그 화살은 언제든 나에게 돌아올 수 있다는 논리였다. 어떤 상황이든 혐오 발언이 사회적 약자에게 향하도록 그대로 놔두어서는 안 된다는 결연함. 그 결연함 하나로 장시간 집회에 맞서던 이들은 우익 단체가 해산함과 동시에 아무 일 없었던 듯 집으로 돌아간다. 그런 그들의 덤덤함을 잊을 수 없다.

타인을 이해하고 배려할 때 그 관대한 시선은 나에게 똑같이 돌아온다는 걸 절감한다. 횡단보도 위 거동이 느린 고령자에게 울리는 가차 없는 경적은 20년 뒤, 30년 뒤 나에게 고스란히 돌아온다. "눈치 보지 마" "알빠임?"이라며 사정없이 내 앞에 그어 놓은 선은 어느 순간 내가 설 곳 없는 경계선으로 돌변한다. 어느덧 우리는 비판에는 민감하게 반응하면서도, 긍정적인 말에는 별 감흥을 느끼지 못하고 사는 건 아닐까. 적대적인 얼굴은 금방 찾아낼지언정, 친절한 미소는 잘 보지 못하는 건 아닐까. 우리가 세상에 건네고 있는 시선은 어떤 얼굴을 하고 있을까. 그 어느 때보다 마음을 살피는 마음이 귀하고 빛나는 요즘이다.

눈치에는
권력이

숨어 있다

¶

예능 프로그램 〈유 퀴즈 온 더 블록〉에 전 청와대 행정관이 출연했다. 그는 '청와대 보고서 작성법'을 소개했다. 일명 '칭찬받는 보고서 작성법'이다. 감히 말하건대 이름이 참 귀엽다. 대한민국 권부의 심장인 국가기관에서 누군가로부터 '칭찬받기' 위해 보고서를 작성하는 모습을 상상해 본다. '칭찬받는 보고서'란 이름은 보고서를 칭찬해 줄 누군가가 존재한다는 암묵적 방증이다. 보고서 자체는 특정인만을 고려하지 않은 공식적인 매뉴얼이지만 궁극적인 초점은 개인에 맞춰져 있다는 뜻이다.

이 보고서 작성법은 요약본만 14쪽, 원본은 무려 147쪽에 달하는 방대한 양이다. 기본적인 작성 요령부터 원칙, 유형이 상세하게 적혀 있다. 한 문장은 두 줄 이내로 적어야 한다든가 제목을 적는 상자 테두리는 검은색 0.3밀리미터로 규정한다는 세밀한 내용도 담았다.

앞서 매뉴얼이 없는 한국의 식당늘에 대해 이야기했시만,

그렇다고 우리가 매뉴얼 없는 사회에서 살아가는 건 아니다. 식당이야 규모도 작고 즐기러 오는 장소이기에 매뉴얼이 없어도 원활하게 돌아갈 수 있다지만, 직장은 다르다. 업무에선 각자에게 부과되는 역할이 있고 직급마다 지켜야 할 원칙이 있다. 고로 매뉴얼은 직장에서 필수 요소일 텐데 안타깝게도 내가 일하는 팀엔 매뉴얼이 존재하지 않았다. '상자 테두리는 검정색 0.3밀리미터'와 같은 구체적인 문장들이 있었다면 다음과 같은 에피소드를 적을 일도 없었을 것이다.

팀에 갓 들어온 인턴들이 종종 하는 실수가 있다. 예의를 지켰는데, 혼이 나는 기이한 경우다. 가령 횡단보도의 보행 신호 시간이 고령자한테 턱없이 짧다는 취지의 방송을 만드는 상황, 현장에 나간 인턴은 종로3가 횡단보도에서 지나가는 한 어르신을 붙잡고 인터뷰를 시도한다. 힘겹게 횡단보도를 건너온 할아버지는 손자뻘 되는 인턴에게 붙잡혀 인터뷰에 응한다.

"우리 같은 노인네들은요. (인턴: 에이, 젊어 보이시는데요!) 조금만 걸어가다가도 (인턴: 네, 네) 이렇게 숨이 차거든요. (인턴: 아이고, 힘드시겠어요) 그런데 신호가 짧으면 (인턴: 아……) 한 번에 걸어오기가 (인턴: 네) 벅차단 말이에요. (인턴: 그렇겠네요)"

인턴은 인터뷰에 응해 준 어르신에게 최선을 다해 나름의 호의를 내비쳤다. 괄호 안의 목소리가 그 방증이다. 내가 당신의 말을 듣고 있고, 충분히 공감한다는 표시다. 그런데 대화의 기본인 이 리액션이 방송 영상에선 독이 된다. 인터뷰에 성공한 인턴은 의기양양하게 방송국으로 돌아온다. 하지만 영상을 확인한 선배는 표정이 점점 굳어진다.

"뭐야, 쓸만한 싱크[•]가 하나도 없잖아……."

자신이 한 거라곤 추임새와 대답뿐인 인턴은 억울하다. 그러나 문제는 할아버지와 인턴의 오디오가 '물렸다'는 것이다. 영상에서 두 사람의 목소리가 맞물렸다는 것을 차근차근 설명하니 인턴도 이내 상황을 이해한다. 그렇게 몇 차례 시행착오를 겪고 나면 다음 현장에선 달라진다. 추임새 대신 고개를 격하게 끄덕인다. 끊임없이 눈을 맞추며 듣고 있음을 어필한다.

오디오가 물리는 실수는 방송국에 처음 들어온 인턴들 십중팔구는 통과의례처럼 거쳐 가는 일이다. 그런데 어느 순간

• 인터뷰로 사용 가능한 오디오와 내용이 온전하게 담긴 문장.

부터 그 실수가 사라졌다. '이번 기수는 아이들이 똑 부러지네' 생각하던 찰나 그네들에게 숨겨진 매뉴얼이 존재한다는 걸 알게 됐다. 내가 궁금해 하니 인턴 한 명이 배시시 웃으며 보여주었는데, 유독 눈에 띄는 단어들이 있어 몇 개만 골라왔다.

* **자막, 모자이크, 싱크, 겹치는 그림 등 선배가 놓치는 부분이 있는지 꼼꼼히 체크**

* **뉴스 제작 관련**
- 특별한 경우를 제외하곤 한 명이 월, 수. 다른 한 명이 화, 목 기사를 담당한다. 담당은 전적으로 인턴이 정하며, 각자의 주말 스케줄과 업무 강도에 따라 둘이 적당히 협의해서 정하면 된다.

* **출근 시간**
- 기본적으로 아침 10시에 출근한다. 선배 지시에 따라서 출근 시간과 장소는 달라진다.(금요일에는 일이 없는 경우가 많으니 눈치껏 점심쯤 와도 된다. 하지만 눈치껏이기 때문에 이 상황으로 인한 책임은 전적으로 본인에게 있음을 잊지 말길)

* **금요일 등 별일 없을 경우**
- 눈치껏 퇴근하면 된다. 가장 가까운 일자 취재 보조인 선배에게 시키실 일이 있는지 여쭙고 가면 더욱 좋다. 대략 오후 6시를 전후해서 퇴근한다.

* **취재 나갈 시**
- 매우 유동적이다. 만약 선배가 현장에서 퇴근해도 된다고 하시면 바로 퇴근해도 된다.

* **내근**
** **전반적인 일정**
- 특정하게 정해진 것은 없고, 선배의 지시에 따라서 일한다.
- 크게 할 일이 없다는 전제하에, 4~5시쯤 눈치껏 편집실에 내려가 편집 선배가 스케치를 정리하는 것을 도와드려도 좋다.

'눈치껏.' 매뉴얼에 등장할 수 있는 단어였던가. 어쩌다 이런 매뉴얼이 만들어졌는지 인턴에게 물었다. 매뉴얼의 '매'자는커녕 아무런 기반도 잡히지 않았던 프로그램 제작 초반, 닥치는 대로 일을 저리해야 했던 과거 인턴들이 호뇌세 고생한 끝에 삭성한 보양이었다. 다음 기수늘을 위해 '너네는 제발 혼나지 말라'는 마음을 담아 '꿀팁'을 적었고, 매년 이런 정보들이 차곡차곡 모여 인턴들 사이에 숨은 매뉴얼이 만들어진 것이다.

여기서 잠깐 우리 팀에 대해 소개하자면 우린 보도용 르포르타주를 제작한다. 기자와 작가, 비디오 저널리스트VJ, 인턴이 번갈아 가며 팀 속의 팀으로 돌아간다. 매주 정해진 분량의 영상물을 정해진 요일에 내보내야 하는데, 현장엔 늘 변수가 있기 마련이다. 어쩔 수 없이 모든 건 '유동적으로' '변수에 맞게' '눈치껏' 돌아간다.

아이템을 찾고, 제보를 확인하고, 사전 취재를 나가고, 누군가를 인터뷰하고, 현장 취재가 이루어진다. 소통은 실시간으로 이루어져야 한다. 단체 채팅방에는 하루에도 수백 번씩 메시지가 울린다. 인턴들은 아직 1인분을 해낼 수 없다는 명분으로 들어왔지만 매뉴얼을 만들어 가며 사실은 2인분, 3인분까지 잘 해내고 있던 셈이다. 그렇다 보니 인턴들이 밑도 끝도 정보도 없이 팀에 적응하려면 그 누구보다 눈치를 살펴야 하는 입장에 놓인다. 이 일에는 절대적인 기준이 없고, 명확한 지시도 없다. 누군가 "내려와라" "퇴근해라" 한마디만 직접적으로 해 주었다면 인턴들이 '눈치껏' 움직일 필요도 없었을 텐데, 아무도 인턴들에게 솔직한 언어를 건네진 않았던 모양이다.

애당초 직장이 직설 화법으로 소통하는 곳이었던가. 사무실에 새로 들어온 인턴이 볼펜을 딸깍거리는 상황을 예로 들어 본다. '몇 번 하다 말겠지' 했는데 그 소리가 10분, 20분 동안 이어진다. 과장은 힐끔 쳐다보고 헛기침을 크게 "에헴" 한다. 그러면 과장과 인턴 사이에 앉은 중간 직급인 우리의 눈동자는 조용히 돌아간다. 눈치가 보이기 시작하는 것이다.

그 상황에서 과장에게 누구 하나 "혹시 감기 걸리셨어요?"라고 묻진 않는다. 헛기침이 생리 현상이 아니란 걸 알기 때문이다. 무언가 메시지를 담은 신호일 터. 우리는 '과장이 볼펜 소리가 신경 쓰이는구나' 추측한다. 그렇다고 인턴에게 "저기, 볼펜 소리 좀 그만 내주겠나?" 할 수도 없다. 과장이 헛기침으로 표현한 건 인턴이 눈치껏 알아차리라는 암묵적 시그널인데, 우리가 대놓고 말해 버리면 서로가 민망해질 뿐이다. 무의식적으로 나온 인턴의 습관에 정색할 수도 없다. 이렇듯 눈치가 발동하는 순간은 선뜻 말이나 행동으로 나서기 어려운 영역일 때가 많다. 과장과 나의 관계, 인턴의 감정, 과장의 기분, 사무실의 공기, 다른 동료들과 주고받는 눈치가 끊임없이 우리 사이를 맴돈다.

과장이 잠시 자리를 비우면 우리는 인턴에게 슬쩍 언질을 준다. '아, 과장은 삼기가 아니었구나.' 인턴은 그제야 이해안

나. 그 후로 과장의 헛기침은 인턴에게 하나의 신호로 작용하게 된다. 만약 훗날 또다시 볼펜 소리가 들리고 과장이 헛기침을 하는데, 인턴이 해맑은 얼굴로 "어머, 과장님 감기 걸리셨어요? 환절기니 조심하세요" 한다면? 우리는 매우 높은 확률로 그를 '눈치 없는' 친구라 말할지도 모르겠다.

이런 눈치 경험치가 없거나 직장의 수직적 문화가 익숙하지 않은 사람이라면 과장의 헛기침처럼 상황 곳곳에 숨은 시그널을 알아차리기란 어렵다. 그런 이들에게 '보통은' '일반적으로' '평균은'이란 말들을 건네기 조심스러운 이유다. 눈치에 대해 쌓인 데이터가 없을 뿐 그들의 행동이 '보통' '일반' '평균'에서 어긋난 건 아니기 때문이다.

"보통은 사무실에서 볼펜을 딸깍거리지 않아요"라고 누가 말할 수 있으며 "'보통'이라는 게 누가 정한 기준인가요?"라고 되물었을 때 어느 누가 대답할 수 있을까. 나에겐 소음인데, 누군가에겐 마음속 흥겨운 리듬일 수 있다. 누군가에겐 아예 들리지도 않는 파동일 수도 있다. 그러니 세상에 존재하는 수많은 평균치란 어쩌면 상위 권력자에 기준이 맞춰져 있는 것일지도 모르겠다.

의문점이 생긴다. 과연 보통이란, 일반적이란, 평균이란 누가 정한 걸까. 그저 안정적인 범주를 만들어 그 안에 안주하고 싶은 마음이 만들어 낸 상위 권력자의 선 긋기가 아닐지. 위계가 존재하는 세상에선 헛기침 한 번조차도 위계가 낮은 사람들의 수많은 눈치를 발동시킨다. 직접적인 언어가 아닌 시그널로 의사 표현을 할 거라면 누군가는 좀 더 신중해야 한다는 의미다.

'모르는
척'이
주는

위로

¶

낯선 장소에서 나에게 아는 척해 주는 사람은 반갑다. 하지만 무슨 이야기를 건네도 아는 척하는 사람은 달갑지 않다. 인사했는데 못 본 척 지나가는 사람은 괘씸하다. 반면 내가 드러내고 싶지 않았던 치부를 모르는 척해 주는 사람은 고맙다. 괜찮지 않으면서 애써 괜찮은 척하는 이들에게 우린 양가감정을 느낀다. 쟤 또 괜찮은 척하네, 모른 척해야 하나, 모른 척 시치미를 떼고 더 챙겨 주어야 하나.

'척'이라는 행동은 쓰임새에 따라 호불호가 극명하게 갈린다. 사전적 의미는 '그럴 듯하게 꾸미는 거짓 태도나 모양'이다. '거짓'이란 단어가 들어가다 보니 부정적인 뉘앙스가 좀 더 강한 느낌이다. 있는 척, 아는 척, 잘난 척, 바쁜 척, 센 척. 어디에 붙여 놔도 허세가 가득해 보이는 이 단어. 어딘가 모르게 공허해 보이는 의존명사다. 앞서 적었듯 한국인은 무엇이든 솔직하게 부딪히는 화법을 즐겨 쓰지만은 않는다. 때론 안 괜찮아도 괜찮은 척, 배불러도 배고픈 척, 당장 보고 싶어도

인 척힌 칙, 필요하면 일부디 칙안 칙도 힐 수 있다.

있는 척, 아는 척, 잘난 척, 바쁜 척, 센 척도 마찬가지다. 내 민낯을 보여주기 싫은 상대방이라면 뭔가 있는 척 좀 해볼 수 있다. 듣기 거북한 말을 끊임없이 늘어놓는 상대방이라면 대충 아는 척해서 대화를 마무리 짓기도 한다. 상대방에게 매번 무시를 당해 왔는데, 모처럼 자랑할 거리가 생겼다면 때론 잘난 척도 할 수 있다. 내가 거절했음에도 상대방이 계속 무리하게 부탁한다면 바쁜 척도 나쁘지 않다.

'척'이 적절한 자기 PR로 둔갑하는 경우도 있다. 가령 동료로부터 부탁받은 자료를 넘겨 주는 상황.

① 아까 영희 씨가 부탁했던 자료 여기 있습니다.
② 영희 씨, 와, 이거 정말 힘들게 받았어요. 제가 영희 씨 부탁이라 겨우 설득해서 얻어낸 거예요.

상대방에게 부탁받은 것을 힘들게 얻어 놓고 ①처럼 말하는 이가 있다. 반면 손쉽게 받아 놓고도 ②처럼 말하는 이도 있다. 궂은일을 굳이 내색하지 않으려는 심리도, 작은 노동이지만 그 노동의 가치를 표현하는 마음도, 어느 것 하나 틀렸다고 볼 순 없다. 호불호도, 진실과 거짓도, 정답도 없다. 어떤 말을 하고 싶은지 선택도 자유다. 어느 말을 좋아하는지 듣는 사람의 선호 또한 천차만별이다. ①을 두고 그 사람 묵직하니 괜찮다는 이가 있는가 하면 ②를 그만의 깜찍한 생색이라 여기거나 붙임성이 좋다고 받아들일 수도 있다. 그러니 '척'이란 그저 때와 상황에 맞추어 적절하게 이용만 한다면 꽤 괜찮은 쿠션 역할을 해 주는 건지도 모르겠다.

앞서 소개한 쿠키요미의 또 다른 게임이다. 크리스마스이브, 아이가 잘 준비를 하려는데 산타클로스가 방으로 들어온다. 여기서 퀴즈. 아이는 어떤 행동을 취해야 하는가. 이 상황에서 아이의 선택지는 두 개다. 가만히 앉아서 멀뚱멀뚱 산타클로스를 쳐다보는 것과 바로 드러눕고 자는 척하는 것. 쉽게 짐작할 수 있지만 공기를 잘 읽는 행동은 후자다. 산타클로스가 아이를 놀라게 해주려고 기어이 선물을 들고 와주었으니 아이는 자는 척해 주어야 이 서프라이즈가 성립되기 때문이다. 쿠키요미에 이런 장면이 등장했다는 건 실제로 게임하는 성인들이 산타클로스를 믿어서가 아니다. 본인이 전부 눈치를 챈 상황에서도 어디까지 '척'을 해줄 수 있는지를 묻는 퀴즈다.

눈치 있는 행동도 정답은 똑같다. 친구들이 생일 파티를 나 몰래 준비하는 것 같은데, 어딘가 모르게 어설퍼 나 티가 나는 상황. 사뭇만 바스락거리는 또삿시 소리가 들리고, 후나닥 도망가는 친구 손에 언뜻 케이크 상자가 보인다. 보물찾기에서 보물이라도 발견한 듯 "오! 너희 지금 내 생일 파티 준비하는 거지?" 한다면 얼마나 김이 샐까. 그럴 땐 알아도 모르는 척, 안 보이는 척하는 게 생일 파티를 준비하는 사람들을 위한 배려이기도 하다.

눈치를 못 챈 척 연기하는 게 되레 눈치 있는 행동이 된다는 건 재미있는 아이러니다. 눈치의 기준이 무엇이냐에 따라 눈치의 정의가 달라지는 까닭이다. 이런 상황에서는 '나를 위해 친구들이 파티를 준비해 주었고, 내가 놀라며 기뻐하는 모습을 보이면 친구들도 기뻐할 것'이라는 맥락이 토대가 된다. 그 맥락을 깨는 순간 '눈치가 빠른 행동'은 '눈치 없는 행동'으로 한순간에 돌변한다.

그렇기에 ①과 같은 답변엔 듣는 사람의 '아는 척'이 효과를 본다. 상대방에게 날름 자료만 받기보단 그래도 당신이 나를 위해 수고해 주었을 거라며 '아는 척' 해보는 것이다. ②도 마찬가지다. 그의 생색인 걸 뻔히 알면서도 '모르는 척' 한 번 해주는 것이다. 상대방이 나를 위해 고생해 주었다는 사실엔 변함이 없는 만큼 다채로운 '척'의 방법을 만들어 가는 것 또한 언어의 묘미다.

분명한 게 있다면 뭐니 뭐니 해도 가장 힘든 건 '모른 척'이란 점이다. 일을 저질러 놓고도 시치미 뚝 떼는 모른 척도 아니요, 진심으로 도움을 요청하는 상대방을 투명인간 취급하는 모른 척은 더더욱 아니다. 상대방이 원하는 방향에 온전히 공감할 수 있을 때 나오는 배려 담긴 침묵일 뿐이다.

의사 겸 타투이스트인 조명신 원장이 예능 프로그램 〈유 퀴즈 온 더 블록〉에 출연해 들려준 이야기다. 어느 날 그의 진료실로 한 제빵사가 찾아왔다. 그는 빵을 만드는 사람이지만, 손님들에게 선뜻 "제가 만든 빵이에요. 드셔 보세요"라는 말을 건네지 못했다. 손에 하얀 얼룩이 있는 백반증이 있어 손님들이 피부병으로 오해하는 게 두려웠던 것이다. 그는 손님의 반응을 살펴보기 위해 늘 멀찌감치 서서 바라보는 삶을 살던 중 조명신 원장을 만나 손에 피부색을 문신할 수 있었다. 제빵사는 그 타투로 자신감을 되찾았고, 조명신 원장은 타인의 말이 가늠할 수 없는 누군가의 상처의 깊이에 대해 이야기했다.

"이게 겉에 있는 상처보다도 사실은 마음에 있는 상처가 더 큰 것 같아요. 우리 국민이 또 다정다감하잖아요. (상처를 보면) 꼭 이야기해요. 너 왜 이렇게 됐니? 왜? 많이 다쳤어?…이번 기회에 좀 이야기드리고 싶은 건 남의 상처를 보면 제발 못 본 척했으면 좋겠어요."

그의 말저럼 어떤 경우에는 섣한 말보나 소용한 침묵이 너 큰 위로가 된다.

요즘 들어 내가 누군가와 대화할 때 스스로 얼마나 아는 척 하는지 조용한 관찰을 시작했다. 내가 건네는 맞장구나 공감 이 과연 상대방을 위한 반응일지, 내가 얼마나 알고 있음을 드 러내기 위한 아는 척일지, 살피는 것이다. 그러자 내가 생각보 다 자주 '상대방에게 공감하고 있음'을 알리기 위해 '아는 척 하며 나의 이야기'를 하려는 걸 발견했다. 친구의 상사 뒷담 화에 고개를 주억거리다가도 어느 순간 "나도 그런 적 있었는 데"라며 나의 이야기를 끌어온다던가, 누군가의 부고 소식을 전해 듣고 그에게 어떤 말을 건넬까 고민하다 결국은 "나도 비슷한 일을 겪었을 때…"라며 내 경험담을 꺼내는 식이다. 이러한 반응에 물론 정답은 없다. 허나 하루가 끝나갈 무렵 돌 아본 대화 속에서 혹여나 나의 이야기가 상대방의 말문을 막 아 버린 건 아닌지, 사실은 막아 버린 걸지도 모른다는 결론에 다다르면 조금은 괴로워지는 것이다.

관찰하지 않았을 땐 모르고 지나쳤던 나의 화법은 공감을 명분으로 한 알은척에 지나지 않음을 깨닫게 되었다. 그 후 누 군가를 만날 때마다 나만의 작은 모험을 시도했다. 그냥 '말이 없는' 사람이 되기로 한 것이다. 상대방이 내 반응을 보고 재 미 없다 느끼더라도 필요 이상의 공감대 형성이나 리액션을 던지지 않기로 했다. 누군가는 그 정적을 불편하게 느낄 수도 있을 것이다. 그럼에도 나는 그저 듣는 쪽을 선택했다. 그 선택은 내 예상보다 '내가 얼마나 말을 많이 하고 싶은 사람'인지 알게 해주는 척도이기도 했다. 동시에 내가 안다고 생각했던 상대방의 화두는 새삼 내가 모르는 것들이 대부분이었다는 사실을 깨달았다. 내가 무턱대고 공감하기엔 그 사람과 나의 세계는 작은 접점이 존재할 뿐 전혀 다른 맥락이 존재한다는 것까지 말이다.

내가 상대방에게 공감한다는 것을 알리기 위해, 공감하기 위해서, 공감이라는 명분을 두고 우린 얼마나 많은 것에 알은척을 하고 살아왔나 고민해 본다. 공감이란 사전적 의미로 '남의 감정, 의견, 주장 따위에 대하여 자기도 그렇다고 느낌. 또는 그렇게 느끼는 기분'이다. 애초에 리액션이란 행위를 포함하지 않는 단어였다. 그러니 진짜 공감하고 싶을 땐 그저 모른 척, 못 본 척이 훨씬 큰 위로가 되기도 한다는 걸 되새겨 본다.

이 글을 김원영의 이야기로 마무리해 볼까 한다. 저자는 변호사 겸 연극배우다. 1급 지체장애인이기도 하다. 다음은 그가 어렸을 적 집에 놀러 온 친구들과 다 같이 계곡에 갈 수 없었던 상황을 회고하며 적은 글이다.

한여름의 이느 오후, 나의 동네 친구들이 모두 계곡으로 물놀이를 가려던 참이었다. 나는 아이들이 계곡으로 골터가면 혼자 덩그러니 남겨질 상황이 두려웠다. 집에 있는 16비트 게임기, 레고 블록, 포커, 수박으로 유혹해도 건강한 10대 초반 아이들이 차가운 계곡물에 뛰어드는 것을 막을 수는 없었다. 나는 아무렇지 않다는 듯 반응했다…그런데 한 친구가 자기는 가지 않겠다며 우리 집 소파에 드러눕는다. 진짜로 가기 싫을 리가 없었다. "야, 나 낮잠 좀 자자. 빨리 가, 인마!"라며 그 아이를 타박했다. 그러자 녀석이 답했다. "나 피부 관리해야 돼."

나는 당연히 그가 나를 배려하기 위해 거짓말을 하고 있다는 걸 알았다. 친구 역시 자기 행동의 진짜 의미를 내가 알고 있다는 걸 알았을 것이다. 말하자면, 피부 관리 이야기 속 두 어린아이는 상황의 진실(실재)을 공유하면서도 상대방의 반응에 따라 자신의 연기 내용을 조율하며 한 편의 무대를 연출한다. 무대에서 이루어지는 대사와 행동에는 거짓이 포함되어 있지만, 이들은 진실을 바탕으로 무대를 구축했다.

- 김원영, 《실격당한 자들을 위한 변론》

장애 때문에 물놀이를 하지 못하는 그를 배려하기 위해 친구가 건네는 거짓말, 그런 친구를 배려하기 위해 그가 하는 거짓말, 그들이 주고받는 마음을 알음알음 가늠해 가며 서로의 연기가 연출하는 그들만의 한 편의 무대. 모른 척, 못 본 척에 대한 배려를 적은 이 이야기에 김원영이 붙인 제목은 '존엄을 구성하는 퍼포먼스'였다.

체면은
높이는 게
아니라

돌보는
것

¶

반평생을 넘나드는 텔레비전 시청과 다년간의 연구로 나는 드디어 공적 영역에서의 언어를 해석할 수 있는 능력을 갖게 되었다. 이 연구가 앞으로의 공식 입장 발표, 기자회견을 이해하는 데 조금이나마 도움이 되기를 바라는 바이다.

예능인 유병재가 자신의 페이스북에 올렸던 글이다. 일부만 가져왔다.

많은 고민 끝에 용기를 냈습니다 = 까먹을 줄 알았더니

본의 아니게 = 예상과는 다르게

누구의 잘잘못을 떠나 = 내가 한 짓이다

사실 여부를 떠나 = 사실이다

많은 것을 배웠고 = 국내 비속어의 종류를

공인이기 전에 한 명의 사람으로서 = 그러는 니들은, 씨발

자수이 시간을 – 두어 달 정도를

더 나은 모습으로 보답하겠습니다 = 좀 더 해 먹어야겠다

과거가 아니라 미래로 나아갈 것을 = 한 번만 봐주세요

그는 웃자고 적은 말이겠으나 우리 사회의 허를 찌른다. 그가 말하는 '공적 영역에서의 언어'를 보고 가장 먼저 떠오른 건 '체면'이었다. 체면 없이는 죽고 못 사는 문화. '한국인'과 '체면'은 뗄레야 뗄 수 없는 사이라지만, 중국도 일본도 비슷한 개념이 존재한다. 중국어로는 '미엔쯔面子.' 우리의 '자존심'과 비슷한 개념이다. 일본도 마찬가지다. 영화 〈베테랑〉에 "우리가 돈이 없지, '가오'가 없냐?"라는 대사가 나온다. 가오란 일본어에서 얼굴顔이란 뜻과 동시에 체면顔が立つ을 의미하는 단어이기도 하다.

다시 쿠키요미의 게임을 예로 들어 보겠다. 학부모 참관수업에서 선생님인 '나'가 발표할 사람을 지목해야 하는데 학생한 명을 제외하고는 다들 곤란한 표정이다. 우리 아이가 잘하고 있나 뒤에서 부모들이 지켜보고 있다. 세 번째 아이를 제외하곤 대답에 자신 없는 듯한 얼굴일 때, '나'는 과연 누구를 지목하는 게 정답일까.

공기를 잘 읽어 눈치껏 판단한다면 정답은 밝게 웃고 있는 아이다. 짐작하는 건 어렵지 않다. 하지만 그 이유를 생각해 보려 한다. 참관수업이 아니라면 답은 달라질 수 있다. 곤란해

보이는 아이를 지목하여 틀린 답도 자신 있게 말할 수 있는 교육 환경을 만들 수도 있다. 그런데 이 게임엔 특수성이 존재한다. 뒤에서 부모들이 지켜본다는 설정이다.

'나'가 웃고 있는 아이를 발표자로 지목하는 데엔 두 가지 이유가 있을 것이다. 대답이 준비된 아이가 의기양양한 목소리로 발표하고, 자연스레 칭찬이 오가면서 화기애애한 수업 분위기가 덤으로 따라올 수 있고, 아이의 부모는 물론 지켜보는 다른 이들에게도 뿌듯함을 안겨 줄 것이다. 하지만 일단 손을 들고 있기는 한데, 곤란한 표정의 아이를 지목한다면? 쭈뼛거리며 일어난 아이가 자신 없는 목소리로 대답할 모습이 떠오른다. 아이는 모두에게 주목받는 상태에서 창피함을 겪어야 할 수도 있다.

이 상황을 이런 다양한 프레임에서 접근해 볼 수 있겠지만, 체면의 관점에서 들여다봤다. 부모 앞인 만큼 수업이 원활하게 진행되길 바라는 선생님의 체면, 모두가 지켜보는 가운데 창피함만은 겪고 싶지 않을 아이의 체면, 당당한 목소리로 대답하는 모습을 보여주고 싶은 아이의 체면, 모처럼 아이의 수업을 참관하러 온 부모의 체면까지. 한 공간에 존재하는 각자의 체면들이 어우러져 하나의 분위기를 만들어낸다. 여기서 눈치란 모두가 원원하는 상황, '아이들이 적극적으로 수업에 참여하는 화기애애함'을 만들기 위한 도구다. 어쩌면 제닌은 그런 짐에서 양념의 집이다.

체면이 조금만 깎이면 불같이 화내는 사람도, 조금만 존중을 받으면 그 누구보다 유해지기 마련이다. 길에서 '사장님' 하고 부르면 열에 아홉은 돌아본다는 우스갯소리가 있다. 실제로 사장이란 직함을 가진 사람이 많아서일 수도 있지만, 웬만하면 누구나 높은 직함으로 불러 주는 관행도 한몫한다. 그다지 큰 의미가 없는 호칭이란 걸 알면서도 이를 종종 써먹을 때가 있다. 집 앞 담벼락에 서서 온종일 뻐끔뻐끔 담배 연기를 내뿜는 흡연자들에게 담배는 저쪽 가서 피워 달라고 부탁할 때다.

처음엔 다짜고짜 화를 냈다. 왜 남의 집 앞에 가래침을 뱉는지, 왜 담뱃불도 채 안 끄고 꽁초를 버리는지, 꼬치꼬치 캐물었다. 그들에게 꽁초를 버리면 동네 주민들이 치워야 한다는 걸, 담배를 피우면 내 방 창문으로 연기가 흘러들어 온다는 걸 구구절절 설명해야 했다. 그럼에도 대부분의 흡연자가 성을 냈다. "네가 뭔데 나한테 이래라 저래라야?"라고 말하진 않았지만, 붉으락푸르락 달아오른 그들의 얼굴이 속마음을 대변해 줬다. 요즘 나는 그들에게 딱 한마디만 한다. 진심을 담아 간곡한 표정으로. "사장님, 저쪽에 흡연 구역이 있어요." 그렇게 말끝을 흐리면 열에 아홉은 멋쩍어 한다. 한순간에 '사장님'이 된 그들은 제 발로 흡연 구역을 찾아 간다. 마법 같은 일이다.

그들이 발길을 옮긴 이유는 단순하다. 자신이 존중받았기 때문이다. 엄밀히 말하면 흡연은 민폐인 행위지, 범죄가 아니다. 내가 그들을 다짜고짜 죄인 취급하며 화를 내니 스스로 염치없다고 생각했던 일에도 오히려 뻔뻔해지는 그들의 심리를 이해한다. 나부터 생각을 바로잡았다. 모두를 사장님이라 생각해 보기로 했다.

존중받고 싶은 심리는 인간 누구나 가진 마음이겠지만 특히나 우리 사회에서 체면이란 유달리 두드러진다. 면은 곧 자존심이요, 내 낯짝과도 동급인 존재다. 국어사전을 열어 보면 뜻은 간단명료하다. '남을 대하기에 떳떳한 도리나 얼굴.' 허나 실제로 우리가 사용할 땐 그 이상의 의미를 담는다. 때론 사람을 죽이기도 하고 (체면이 사람 죽인다), 굶겨 죽이기도 하고 (체면 차리다 굶어 죽는다), 딱한 꼴을 당하기도 하고 (체면에 몰리다), 부끄럽고 분하기도 하다 (체면 사납다). 도대체 체면이 뭐길래.

'낯' 역시 체면과 비슷한 의미를 지녔다. 체면이 서지 않을 때 우린 곧잘 "내가 너를 볼 낯이 없다"라는 무시무시한 말을 해 버린다. 얼굴이 없다니. 부끄러움을 모르고 염치없이 행동하는 사람에겐 '낯이 두껍다'라고 표현한다.

체면이란 단어로 뜻풀이되는 단어는 사전에 무려 269개나

뗸나.

창피하다: 체면이 깎이다.

염치: 체면을 차릴 줄 알며 부끄러움을 아는 마음.

훼손: 체면이나 명예를 손상함.

쪽팔리다: 부끄러워 체면이 깎이다.

파렴치한: 체면이나 부끄러움을 모르는 뻔뻔한 사람.

망신: 말이나 행동을 잘못하여 체면 따위를 손상함.

생색: 다른 사람 앞에 당당히 자랑할 수 있는 체면.

허물없다: 서로 매우 친하며 체면을 돌보거나 조심할 필요가 없다.

특히 마지막 '체면을 돌볼 필요가 없다'라는 풀이에 눈길이 간다. 체면은 돌봐야 마땅한 개념이었던 것이다.

트위터에 체면을 검색해 보았다. 재밌는 건 유독 '사회적 체면'이 포함된 글들이 많다는 것이다. '사회적 체면 때문에 공개적으로 감상평을 남길 수 없다'라든가, 아이돌 사진을 배경 화면으로 해 두기엔 '사회적 체면이 용납되지 않는다'라든가. 술집에서 좋아하는 연예인을 보았는데 같이 사진 찍어 달라고 하고 싶지만 차마 '사회적 체면을 잃을 수 없다'라든가. 가만히 읽다 보니 체면은 '솔직함'과는 정반대의 개념이었다.

체면이라는 개념 가운데에서도 좀 더 파고 들어가 '사회적 체면'이란 언어를 살펴보면 우리는 그 얄팍한 막을 지켜내기 위해 수많은 솔직함을 억누르고 살아간다는 걸 알 수 있다. 나이 먹고도 연예인을 쫓아다닐 수 있는 법이며, 일할 땐 그 누구보다 시니컬한 인상이라 할지라도 예상치 못한 대목에서 방방 뛰는 아이 같은 모습을 보일 수도 있는 것이다.

영화 〈타짜〉에서 곽철용(김응수 役)은 마음에 두고 있는 술집 여인 화란(이수경 役)을 쫓아다닌다. 그에 반해 화란이 줄곧 차갑게 응수하자 곽철용이 던지는 대사가 있다. "나 깡패 아니다. 나도 적금 붓고 보험 들고 산다. 화란아, 나도 순정이 있다. 네가 이런 식으로 내 순정을 짓밟으면 마, 그때는 깡패가 되는 거야! 내가 너를 깡패처럼 납치라도 하랴?" 이에 훗날 화란과 연인 관계가 되는 고니(조승우 役)는 곽철용이 보고 있는 앞에서 보란 듯이 응수한다. "화란아, 오빠 술값 계산해야지? 내일 북한산 싫으면 영화나 보러 갈까?"

아마도 화란의 마음을 휘어잡는 고니의 대사보다 '조직폭력배지만, 나도 적금 붓고 보험 들고 산다'라는 청렴성을 강조한 곽철용의 말이 대중에게 명대사로 남은 건 조폭일지언정, 체면이 싸그리 무시당하는 일방적인 구애 발언일지언정, 본인의 '순정'을 적나라하게 드러낸 솔직함이 한몫한 건 아닐까 싶다. 아, 물론 우리 모두 곽철용이 되자는 긴 아니다. 가끔

거렇게 솔직함으로 지푹히고 싶을 정도로 사회적 체면에 답답함을 느끼는 순간은 찾아오지만, 거절당할지언정 부끄러운 줄 모르고 나에게도 순정이 있다며 외치는 곽철용의 용기를 모두가 가질 수는 없는 법이다.

나의 체면은 내려놓되 상대방의 체면을 살려 주는 것. 이 과정에 오가는 대화들의 진짜 의미를 우린 알고 있다. 서로가 결말을 알고 있는 상태에서 진행되는 연극의 한 장면처럼 저이는 내 체면을 살려 주기 위해 저리 말한다는 걸 나는 알고, 나 역시 저이의 체면을 살리기 위해 이리 말한다는 걸 상대방은 안다. 모두가 알고 속아 주는 각본 짜인 연극이 사실은 가장 담백하게 화기애애한 분위기를 이끌어 가는 방법이란 걸 인지하고 있기 때문이다. 담배를 태우는 가짜 '사장님'에게 굳이 사장님이라는 호칭을 붙이더라도, 상대방은 본인이 '사장님'이 아니지만 존중받고 있음을 안다. 존중하는 호칭은 그들로 하여금 "내가 사장님인데 내 마음대로 담배도 못 피워?"라고 말할 수 없게 만드는 힘이 있다. 한번 자신의 품격이 올라간 이상 내려오는 건 쉽사리 '체면이 용납하지 않기 때문이다.'

눈치와 체면, 그리고 존중. 어쩌면 의미심장하게 다가오는 이 개념들 사이에서 우린 무엇에 의미를 두어야 할까. 존중을 그저 시소처럼 주고받는 것이라고 생각하면 어떨까. 상대방이 무게를 짊어지고 나를 올려 주었다면 나 역시 한 번쯤은 상대방을 올려 주는 것. 진짜 체면이란 나의 체면을 내려놓았을 때 비로소 면이 서는 것 아닐까.

'나'를
귀하게
여기는

말 습관

¶

가까운 직장 동료나 친구들과 약속을 정할 땐 일사천리로 진행한다.

"광화문, 저녁 7시, 중식당. 어때?"
"오케이."

가령 거리가 멀게 느껴지면 너무 멀다며 투덜대 보기도 한다. 상대방은 "저번엔 너네 동네에서 봤잖아, 이번엔 네가 와"라며 밀어 붙인다. 우리는 쉽게 투정을 부리고 메시지에 신경을 덜 쓴 채 대화한다. 불평하고 배려가 들쑥날쑥해도 어느 정도 용인되는 관계라서다. 어디 사는지, 직장이 어딘지, 자가용인지 대중교통인지, 약속을 잘 지키는 편인지 늦는 편인지, 숱한 날의 기억이 데이터가 되어 준다.

반면 서로에 대한 데이터가 없는 상황이면 날짜와 요일, 시간대와 장소, 함께 갈 식당을 정하기까지 상당한 에너지를 소모인다. "성수동에서 2시쯤 뵙는 걸로 할까요?"라며 거의 정해지는 듯하다가도 "다른 날도 괜찮습니다"라고 여지를 두는 언어가 등장하면 또다시 원점으로 돌아간다. 정해질 듯 정해지지 않는 대화가 길고 길게 이어지는 건 그만큼 서로를 배려하기 때문이다.

일본에서는 이와 같은 상황을 두고 사구리아이探り合い라고 부른다. 상대방의 기분이나 의도를 알기 위해 이루어지는 행동이란 의미다. 재밌는 건 단어의 두 번째 의미다. 일본 전통극 가부키의 용어에선 '암흑 속에서 말없이 상대방을 찾아다니는 동작'을 의미한다는 점이다. 어쩌면 그동안 서로에 대해 쌓인 데이터가 없는 상황에서 상대방을 편하게 해 주려는 우리의 필사적인 배려는 어둠 속 뚜렷한 윤곽을 발견하기 위한 간절한 손짓인지도 모르겠다.

비슷한 일은 종종 있다. 주말에 미팅이 잡혔는데, 상대방은 한 회사의 대표였다. 서로 다른 회사인만큼 어디까지나 동등한 관계처럼 보이지만, 이왕이면 내가 더 많이 움직이고, 신경을 많이 쓰는 게 되레 마음이 편한 관계였다. 그런데 대표는 서울 한복판에서 합정동으로, 급기야 내가 살고 있는 파주출판단지로 미팅 장소를 바꾸었다. 주말인 데다 대표가 먼저 보자고 제안했으니 미안하다는 뜻을 담아 온 것이었다. 서울 한복판에서 파주출판단지로 장소가 바뀌어 버리니 편함과 송구스러움이 동시에 몰려 왔다. 처음 한두 번은 괜찮다고 서울로 가겠다고 말해 보았다. 하지만 대표가 연신 자신은 드라이브가 취미라며 나를 설득하기 시작했을 때 깨달았다. 상대방의 마음이 가장 편한 방법으로 하는 게 서로를 위한 배려일지도 모르겠다고 말이다.

미팅 약속을 정할 때 우리는 어떤 데이터를 기준으로 삼을까. 월요일은 달콤한 주말이 지나고 출근하는 첫날인 만큼 피로가 쌓일 터, 금요일은 개인적인 약속을 잡기에 적당한 날, 저녁 자리는 술자리가 되어 버릴 수 있으니 점심을 선호할 것 같다. 상대방이 오기에 먼 거리로 정하면 배려가 없으니 최대한 상대방에게 가까운 쪽을 선택한다. 음식도 마찬가지다. 종종 소개팅 첫 만남 장소로 상대방이 닭발집이나 족발집을 제안했다며 자기를 마음에 두지 않을 거라 받아들이는 경우가 있다. 초면인 사람을 앞에 두고 양념을 두 손에 묻혀 가며 고기를 쥐어 뜯는 모습을 보이는 건 누군가에게 쉽지 않은 도전이기 때문이다. 같이 밥 한 끼 먹어 본 사이가 아니라면 중식을 좋아할지, 비건일지, 양식을 선호할지, 편하게 먹을 수 있는 김치찌개가 나올지 감이 서지 않는다. 하지만 메뉴 선정에 대한 각자의 생각은 반은 맞고, 반은 틀리다. 나의 경우 첫 만남에 닭발집을 제안할 사람이라면 처음부터 내숭과 경계심을 내려놓고 소주나 마시며 허심탄회하게 탐색에 놀입할 섯 같다. 마음에 든다는 뜻이다. 사람이 이처럼 제각각이니 함부로 진의를 가늠할 수 없다는 점에서 데이터가 없는 사람과 만나는 일은 늘 흥미진진하다.

하지만 어디까지나 에너지를 소모하는 일. 가끔은 서로 열심히 배려하다가 결국 모두가 원하던 걸 이루지 못하는 경우도 있다. 그럴 때 내가 지인들과 주고받는 말이 있다. "배려가 똥이 된다." 배려만 하다가 서로 지치는 일이 서로 잘 아는 사이라도 비일비재하게 일어난다는 뜻이다. 사례는 몹시 소소하다. 이대로 퇴근하기 아쉬워 동료에게 '술자리 번개'를 치고 싶었는데 그가 왠지 바빠 보여 우물쭈물하는 사이 상대방이 다른 선약을 잡아버린다든가. 그런데 알고 보니 그 역시 똑같은 생각을 하다가 타이밍을 엇갈렸다든가. 상대방이 기분 나빠할까 봐 지적하지 않은 실수가 그에게 오점으로 남는다든가. 상대방을 배려해 '아무거나 좋아'라고 건넨 말이 결과적으로 그를 더 곤란하게 만든다든가. 넘치면 모자란 것만 못한 취급을 받는데도 우린 여전히 배려하고 배려받으며 살아간다.

다음은 그런 아이러니를 코믹하게 풀어낸 어느 웹드라마의 한 장면이다. 매미 소리가 귀를 찌르는 어느 무더운 여름날, 공원에 앉은 남녀의 대화로 이야기가 시작된다.

여	(땀을 닦으며) 오빠 덥진 않아? 어디 들어갈까?
남	너 더우면 어디 카페라도 갈까?
여	(고개를 저으며) 오빠는 안 더워?
남	난 괜찮은데 너 더우면.
여	오빠 괜찮으면 나도 괜찮아. (또 땀을 닦으며) 또 카페 가고 그러면 에어컨 빵빵하고 그러면 춥겠지?
남	아니야, 괜찮아. 너 더우면 카페라도 가자.
여	오빠 괜찮으면 나 때문에 (머리카락이 땀에 젖어 달라붙었다) 억지로 안 그래도 돼. 나 진짜 괜찮아.
남	아니, 억지가 아니라 진짜 더우면 카페 가도 된다니까.
여	아니야, 괜찮아. 안 더워.
남	아, 진짜 괜찮아?
여	(이마에 땀이 흐르기 시작한다) 응.
남	근데 소현아, 너 지금 땀이 조금 나는 것 같은데.

　이 영상의 제목은 '숨 막히는 배려 특징.' '숨 막히는 배려'란 솔직한 표현에 다소 서툴러 보이는 두 주인공의 언어를 의미한다. 땀을 닦아내도 연신 흘러내리고, 흘러 버린 땀이 머리카락을 적신다. 비언어로 표출되는 모든 모습이 "덥다"라고 외치고 있음에도 끝까지 "괜찮다"라는 언어만 내보이는 것. 이는 끊임없이 장소와 동선을 가늠해 가며 약속 상소를 삽는

네 내보이는 일상 속 우리네 배려와 다를 바 없다. 결국 드라마와 현실의 본질은 같다. 조금 과하거나 조금 부족할 뿐. 상대방을 위하고 싶은 마음에서 나오는 것일 테니.

언어는 속마음과 다를 수 있지만, 흘러내리는 땀(비언어)을 막을 도리는 없다. 거두절미하고 "더우니까 카페 가자" 한마디만 했더라면 존재하지 않았을 대화들이 끝없이 이어지는 까닭이다. 내 속마음과 일치하는 언어는 상대방의 마음 또한 편안하게 만들어 준다. 설사 조금 춥다고 한들, 냉방병에 걸린다고 한들, 눈앞의 상대방이 더위를 꾹꾹 견뎌내는 모습을 보는 것보단 나으니까. '저 간단한 말을 왜 속 시원하게 꺼내지 못해?'라는 생각이 올라오지만, 곰곰이 돌이켜 보면 대하기 어려운 상대방, 잘 보이고 싶은 상대방, 서로 모르는 상태라면 충분히 가능한 일인 것이다.

배려의 사전적 의미는 '도와주거나 보살펴 주려고 마음을 쓰는 일'이다. 선의로 시작해 선의로 끝나는 이 아름다운 정의에 혹시 우리가 과한 의미를 부여하고 있는 걸까. 긍정적인 단어임에도 불구하고 '숨 막히다'라는 말이 붙으면 한순간에 '똥'이 되는 이유란 뭘까. 결국은 내 마음이 편할 때 상대방에게도 유익한 배려를 건넬 수 있는 게 아닐까.

첫 직장이었던 잡지사에서 같은 사무실 직원이 상사로부터 호되게 꾸중을 들은 날이었다. 직원은 사무실을 비롯해 건

물 전체의 청소를 담당했다. 설비가 잘못된 탓인지 어느 순간 탕비실에 물이 흥건했다. 정체를 알 수 없는 액체는 퀴퀴한 냄새를 뿜어내고 있었다. 당황한 직원은 무릎을 꿇고 오물을 뒤집어쓰며 바닥을 벅벅 닦기 시작했다. 주변 동료들이 그에게 '도와드릴까요?'라는 말을 건넸다. 그러나 그 직원은 한사코 거절하며 혼자 그 방대한 임무를 다 마쳤다. 그런 그가 이후 상사로부터 혼이 났던 이유는 동료의 제안을 거절했기 때문이었다. 나는 도무지 이해가 안 갔다. 직원 역시 도대체 내가 뭘 잘못했냐는 표정으로 꾸지람을 듣고 있었다.

"○○ 씨가 그렇게 오물을 다 뒤집어쓰고 괜찮다고 하면 그 모습을 바라보는 사람은 마음이 어떨까요? ○○ 씨는 배려한다고 보여준 행동이겠지만 진짜 배려는 상대방의 마음을 편하게 해 주는 거야. 상대방을 불편하게 하면서 애써 웃고 괜찮다고 거절하는 건 가짜 배려야. 내가 나를 귀하게 여기는 게 더 큰 배려인 순간이 있어요."

상사의 말을 듣는 순간 엄마가 자주 하는 말인 '일보일경一步一景'이 떠올랐다. 한걸음 걸을 때마다 새로운 풍경이 펼쳐진다는 뜻인데, 엄마는 유독 내가 패딩도, 안에 입은 재킷도, 그 안의 블라우스도 다 풀어헤친 날 지 말을 건네곤 했다. "이왕

예쁜 옷을 입었으니 하나씩 하나씩 보여주시 그래?"라는 말로 포장했지만, 실은 "너무 추우니 제대로 잠그고 다녀"라는 주문이었다. 추운 날은 따뜻하고 단정한 모습으로 지낼 때 품격이 있다는 의미였다. "춥게 입었으니 추운 건 내 몫이야. 내가 안 추우면 그만이야" 할 수 있지만 남 보기에 추워 보이는 모습이 상대방의 마음을 편하게 해 주지 못한다는 걸 이제는 안다. 내가 나를 귀하게 여길 때 비로소 진짜 상대방을 위한 배려도 할 수 있다는 걸 절감한다.

상대방을 배려한답시고 못 먹는 요리를 꾸역꾸역 먹는 것도, 사정이 있는데 솔직하게 말하기 어려워 굳이 자리를 지키고 있는 것도 마찬가지 이야기. 내 마음이 편했을 때 상대방을 위할 수 있는 여유로움은 배가 되어 돌아온다.

비언어 커뮤니케이션은 소통의 80퍼센트를 차지한다. 우리가 쓰는 언어보다 행동에 의사소통의 의미가 크게 부여된다. 프로이트는 말하는 언어the spoken word를 불신했다. 말은 드러내는 것보다 감추는 것이 훨씬 많다는 이유였다. 전달되는 느낌과 분위기, 표정과 상황, 목소리 톤까지 우리가 대화하면서 살피는 건 비단 언어뿐만이 아닌 까닭이다. 언어와 비언어가 일치하는지, 일치하지 않는지 사람들은 귀신같이 알아차린다. 그러니 하나도 안 덥다면서 꾸역꾸역 땀에 젖은 머리카락을 쓸어 올린다면 되레 '나 더운 것 좀 알아 달라'고 표현하는 것과 같다. 솔직하지 못한 비언어는 결과적으로 상대방이 눈치를 보게 만드는 지름길이기도 하다.

"아무거나 다 괜찮다"라는 말 대신 그날 정말 먹고 싶은 메뉴를 한두 가지 정도는 골라 보자. 상대방이 멀리 와 주는 수고를 자처한다면 흔쾌히 받아들이고 두 팔 벌려 환대해 보자. 자신이 먼저 만나자고 했다는 명분을 대며 먹고 싶은 메뉴를 제안하는 그의 마음은 또 얼마나 귀여운가. 우린 마법사들이 아니기에 좀 더 솔직하게 드러내고, 주어진 상황에 성의를 다하면 그걸로 충분하다.

'우리'라는
말 속에

숨겨진
눈치

¶

도쿄에서 아르바이트하던 시절, 내 이름을 본 손님들이 가장 먼저 묻는 말이었다. "야나기야? 류야?" 이름표엔 류柳라는 성이 적혀 있었다. 한중일 세 나라에서 모두 성으로 통용되는 한자. 내가 한국에서 왔다고 하면 십중팔구 이런 대답이 돌아왔다.

"오, 그럼 술 잘 마시겠네."

그리고 대화가 이어졌다. 본인이 아는 한국에 대한 정보를 모조리 끌어내는 식이었다. 대체로 고개를 끄덕이며 들었지만, 실소가 터져 나오는 대목들도 적지 않았다. 정리해 보면 이런 식이다.

한국인은 매운 걸 잘 먹는다, 참이슬을 잘 마신다, 노는 걸 좋아한다, 붙임성이 좋다.
한국 남성은 (병역 의무를 다했으니) 체구가 단단히고, 일을 빠릿

빠릿하게 잘 채내며 성실하다, 여성한데 지 싱히디, 여싱의 가빙을 들어주는 섬세함을 내보인다, 마마보이다(엄마 말에 약하다).

한국 여성은 기가 세다, 순종과는 거리가 멀다, 목소리가 크다, 미인이 많다, 피부가 좋다.

내가 그중 한 가지라도 아니라고 발끈했다간 "역시 한국 여자라 기가 세다"라든가 "목소리가 크다"라는 말을 들을 게 뻔해 웬만하면 수긍했다. 그 후 한국에 돌아와 보니 똑같은 질문들이 날아왔다.

"일본 여자들은 진짜 순종적이야?"

"일본 사람들은 사케를 소주처럼 마셔?"

"일본 사람들은 술 약하다며?"

"일본 남자는 가부장적이라며?"

"일본 사람들은 진짜 겉과 속이 달라?"

나는 그들의 질문에 침묵과 미소로 일관했다. 한 나라의 문화를 두고 '맞다' '아니다' 칼로 무 자르듯 가려낼 수 있다면 얼마나 편할까. 물론 '그런 편'이라고 말할 수 있는 척도는 있다. 사람에 따라 다르지만 대체로 그런 경향이 있다고 말할 수 있는 문화의 고유성은 존재한다. 그러니 모호하지만, 대략적이라도 윤곽이 그려진다면 더욱 수월하게 각 문화가 가진 다양성을 들여다볼 수 있다. 한국인의 특징은 다른 문화와 비교했을 때 그 명암이 선명하게 드러날 테니까.

문화의 다양성을 파악하기 위해 재밌는 그래프를 만든 사람이 있다. 사회학자 홉스테드Geert Hofstede다. 그가 IBM에 재직할 당시, 전 세계 56개 나라에서 일하는 현지 직원 10만 명을 대상으로 대규모 문화 연구를 진행했다. 그 연구엔 문화 차원 이론이라는 이름이 붙었다. "한국 사회에선 왜 이렇게 '눈치'가 중요할까?"라는 질문의 답을 찾다가 알게 된 자료였다.

홉스테드는 설문 조사를 토대로 나라별 문화를 다섯 가지 카테고리로 구분한다. 한국과 미국, 일본만 골라 비교해 보니 유독 극단적인 숫자를 보이는 대목은 두 가지였다. 그중 하나가 집단주의collectivism와 개인주의indivisualism 카테고리다. 개인주의가 강한 문화는 개인의 자유, 독립성, 정체성에 높은 가치를 두는 반면 집단주의가 강한 문화에선 자신이 속한 집단의 가치를 더 중요하게 생각한다. 집단주의는 자신을 우리we라는 집단의 일부로 보고, 집단의 목표가 곧 나의 목표인 것처럼 받아들이는 경향이 있다. 이 카테고리에서 미국은 91, 일본은 46, 한국은 18이란 숫자를 기록했다. 숫자가 낮을수록 집단주의 성향이 강하다는 뜻이다.

집단주의 성향이 강하다는 건 의미하는 18. 우린 이 숫자를 어떻게 해서체아 할까. 어기에 '우리'라는 단이를 접목해 본다. 흔히 하는 "우리가 남이가!"라는 말이 주는 의미를 되짚어본다. 문장대로 해석하면 '우리는 남이 아니다'라는 뜻이다. 바꿔 말하면 "응"이라고 곧이곧대로 대답하는 순간, 바로 남이 된다는 이야기다. 우리가 '모 아니면 도'라는 공식이 존재하는 사회에서 나고 자랐다는 의미이다. '우리'를 택하지 않으면 '남'이 되어야 하는 극단적인 개념. 앞 장에서 언급했던 국룰이란 단어에 하필 나라國를 의미하는 단어가 포함된 건 과연 우연일까. 내가 원하는 선택과 국룰로 지정한 선택이 서로 다를 경우 나의 행동은 '국'민이 따르는 비공식적 룰을 위반하는 운명에 처한다. 끈끈한 운명 공동체로 살아갈지, 서로 척지는 타인으로 살아갈지 선택지는 둘 중 하나다. '우리'는 고리타분하지만 더할 나위 없이 익숙한 단어 '공동체 의식'이 우리 언어 깊숙한 곳에 녹아내렸음을 보여 주는 단어다. '우리 엄마'라는 말은 친숙하지만, '내 엄마'라는 표현은 낯선 것처럼. '나'를 개인과 집단, 어느 쪽에 속한 주체로 바라보는지 나타내는 척도이기도 하다.

드라마 〈미생〉에 나오는 장그래(임시완 役)를 떠올려 본다. 장그래는 자랑할 만한 스펙이나 경력 없이 들어온 인턴 사원이다. 고학력에 뛰어난 스펙으로 눈에 띄는 타 부서 동기들과 줄곧 비교당하며 미운 오리 새끼 역할을 도맡는 주인공이다. 극 초반, '딱풀 사건'으로 장그래가 오해를 받아 전무로부터 지적을 받는다. 딱풀을 빌려 쓰러 온 옆 팀 인턴이 저지른 실수를 고스란히 장그래가 뒤집어쓴 사건이다. 딱풀이 중요한 자료에 붙어 버리는 그 작고 사소한 실수는 하필 지나가던 전무의 눈에 띄게 되었고, 장그래가 속한 팀과 팀의 우두머리 오상식(이성민 役) 과장은 호되게 야단을 맞는다. 그날 밤, 회식이 끝나고 나온 거리에서 오 과장이 옆 팀 팀장과 마주친다. 그는 술기운을 빌려 장그래의 오해를 풀어 준다.

  "너네 애가 문서에 풀 묻혀 가지고 흘리는 바람에 우리 애
  만 혼났잖아!"

  집으로 돌아온 장그래는 자꾸만 오 과장의 말이 맴돈다. 오해를 풀어 줘서일까? 아니다. 장그래가 반복해서 떠올리고, 또 곱씹던 말은 바로 '우리'였다. 관심도 없어 보이고 늘 차갑던 오 과장이 나를 '우리 애'라고 불러 준 것이다.
  '우리'라는 말이 우리에게 주는 의미는 뭘까. 들을 때면 이전보다 한 발 가까워진 느낌을, 말할 때면 내가 당신을 가깝게 생각한다는 마음을 담아내는 말. 좋아하는 사람이, 존경하는 선배가, 이름 앞에 '우리'를 붙여 불러 주던 순간을 기억한다. 받침도 없고 생긴 것도 단순한 저 두 글자에 어쩌나 끈덕끈덕

흰 애징이 묻어 나오년시. ㄴ 설렘을 맛본 이후론 나 역시 즐겨 쓰게 되었다. 가깝고 친한 사이에서 쓰일수록 더 포근하게 느껴지는 단어다.

일할 때도 마찬가지다. 장벽이 높을수록, 힘든 시기에 접어들수록 우리 팀에서 자주 사용하는 말이기도 하다. "철수도 영희도 잘해. 나도 잘할게" 대신 "우리 잘하자"라는 말을 선택한다. 함께하는 마음은 긍정성을 잃지 않기 때문이다. 그렇게 형성된 공감대는 웬만해선 무너지지 않는다.

밥을 먹으러 갈 때도 마찬가지다. "넌 뭐 먹고 싶어? 난 다 괜찮아"라는 말처럼 너와 나를 가르는 순간 각자의 기호를 재주껏 타협해 보자는 마음이 담긴다. "우리 뭐 먹을까?"라는 말과는 확연한 온도의 차이가 존재한다. 어쩌면 장그래가 감동했던 것도 같은 맥락이었을 것이다. 내내 스스로 겉돈다고 생각했을, 늘 소외감에 젖어 있었을 마음이 '우리 애'라는 말로 보듬어졌을 때 그는 온 세상에 대고 만세를 부르고 싶었을 터. 충성을 다해 일할 각오를 외쳤을 터. 내겐 그런 그의 마음이 와 닿았다.

일면식 없는 사람에게도 '우리'를 사용한다. '우리 지은이(아이유)'처럼 좋아하는 연예인에게, '우리 흥민이(손흥민)'처럼 존경하는 인물에게도 쓴다. '우리'라는 말이 붙으면 내가 상대방에게 애정과 호감이 있다는 의미를 나타낼 수 있다. 사람에게만 한정된 표현인가 하면 그것도 아니다. 집, 동물, 동네, 고향, 회사, 단체, 자치구, 나라까지. 전부 '우리'라는 말로 대체할 수 있다.

"한국은 쇠젓가락으로 먹어?"
"응, 우리는 옛날부터 쇠젓가락으로 먹는 문화가 있었는데, 요즘은 나무젓가락도 사용해."

"우리는 재택근무하는데, 너네는 안 해?"
"우리도 다음 주부터 시작해."

나라 이름이나 회사명을 언급하지 않고도 '우리'라는 두 음절 안에 모두 담아낸다.

> **우리나라**: 한韓민족이 세운 나라를 스스로 이르는 말.
>
> **우리 나라**: our country.

'우리나라'는 '우리 나라'와 엄연한 차이가 있다. '우리나라'는 고유명사. 뜻풀이대로 남한과 북한, 과거의 조선, 고려, 신타, 백제, 고구려까지 모두 포함하는 단어다. 반면 '우리 나라' 는 말 그대로 자국을 표현할 때 쓰는 말이다. 재밌는 건 전 세계 어느 나라를 살펴봐도 '우리나라'라는 단어가 한국처럼 '조국'을 뜻하는 대명사인 경우는 흔하지 않다는 점이다.

일본 사람들이 일본을 표현할 때도 우리 나라我が国라는 단어를 사용한다. 문자대로 해석하면 '나의 나라'이지만, 뉘앙스는 '우리'에 가깝다. '우리들我々' '우리 동네我が町' 할 때도 마찬가지다. 그런데 자세히 보면 공통적으로 등장하는 한자가 있다. 바로 '나'를 뜻하는 '아我'다. 국어사전에 나오는 '아我'라는 한자는 '나'라는 뜻이 첫 번째, '우리'라는 뜻이 두 번째다. 같은 한자이지만, 일본어 사전 풀이엔 '아我'는 첫 번째는 '나', 두 번째도 '나, 1인칭, 스스로'라고 적혀 있다. '우리我々'라는 말도 반복 부호々를 사용한다. 일본에서 '우리'란 '나'와 '나'라는 의미에 가깝다는 뜻이다. 각각의 개체가 분리되어 있다. 반면 순한글인 '우리'는 일인칭 대명사다. '우리'에 포함된 사람이 한 명이든 백 명이든 일인칭, 한 덩어리로 간주하는 것이다.

일본 지인들이 매번 궁금해 하던 것 가운데 하나. 왜 남자친구도 '오빠' 아는 오빠도 '오빠' 친오빠도 '오빠'라 부르냐는 것이었다. '아는 오빠'를 설명할 때는 애를 꽤나 먹었다. 만난 지 5분 만에 통성명하고 조금 친해지면 나이를 공개하고 누가 언니인지, 누가 빠른 연생인지, 언제부터 말을 놓으면 되는

지 결정하는 우리는 결국 모두가 언니, 오빠, 동생 사이로 묶인다. 외국인은 혼란스럽다. '저건 분명히 가족을 소개할 때 쓰는 말이라고 배웠는데, 이상하다?'

내가 식당에 가서 "이모, 된장찌개 하나 주세요" 하면 일본인 친구는 왜 저 사람이 네 이모냐고 묻는다. 정작 당사자인 이모는 "내가 왜 네 이모냐?"라고 되묻지 않는다. 오히려 내가 당신의 조카라도 되는 양 "밥도 시킬 거지? 술은 알아서 가져가"라며 되레 편안하게 대하기 시작한다. "어서 오세요"라는 말로 손님을 받았다 한들 '이모'라고 불러오는 이에게 다시금 존댓말을 사용하는 경우는 잘 없다. '이모' 한마디에 0.1초 만에 사장과 손님의 경계선은 흐릿해진 셈이니까.

남이었던 사람이 하루아침에 '우리'가 되는 한국에서는 그만큼 눈치를 줄 때도, 볼 때도, 챙겨야 할 때도 초점이 개인에게 맞춰질 수밖에 없다. '우리'라는 단어에 우리가 담고 있는 세상은 얼마나 큰 걸까.

맥락을
뚫고

나올
용기

¶

아르바이트 모집 공고에 조건으로 '군필자'를 내걸던 시절이 있었다. 불과 3~4년 전의 일이다. 사회가 바뀌며 지금은 거의 보기 힘든 문구가 되었지만, '군필'이라는 단어가 우리에게 주는 의미를 생각해 본다. 남성을 더 우대한다거나 입영 통지서가 날아와 언제 그만둘지 모른다는 경우는 제외한다. 이 글은 '군필자는 빠릿빠릿하다'라는 저변에 깔린 인식을 좀 더 세밀하게 들여다보기 위한 것이다.

〈D.P〉를 보며 가장 궁금했던 게 있다. 군 생활을 경험한 사람들은 '눈치'를 어떤 언어로 표현하는지였다. 지인들 중 20대부터 50대까지 군필자 50명으로부터 답변을 들었다. 뜬금없이 던진 호기심이었지만, 지인들은 진지하게 대답해 주었다. 그중 자주 등장한 답변들만 모았다.

<질문>

군 생활에서 (특히 이등병 때) '눈치란 ＿＿＿이다'라는 문장에 빈칸을
채워 주세요. 정답은 없습니다. 단어든 문장이든 상관없습니다.

1. 생명줄, 편안함, 왕민폐

이유: 기본적으로 군대에서 생명줄 역할. 있으면 편안하지만,
없으면 주변에 왕민폐이기 때문이다.

2. 능력, 짬밥, 생명, 생존, 생존력

이유: 이등병은 눈치가 없다. 이등병은 눈치가 생명인데, 대부
분 없으니 괴롭힘을 당한다. 이등병 입장에서는 모조리 다 처
음 겪는 일이지만, 어쩔 수 없다.

이유: 이등병이 가장 눈치를 많이 보는 대상은 선임병이다.
가장 많은 시간을 함께하기 때문이다. 그네들에게 '찍히면'
고생길이다.

이유: 눈치를 보는 대상은 나보다 먼저 들어온 사람들이다.
까라면 까야 한다.

이유: 있으면 조금 맞고, 없으면 많이 맞는다.

3. 남은 군 생활의 전부, 평온한 군 생활

이유: 첫 단추 잘못 끼우면 남은 기간이 혹독하다.

이유: 훈련소는 몸이 고되긴 하지만 정신적인 스트레스는 적다. 군대에서는 사람을 두 가지로 평가한다. 폐급과 A급. 눈치 없고 일 못하는 군인을 병사들끼리 폐급이라고 부른다. 눈치 있게 일 잘하는 군인은 A급이다.

이유: 군 생활을 판가름할 잣대다. 없으면 2년이 통째로 암울해진다.

이유: 2, 3등 자리에 안착할 수 있는 기회다.

4. 첫 티샷tee-shot

이유: 티샷은 골프에서 각 홀의 제1구에서 공을 치는 것을 가리키는 스포츠 용어다. 골프칠 때 첫 티샷을 망하면 그다음부터는 무조건 망하게 되어 있다. 군대에서 눈치 보기도 마찬가지다.

5. 생필품

이유: 2012년도에 군대에 다녀왔다. 눈치 없으면 눈칫밥 먹고 살아야 했던 기억이 너무 강렬했다.

6. 없으면 고문관

이유: '고문관'은 어리숙하고 멍청해서 군 생활에 잘 적응하지 못하는 사람을 비하해서 부르는 말이다. 원래는 일을 효율적

으로 처리할 수 있게 도와주는 직책을 의미했다.

7. 훈련소에 두고 오는 것

이유: 이등병 때 눈치 있는 사람은 없다. 자대 배치 받으면 다 멍청이가 되어서 오다 보니 눈치 있는 이등병이 있을 리 없다. 눈치도 결국 머리 굴리고 생각하는 능력인데, 신병이 '생각'을 한다는 건 불가능하다. 훈련소에서 명령만 따르다 오는 거니까.

8. '나다' 싶으면 뛰는 것

이유: 군대에서는 워낙 일어나는 상황이 다양하다 보니 이등병 교육할 때 "나다, 싶으면 뛰는 거야"라고 가르쳤다.

9. 모른 척

이유: 못 본 척, 안 한 척, 못한 척, 잘한 척 등등 다 포함한다. 개인주의다.

10. 생명줄

이유: 군대는 부조리가 많은 곳이다. 그래서 이등병이 분위기 파악 능력이 있느냐 없느냐로 그를 보는 시선이 달라진다. 훈련할 때는 자칫 폭탄이 터지거나 오인 사격을 할 수도 있어

> 서 상황 파악 능력이 굉장히 중요하다. 요즘은 군대 문화가
> 좋아지고 있다니까 눈치는 '지름길'에 가깝지 않을까 싶다.
> 이등병이 주로 눈치를 보는 대상은 맞선임의 동기 혹은 상병
> 같은 실세 라인이다.

그 외에도 눈치란 '인싸'의 지름길, 사회생활의 바로미터라는 대답들도 많았다. 하지만 그조차도 미화된 기억일 수 있다. 현역인 20대 지인들은 열이면 열 '군 생활의 전부'라고 답했다. 그 대답에서 절박함마저 느껴졌다.

대답들을 가만 보면 공통점은 하나다. 그들은 20여 년 동안 잘 살아왔는데, 어느 날 갑자기 전혀 다른 세상에 놓인다. 그 세상에선 어떤 룰을 따라야 하는지 아무도 알려주지 않는다. 오가는 대화, 분위기, 선임의 표정과 화법으로 파악해 내야 한다. 눈치로 이루어지는 각개전투다. 먼저 나아가는 자가 생기고, 등급이 나뉜다. 전자는 남은 군 생활의 안위를 보장받고, 후자는 주변 이들로부터 시선이 집중된다. 그리고 일정 기간 동안 정해진 눈치를 터득한 이들은 사회에 나오자마자 다음과 같은 상황을 맞닥뜨린다. 〈D.P〉에 등장하는 장면 가운데 삿 선득한 병장 황장수(신승호 役)의 편의점 시장의 대화다.

진열대 물건을 정리하는 황장수를 사장이 부른다.

사장   야, 너 이거 치울 때 나한테 물어보고 치우라니까?

　　　　사장의 손에 들린 건 유통기한이 지난 우유. 황장수는 당당
　　　　한 만큼 나름 뿌듯한 얼굴이다.

황장수   아니, 유통기한이 지나서…….

사장   아이, 돌았나. 어디서 말대꾸를!

　　　　이내 사장의 다그침에 주눅 드는 황장수. 사장은 기가 찬다
　　　　는 듯 다그친다.

사장   야, 유통기한이 지났다고 바로바로 치우면 적자 나는 건? 네가
　　　　메꿀 거야? 어?

　　　　손에 쥔 우유로 황장수의 가슴팍에 툭 갖다 대는 사장. 고개
　　　　숙인 황장수는 곧바로 사과한다.

황장수   죄송합니다, 잘하겠습니다.

사장은 황장수 가슴팍에 우유를 툭 치듯 건네며 말한다.

사장   아, 다시 채워 놔.

그리곤 돌아서며 들으란 듯 혼잣말로 중얼거리는 말.

사장   아이, 군필이라 뽑아 놨더니만 진짜, 씨, 쯧.

배드민턴 동호회에 가입한 지 7년 차에 접어든다. 나는 월
요일, 수요일, 금요일마다 레슨을 받는다. 한번 코치가 정해지
면 몇 년씩 담당하기 때문에 동호회에서는 코치 선발에 신중
을 기한다. 내가 클럽 운영진을 맡으면서 알게 된 건 우리 클
럽의 중장년층이 군필자를 선호한다는 사실이었다. 미필자는
언제 입영 통지서가 날아와 레슨을 그만둘지 모른다는 불안
감도 한몫했지만, 군필자가 눈치껏 잘할 것이라는 기대치가
높아서다.

동호회를 7년 동안 지켜본 결과 '눈치껏 잘할 거라는 기대
치'란 1인 10역을 한다는 걸 의미했다. 클럽 행사에 꼬박꼬
박 참여하고, 회원들에게 살갑게 인사를 건넨다. 소소한 청소
나 잡무를 솔선수범하되 상황에서 빠져야 할 때를 알아야 한
다. 레슨을 받는 회원들의 성향노 석섣하세 낯추어 줄 줄 일이

야 하며 대슨을 받지 않는 회원들까지 챙기는 세심함을 보여야 한다. 레슨 시간은 10분. 15명이 레슨을 받으니 노동시간은 150분인데, 코치에게 요구되는 건 그 이상이다. 운영진은 주기적으로 친목을 도모하는 술자리에도 그가 참여하길 기대하는 눈치다. 하지만 이 모든 것 역시 직접적인 말로 표현되지 않는다.

"아이 참, 코치님도 칼같이 딱 10분만 해 주시네." (너무 냉정하게 굴지 말고 가끔 서비스로 추가 레슨을 해 주세요)

"아니, 코치님은 뭐 그렇게 바쁘시다고 끝나면 바로 집에 가셔요. 바쁘셔?" (가끔은 술 한 잔하고 그럽시다)

회원들은 대부분 말끝을 흐린다. 코치에게 눈치를 주는 것이다. 추가 레슨이나 회식 참석이 코치의 의무는 아니기에 직접적인 화법을 사용하지 못하는 것이다. 코치는 정해진 시간에 체육관에 도착해서 레슨만 잘하면 된다. 코치의 자질과 역량은 레슨자들을 얼마나 잘 가르치냐에 달린 것이다. 하지만 회원들은 그건 기본이고, 그 이상을 원한다. 그 이상이란 클럽

마다 천차만별이다.

앞에서 황장수가 보여 준 모습도 같은 맥락이다. 유통기한이 지난 우유를 창고에 넣어 두는 건 직원이 당연히 해야 하는 일이다. 유통기한 지난 우유를 멋모르고 손님이 사 갔다가 탈이라도 나면 더 큰일이 벌어진다. 그런데 칭찬은 못할망정 사장은 황장수에게 욕설과 폭력을 가한다. 지극히 상식적이고 도의적인 일을 했음에도 황장수는 "군대까지 다녀온 놈이 일은 못한다"라는 평을 듣고 있는 것이다. 상급자의 기분을 상하게 했다는 이유에서다.

그럼에도 우리는 이 맥락을 이해한다. 사장은 왜 심기가 불편한 것이며 황장수가 왜 저런 행동을 하였는지 알고 있다. 황장수는 만기 제대한 병장이다. 군 생활로 소위 말하는 '짬밥'을 먹으며 눈치코치 산전수전 다 겪어 온 경우다. 황장수가 눈치 있는 캐릭터인지 아닌지는 알 수 없지만, 편의점에서 계속 일할 의지가 있다면 (혹은 일해야 하는 상황에 놓여 있다면) 사장 눈 밖에 나는 건 원치 않을 거라는 걸 우린 안다. 황장수는 앞으로 같은 행동은 반복하지 않으리라 추측할 수 있다.

황장수는 깨달을 것이다. 군대에서나 맞선임 눈치를 봐야 하는 줄 알았는데, 사회 나와도 상급자 눈치는 봐야 하는구나. 편의점 세상에선 사장이 맞선임인 셈이구나. 황장수는 까라면 까는 문화에 그렇게 적응한다. 더럽고 치사하지만 일단 돈을 벌려면 따라야 하니끼.

군대 문화는 비단 군필자들만의 문제로 국한되지 않는다. 한 지붕 아래, 같은 사무실 안에 있는 사람 절반이 군필자라면 그들이 거쳐 온 삶의 여정을 이해하고, 공감해야 할 필요가 어느 정도 있다고 생각한다. 까라면 까는 문화를 경험한 자와, 경험하지 않은 자가 한 공간에 모여 있을 때 우리의 공감대는 어느 선에서 만나는 것일까 고민해 볼 대목이다.

눈치는 무조건 처음 발동되는 순간이 기준이 된다. 가령 만족했을 때 "좋네!"라고 표현하는 사람이 불만족스러울 때 "조용해!"라고 외친다면 "'조용해!'='마음에 들지 않는다'"라는 공식이 성립된다. 눈치의 데이터가 만들어지는 시발점이다. 그 데이터를 초기화시키기란 쉽지 않다. 상대방이 나의 임금이나 인사고과를 쥐락펴락하는 상대방이라면 더더욱 어렵다. 단지 목소리가 큰 사람, 나보다 힘이 센 사람이라 할지라도 눈치는 보이기 마련이다. 긁어 부스럼 만들고 싶지 않은 본능이 침묵과 동조를 자초하는 것이다. 부정적인 의견을 표출할 땐 신중을 기해야 하는 까닭이다.

〈D.P〉 6화 '방관자들'에 등장하는 장면이다. 새로 온 헌병 대장이 막사 앞에 집합해 있는 병사들에게 묻는다. "이렇게 날도 좋은데 천하무적 도깨비 부대 분위기가 왜 이래?" 병사들이 큰소리로 외친다. "아닙니다!" 이내 헌병 대장이 "3열까지

우향우 앞으로 가!"를 외치자 병사들은 차례로 오른쪽을 향해 행진한다. 마지막으로 남은 건 한 명. 주인공 안준호(정해인 役)다. 누군가 "안준호, 안 오고 뭐 해?"라고 부르지만, 음악이 깔리면서 안준호는 병사들과 정반대 방향으로 달려간다.

마지막 장면은 무슨 의미였을까. 군대에서 가혹 행위로 탈영하는 병사들, 폐쇄적인 계급사회, 폭력의 끈질긴 대물림이 지속되어 온 데엔 수많은 눈동자의 침묵과 동조가 한몫했다고 작품은 이야기한다. 6화에 '방관자들'이라는 이름이 붙여진 것도 같은 맥락이라 할 수 있다. 사건은 일단락되었지만, 축 처진 분위기를 이끌어 내려는 대장, 아무 일 없었다는 듯 우렁찬 함성을 끌어올리는 병사들. 그 고질적인 맥락을 뚫고 빠져나온 안준호의 행동은 부조리한 일들에 침묵하지 않겠다는 메시지이자 잘못된 관행에 맞서려는 마음일지도 모르겠다. 드라마를 본 많은 이가 마지막 장면이 주는 의미를 궁금해했던 건 이런 눈치 문화에서 일말의 희망을 찾고 싶은 마음과 상통하는 것 아닐까.

시선을
긍정에
맞출 때,

우린
단단해진다

¶

대학교에 갓 입학하고 며칠 지난 어느 날, 오리엔테이션만 하고 정식 수업을 시작하지 않았던 때라 교정은 어수선했다. 저마다 안면을 트거나 인사하며 친해지기 바빴고 나 같은 유학생들은 누구와도 좀처럼 어울리지 못한 채 라운지를 서성거렸다. 아직도 기억난다. 4월의 봄날, 라운지 건물은 통유리로 햇살이 고스란히 내리쬐는 구조였다. 나무로 만들어진 테이블마다 창을 통해 들어오는 햇볕을 오롯이 담아 따스한 온기를 뿜어냈다. 모두가 재잘재잘 행복해 보이는 분위기 속 우두커니 서 있던 나…….

얼마쯤 지났을까. 종소리가 울렸다. 점심을 먹어야 하는데 어디서 사야 하는지 어디로 가면 먹을 수 있는지 몰랐다. 학교 뒷문을 걸어 나와, 오는 길에 보았던 작은 주먹밥 가게에 들어가 얇은 플라스틱 용기에 담긴 주먹밥 두어 개를 집어 들었다. 편의점에 들어가 녹차 하나 사서 다시 라운지로 돌아왔는데 앉을 데가 없었다. 테이블은 이미 삼삼오오 싹시어 앉은 사람들이 있었고 개중엔 이미 꽤 친해진 듯 휴대폰 번호를 교환하는 이들도 있었다. 이대로 집에 가 버리고 싶었다. 저들 사이를 비집고 들어가 담담하게 아무렇지 않은 듯 주먹밥을 꺼내 들 자신이 없었다.

그래서 고른 게 화장실이었다. 우리 학부는 새로 지은 건물을 썼기에 화장실엔 음악이 흘렀고 온통 새하얬고 향기가 났다. 그래도 화장실은 화장실이었다. 열린 칸 아무 데나 들어가 변기 뚜껑을 닫고 위에 앉아 비닐봉지를 풀었다. 주먹밥 한 개 먹고 녹차 한 모금 마셨다. 드라마에 나오는 것처럼 눈물을 글썽거리거나 목이 콱 메는 감성적인 장면은 없었다. 그냥 '같이 먹을 사람이 없으면 이렇게도 먹게 되는구나' 하면서 주먹밥을 입안에 오물오물 오랫동안 씹고 삼키고를 반복했다.

화장실에서 밥을 먹은 건 그날이 처음이자 마지막이었다. 이후엔 다행히 친구가 생기기도 했지만, 아마도 다신 화장실에서 먹지 않으리라며 내 무의식의 DNA들이 합세한 듯, 점심시간만 되면 뻔뻔한 생존력이 되살아났던 것 같다. 그게 2004년, 벌써 18년 전의 일이다.

얼마 지나지 않아 일본에선 벤조메시便所飯라는 단어가 등장했다. 직역하면 화장실 밥. 혼자 밥 먹는 모습을 남에게 보이기 싫은 이들이 화장실에서 때우는 끼니를 뜻한다. 2009년 7월 6일 아사히 신문 1면은 '벤조메시'로 도배됐다. 도쿄대를 비롯한 몇몇 대학교에 벤조메시를 금지한다는 벽보가 붙었다는 내용이었다. 눈에 띄는 것을 극도로 꺼리는 성향, 그 문화가 사람들을 화장실로 떠밀어버린 꼴이 됐다. 이 기괴한 신조어의 등장이 내겐 그리 낯설지는 않았다. 그 단어를 알고 '내심 나 혼자만 그런 고민을 안고 살았던 건 아니구나' 되레 안심했던 기억이 있다. 일면식도 없는 소수의 타인을 통해 받았던 동질감은 시간이 흘러 오늘날 대부분이 대수롭지 않게 여기는 혼밥이라는 문화가 되었다.

벤조메시라는 단어가 등장하고 얼마 지나지 않아 일본에서는 남자 주인공이 식당에 들어가 요리를 시켜 놓고 혼잣말(내레이션)로 맛을 음미하는 드라마 〈고독한 미식가〉가 유행했다. 곧 혼밥, 혼술 문화는 일본 외식 시장의 한 축으로 자리 잡기 시작했다. 혼자 먹을 바에야 안 먹는 게 낫다고 외치던 한국 사회에서도 혼자 식당을 찾는 일은 지금은 너무나 아무렇지 않은 모습이 됐다.

세 명 중 한 명은 혼자 산다는 요즘, 혼밥은 더는 어색한 말이 아니다. 국어사전에 등재된 혼밥의 정의는 '혼자서 밥을 먹음. 또는 그렇게 먹는 밥'이다. 딱히 의미를 풀어쓸 정도로 대단한 뜻이 아니지만 사전에 등재됐다는 건 대수로운 사실이다. 그만큼 우리 일상 깊숙이 자리 잡은 문화의 한 축이라는 방증이니까.

코로나19 영향도 있지만, 사람들은 갖가지 이유로 혼자 먹는 밥을 택한다. 혼자라는 것에 그다지 큰 의미를 두지 않는 듯하다. 더는 혼자 밥 먹기 눈치 보이는 일도 없다. 종종 식사 시간 전후로 식당을 찾았을 때 주인이 혼자 왔느냐며 눈치를 주는 경우는 있지만, 혼밥하기에 어울리지 않는 어쩌다 잘못 들어간 식당일뿐 그게 나를 평가하는 잣대가 아님을 이제는 안다.

한 포털 사이트에 혼밥과 눈치를 동시에 넣고 검색했다.

○○동 고깃집, 혼밥, 혼고기, 눈치 보지 말고 혼고집
을지로입구 혼밥 스팟 공유해용 ㅎㅎ
브런치 간단히 먹기 좋아, 혼밥도 눈치 안 보이는 리나스
혼밥하는 직장인의 하루
혼밥 먹어도 눈치 안 줘서 감사했던 찌개집

혼밥과 눈치, 여전히 두 단어는 껌딱지처럼 붙어 다니는 모양이지만, 다행인 건 혼자 밥을 먹는 행위에도 권리가 생겼다는 점이다. 문전박대가 당연시됐던 시절도 끝났다. 옆 칸에 소리가 들릴까 봐 노심초사 도시락 봉투가 바스락거리는 소리에도 잔뜩 움츠러들었던 열아홉 살의 나는 감히 상상도 못 했을 일이다. 만석인 식당에 앉아 애써 담담한 척 눈칫밥 오물거리던 누군가도, 숱한 날을 마음 졸이며 자신과 함께할 이를 찾

아 열심히 눈동자를 굴렸을 누군가도 미처 몰랐을 것이다. 이렇게 혼자가 자연스러운 날이 올 줄은.

화장실에서 끼니를 때웠던 기억을 10년 넘게 안고 살았다. 친한 친구에게도 털어놓지 않았던 나만의 작은 부끄러움이었다. 지인들에게도 마찬가지였다. 혹여나 내가 대학교 시절 친구가 없었다고 생각할까, 사교성이 떨어진다고 생각할까, 섣부른 동정을 하진 않을까. 막연한 불안감이 엄습했다. 그때의 기억을 회상하며 글로 써냈던 어느 날, 그 글을 읽은 누군가가 공감해 주었던 일을 시발점으로 이 일은 종종 술자리 안주가 되었다. 이렇듯 눈치란 직접적인 언어로 표현되는 순간 증발해 버린다. 눈치가 바깥으로 꺼내지는 순간 상황의 초점은 긍정에 맞춰진다. 더 이상 눈치 볼 일이 아니기 때문이다. 누군가 나에게 눈치를 줄 때도 마찬가지. '눈치 보다'라는 부정적인 뉘앙스는 "그래, 나 눈치 본다"라는 직접적인 언어로 정면돌파한다. 다음은 내가 눈치가 보이는 상황에서 긍정에 초점을 맞추는 방법들이다. 주로 눈치 보는 마음을 직접적인 언어로 표현한다.

* **붐비는 식당에 혼자 들어갈 때**

"혼자인데 괜찮을까요? 조금 있다가 나시 오는 게 좋을까요?"

눈치 보는 마음을 너그럽게 만들어 주는 한마디는 "그럴 수 있다"라는 말이다. 나 역시 이 말을 듣고 싶었던 모양이다. 대인 관계를 이어갈 때 나에게 항상 걸림돌이 되었던 건 매사에 부정적으로 반응하는 상대방의 화법이었다. 살을 뺀다고 하면 "안 될 걸"이란 말부터 일단 던지고 본다든가, "일을 이렇게 진행시켜 볼까?" 브레인스토밍하듯 가볍게 던진 말에 무턱대고 "힘들 걸"이라는 대답을 내놓는다든가, 하다못해 "이 영화가 좋다" "저 배우가 매력적이다"라는 말에도 "그 배우가 매력적이라고? 진짜 못생겼던데?"라는 말로 화답해 온다든가.

처음엔 상대방의 그런 부정적인 반응들이 상처가 됐다. 잠자코 입을 다물고 지냈다. 그럼에도 상황은 반복됐다. 어느덧 그런 상대방을 마주하는 일 자체가 스트레스로 다가왔다. 그 때부터 조금씩 의구심이 올라왔다. 어쩌다 부정적으로만 생각하게 됐을까?

이제는 안다. 부정적인 말들은 그리 큰 무게가 실린 말이 아니라는 걸. 어쩌면 습관성 발언이고, 어쩌면 불안함에 대한 막연한 두려움이 대변되는 화법이었으리라. 생각이 여기까지 미치니 문득 떠오르는 나의 말버릇이 있었다. 말을 꺼낼 때 습관적으로 꺼내는 언어, 자연스럽게 따라 붙는 단어인 '아니' 였다.

"아니, 근데 어제 먹은 거 진짜 맛있지 않았어?"
"아니, 오늘 왜 이렇게 추워?"
"아니, 쟤 술 하나도 안 먹었잖아."
"아니, 진짜 해를 거듭할수록 느끼는 거지만."
"아니, 무슨 사진을 이렇게 많이 찍었어?"

딱히 부정할 필요가 없는 문장에도 어김없이 첫머리에 등장하는 말이었다. 언제부턴가 입에 붙은 이 말은 사실 오랫동안 무의식 속에 잠재되어 있었다. 그 안에 얼기설기 엮여 있던 부정적인 마음들이 반응한 것일지도 모르겠다. "우리 자신 안에 있는 것이 아니라면 결코 우리를 불편하게 하지 않는다"라는 말처럼 어쩌면 상대방의 부정적인 화법을 유독 꺼려 했던 건 그저 내 안에 있던 것들이 정직하게 반응했던 걸지도 모르겠다.

고수를 좋아하게 된 것은 서른부터였다. 이전까지 고수를 먹는 사람을 이해하지 못했다. 음식에 화장품 냄새나는 풀을 넣는다고? 하지만 동남아 국가로 여행을 간 날, 여기까지 나왔는데 눈 딱 감고 마지막으로 먹어보자는 생각으로 고수와 쌀국수를 듬뿍 입에 밀어 넣는 순간, 이 허브의 존재 이유가 온몸으로 납득이 되며 나는 고수와 덜컥 사랑에 빠졌다. 어떤 맛은, 어떤 경험은 그러하다. 누군가의 기호를 벼락같이 바꾸고 인생을 그것을 만나기 이전과 이후로 나눈다. 그러니 마음을 열어두자. 완성된 취향 따위는 없다.

- 이적, <이적의 단어들>

이적에겐 고수가 그러하였다는데 나에겐 아메리카노가 그랬다. 사람들이 이 진하고 쓴 사약 같은 물을 왜 저리 찾는지 도무지 이해하지 못했던 20대를 보냈다. 비단 음식에 대한 기호뿐인가. 주말이면 집에 있기 좀이 쑤셔 어떻게든 외출해야 성이 풀렸던 시절은 과거에 머물러 있다. MBTI 테스트는 몇 번을 시도해도 내가 E(외향형)임을 주장하지만, 정작 나는 몇 년 전부터 집에서 보내는 시간을 즐길 줄 알게 되었다. 인생의 계획은 또 어떤가. 인간의 삶은 한 치 앞도 가늠할 수 없기에 계획은 그저 안정감을 찾기 위한 한 획에 불과할 뿐 절대적인 건 존재하지 않는 것이다.

하지만 단 하나 유일한 건 내 안의 절대적 긍정이다. "너는 살 못 뺄 걸"이라며 비아냥거리는 친구에게 "오, 나를 도발하는데, 내기할까?"라고 건네는 것, "그 배우 못생겨서 싫어"라고 말하는 친구에게 "내 눈엔 여전히 매력적이야"라고 끊임없이 어필하는 것. 그러자 더 이상 내게도 타인에게도 "왜?"라고 질문할 필요가 사라졌다. 눈치의 초점을 타인이 아닌 나에게 맞추니 부정적인 말들에 스트레스를 받는 일도 잦아들었다. 눈치가 보인다면 그 상황을 이렇게 생각한다. '그럴 수 있지, 그럼 내가 어떻게 해야 좋을까.' 눈치의 초점을 나에게 맞출 때만큼은 철저하게 나를 중심으로 온 지구가 돌아간다는 착각을 해 봐도 괜찮지 않을까.

빠르게
변하는
세상,

느리게
흘러가는
마음

¶

단체 채팅방에 '2023 트렌드 능력 고사'를 올렸다. 연말마다 종합 마케팅 에이전시 캐릿이 내놓는 재밌는 테스트다. 총 열 여섯 개 퀴즈가 나온다. 한 해의 이슈, 신조어, 유행했던 인물들이 등장하는 문제를 하나씩 풀어 가면서 자신이 트렌드를 얼마나 파악하는지 알아보는 놀이다.

1. 신조어 '오뱅알'은 무엇의 줄임말일까? (6점)

① 오늘 방송 알찼다!

② 오! 방금 알았어

③ 오픈 뱅킹 알림

④ 오일뱅크 알바생

2. 미국 20대 사원들이 올린 틱톡 영상에서 시작된 직장 문화 '조용한 사직' 열풍의 뜻은? (7점)

① 회사와 잠수 이별하기
② 회사가 시키는 일만 하기
③ 첫 출근날 사표 내기
④ 재택근무만 하며 사무실 안 나가기

첫 번째 문제. '③오픈 뱅킹 알림'이 가장 그럴싸해 보이지만 정답은 '①오늘 방송 알찼다!'이다. 아마존의 생방송 플랫폼 트위치에서 사용되기 시작한 신조어다. 두 번째 문제의 정답은 '②회사가 시키는 일만 하기'다. 조용한 사직quiet quitting, 즉 회사에서 최소한의 업무만 하겠다는 의미를 감안하면 잘 지어진 이름이다. 겉으로 드러난 언어와 실제로 쓰이면서 담기는 의미는 어쩜 이리도 다를 수 있을까. 알아도 그만, 몰라도 그만인 이 정보들은 각종 방송과 유튜브 채널, 포털 사이트 기사와 SNS를 섭렵하면 거뜬히 풀 수 있는 문제다. 다만 섭렵해야 할 곳이 너무나 방대할 뿐이다.

문제를 대부분 맞히면 '레벨 10. 트렌드를 삼켜 버릴 블랙 맘바*'라는 호칭이 따라붙는다. 트렌드를 주도할 정도로 세상

● 뱀목 코브라과에 속하는 독사다.

의 흐름을 잘 읽어낸다는 뜻이다. 유명하다고 소문난 곳을 찾아가는 게 아닌 유행을 이끌어 가는 타입이다. 반면 문제가 무슨 말인지도 모르겠고 답에 관심도 없다면 '레벨 1. 나만의 길을 걷는 자라'가 될 가능성이 크다. 이들은 굳이 유명한 곳에 찾아가는 이유를 납득하지 못하는 사람들이다. 바깥세상의 화려함보다 내면의 고요함을 추구하는 성향이니 느릿느릿한 자라로 비유되는 것이다.

단체 채팅방에는 1982년생부터 2002년생까지 존재한다. 강산이 두 번은 바뀐 세대가 공존하는 온라인 공간이다. 내 안에도 편견이 존재한 걸까. 당연히 나이가 어릴수록 정답을 맞히는 확률도 높아질 줄 알았다. 그런데 웬걸, 나이 어린 그들도 문제를 받아 놓고는 수능 보듯 머리를 쥐어뜯는다. 그 모습에 괜히 반가운 마음이 들었다.

결과에 대한 반응은 천차만별이었다. 1982년생 지인은 '레벨 6. 누구보다 빠르게 남들과는 다른 가젤'*이라는 결과를 받고 기뻐했다. 설명에 따르면 '레벨 6'은 유행할 맛집이나 아이템을 본능적으로 알아보는 센스를 지녔다고 한다. 1992년생인 지인은 링크를 받자마자 "무슨 말이야, 문제가 무슨 말인

● 사바나, 사막에 사는 영양과 포유류. 섬세하고 우아하게 생겼나.

지 모르겠어"라는 말로 되받아쳤다. 그는 예상내로 '레벨 1. 나만의 길을 걷는 자'였다.

여러 지인들에게 이 테스트를 돌려 본 결과 트렌드 능력 고사의 점수는 나이와 전혀 상관없다는 걸 깨달았다. 그저 관심사와 기호의 차이일 뿐이었다. 다만 신기한 건 연령대가 높을수록 점수가 낮으면 속상해 한다는 점이었다. 그들은 해를 거듭할수록 자신이 트렌드와는 멀어졌다는 자괴감, 요즘 유행하는 말을 알아듣지 못한다는 소외감을 느낀 것이다. 나이가 어릴수록 문제를 잘 맞힐 거라 생각했던 나의 편견과도 같은 맥락이다.

---

3. 올해 밈을 활용해 광고를 제작한 브랜드와 해당 밈이 바르게 연결된 것은?

① 버거킹 - ○○미슐랭

② NH농협은행 - 농협은행

③ 잡플래닛 - 성동일 유니버스

④ 써브웨이 - 낭만 어부

밈meme이란 단어를 모르면 이 퀴즈는 안개 속 흐린 얼굴처럼 정답과 멀어진다. 밈이란 리처드 도킨스의 《이기적 유전

자》라는 책에서 처음 알려져 지금은 '재미있는 언행을 온라인 상에서 모방한 콘텐츠'를 말한다. 문화적 행동 양식이 유전자처럼 번식해 타인에게 복제된다는 뜻이다. 가령 예능 프로그램 〈무한도전〉에서 박명수가 화를 내며 "당사자가 기분 나쁘다는데, 왜 본인들이 판단합니까?"라고 말한 장면을 스크린샷 하면 박명수의 분노한 표정과 그에 걸맞은 자막이 달린 이미지 파일이 완성된다. 그리고 단체 채팅방에서 기분 나쁘다는 걸 표현하는 상황에서 해당 이미지를 화면 위로 투척한다. 활자로 정색하지 않고도 내 감정을 우회적으로 대변하는 방법인 셈이다. 웃기고 재밌다는 이유로 소비되는 이런 이미지 파일을 두고 '짤' 혹은 '밈'이라고 부른다.

허나 밈의 뜻을 알고 문제 풀이로 넘어간다 한들 다음 난관이 기다리고 있다. 패러디 광고를 관심 있게 본 경험이 있다면 쉬운 문제이지만 결국 정답을 맞히려면 패스트푸드 브랜드며 은행이며 온라인 구직 플랫폼이며 샌드위치 브랜드며 각종 정보를 섭렵할 정도가 되어야 하기 때문이다.

어디까지나 재미로 해 보는 놀이다. 사회가 변해 가는 흐름을 파악해 볼 수 있는 점에선 유익하다. 죽고 못 살 정도로 중요한 가치를 둘 필요는 없다. 트렌드에 민감해야 하는 직종이라면 다른 이야기가 되겠지만, 좀 모르면 어떤가. '레벨 1. 나만의 길을 걷는 자'가 있어야 '레벨 10. 트렌드를 심기 버릴 블랙맘바'도 빛을 잃한나.

지금은 과거의 유행어가 되어 버린 '듣보잡'이 처음 나온 2010년대 무렵, 내 팔에 난 작은 흉터를 보고 엄마가 말했다. "듣보잡이네." 걱정스러운 얼굴을 하고 딸에게 건네는 말치곤 언밸런스한 단어 선택이었다. 아마 어디선가 듣고 내게 사용해 본 눈치였다. 어쩌다 그런 말을 알게 되었냐고 물으니 엄마는 살짝 당황해 하며 "이게 아닌가……" 하고 배시시 웃는다. 엄마한테 "'듣도 보도 못한 잡것'의 줄임말이며 무언가를 비하할 때 쓰는 말"이라고 설명하니 당황한 눈치다. 엄마는 '그런 흉터는 듣도 보도 못했는데 어쩌다 생긴 것이야?'라는 뜻으로 이야기했단다. 이처럼 언어가 만들어지고 사용되고 사라지는 속도는 사회의 모든 구성원이 충분히 의미를 흡수할 시간적 여유를 주지 않는다.

한번은 아침 밥상에서 가족들에게 '순삭'이라는 말을 설명하는 데 애를 먹었다. "정말 재미있는 일을 경험하여 몰입할 정도로 시간의 흐름을 잊어버리는 상황을 '순간 삭제'된다는 의미로 쓰는 말"이란 장황한 설명을 늘어 놓았는데 뜻을 영 가늠하지 못하는 눈치였다. 어느 순간 아버지는 종종 즐거운 식사 자리가 끝난 후 이따금씩 "이런 걸 순삭이라고 하는 거지?"라며 단어를 곱씹는다. 언어를 따라가는 엄마와 아버지의 속도와 실제 세상의 속도, 내가 체감하는 속도는 늘 같은 속도

일 수 없다. 하지만 지금 이 글을 읽으면서 '언제적 듣보잡인
가. 언제적 순삭인가'라고 생각한다면 그야말로 트렌드는 스
쳐 지나가는 바람 같은 것이란 방증이다. 트렌드는 그저 순식
간에 지나가는 바람 같은 것이니. 그러니 누군가 딸내미의 흉
터를 보고 '듣보잡'이란 단어를 조금 어설프게 건넨다 한들 어
떤가. 각자의 속도대로 살면 되는 것 아닌가.

우리의
시선은
어디로

향하는가

¶

눈앞에서 벌어지는 일을 궁금해 하고, 어떤 상황 속에 놓인 인물의 감정을 읽어 내는 것. 지극히 자연스러운 인간의 인지 과정인 이 능력을 요즘은 자발적으로 차단하거나 방치하는 일들이 비일비재하다.

출근하는 지하철 안, 어디선가 소란스러운 고성이 오간다. 눈앞에 누군가 엎드려 있다. 엎드린 이는 고통스러운 얼굴로 무어라 적힌 피켓을 치켜든다. 바닥에 고개를 파묻고 힘없이 쓰러진 그에게 승객들의 시선이 몰린다. 무슨 일이지? 호기심이 일어난다. "장애인들이 시위하는 거래." 수군거리는 소리가 들린다. 포털 사이트에서 간단한 검색을 마치고, 이내 상황을 파악한다. 지연되는 지하철을 기다려도 보고 시위하는 그들을 이해해 보려 시도도 해 본다. 하지만 이런 상황이 반복되면 출근 시간의 촌각을 다투는 이들에게는 더 이상 '보고 싶지 않은 장면'이 된다. 당장 내가 급한데, 거래처랑 미팅이 있는데, 아이가 혼자 기다리고 있는데, 이곳날 시나리오를 떠올린

수록 눈앞 상황은 그저 야속할 뿐이다.

시위를 시작한 지 수개월이 흐르고 지하철 지연이 거듭되면서 거침없이 인터넷에 오르내리는 기사에 가냘픈 혐오가 덧대진다. 나도 피해를 봤고, 너도 피해를 봤으니, '우리'에게 피해를 준 사람들은 적이 되어도 마땅해지는 순간. 더 이상 그들이 왜 그런 시위를 벌이는지 이유는 궁금하지 않다. 지쳐가기 시작한다. 장애와 무관한 삶을 살아가는 사람일수록 그들은 그저 내 출퇴근의 루틴, 중요한 약속을 망쳐 버리는 대상으로 밀려나 버린다.

어느 날엔가 휴대폰 알람이 울렸다. ○○○역은 무정차로 통과한다는 내용의 속보였다. 시위로부터 고개를 돌리고 싶은 마음, 지하철 바닥에 엎드린 이들과 마주하고 싶지 않은 시선, '차단'과 '방치'를 대변하는 마음은 '무정차'라는 서울시와 서울교통공사의 대응과 별반 다를 바 없다. 마음 읽기라는 인간의 본능과는 역행 중인 오늘날 우리의 모습이다.

그리고 이제야 고백해 보는 기억. 오전 11시 기차를 타기 위해 청량리역으로 가던 어느 날이었다. 시계는 10시 45분을 가리키고 있었지만, 나는 여전히 1호선 지하철 안에 있었다. 늦어도 많이 늦었던 날, 하필 당일 기차가 매진이라 무조건 11시 기차를 타야 했다. 한 구간, 한 구간을 지날 때마다 손에 식은 땀이 번졌다. 지하철이 정차하는 곳에서 기차 승강장까지 뛰어가도 15분은 족히 걸린다. 아무리 계산해도 더 일찍 도착할 방법이 없었다. 결론부터 말하자면 정확하게 10시 59분에 나는 예매해둔 기차의 좌석에 앉아 있었다. 그러나 기차를 사수한 대신 내가 얻은 건 스스로에 대한 환멸감이었다.

조금이라도 빨리 기차를 타기 위해 지하철 안에서 포털 사이트에 지름길을 검색했다. '서울 청량리역 1호선 KTX 가는 방법 환승 꿀팁'이 적힌 글을 발견했다. '오른쪽 개찰구로 나가서 엘리베이터 타고 3층'에 도착하면 15분 거리를 5분 안에 도착한다는 시나리오였다. 환승이 빠르다는 1-1칸까지 이동하고 문이 열리길 기다렸다. 뜀박질한 끝에 엘리베이터 앞에 도착했다. 내가 있던 곳은 지하 2층. 기차를 탈 수 있는 건 3층. 엘리베이터에 발을 넣은 순간 기차에 탈 수 있단 생각에 안도했다. 그런데 무탈하게 올라갈 줄 알았던 엘리베이터는 지하 1층에 멈췄다. 문이 열렸고 눈앞엔 휠체어를 탄 여성이 이미 사람들로 빼곡한 엘리베이터를 무심하게 올려다보고 있었다.

여성이 타려면 엘리베이터 문가에 서 있는 사람 중 적어도 한 명은 내려야 했다. 여성은 누군가 내려 주길 기다리며 정적을 지켰다. 그의 눈에 나를 비롯한 사람들이 어떻게 비쳤을까. 분명한 건 나를 비롯한 모두가 미동도 없이 꿈쩍도 하지 않고 정적을 비더내고 있었다는 사실이다. 내려야 한 순위에 자신이 포함되는지 고개를 숙인 채 곁눈길로 가늠힐 뿐이다. 나역시 애꿎은 휴대폰만 쳐다봤다. 짧지도 길지도 않은 정적이흐르고 여성은 입을 열었다.

"아무도 안 내려 주시는 거예요? 저 여기서 한 시간째 못타고 있어요. 너무한 거 아니에요?"

정적을 버티다 못해 내 오른편에 서 있던 나이 지긋한 남성이 고개를 숙이며 내렸다. 남성은 "죄송합니다"라는 말을 남기고 자리를 떴다. 휠체어를 탄 여성은 양손으로 바퀴를 굴려엘리베이터에 탑승했고, 지하 1층에서 3층 맞이방까지 올라가던 그 짧은 순간, 공간을 가득 메웠던 적막을 잊지 못한다.나만 아니길 바라는 마음으로 말 없이 자리를 지키고 서 있던사람들. 혹시 나는 그 무리 안에 있다는 이유로 안심했던 걸까. 한 명, 한 명에게 시선을 건네는 그의 눈길을 피해 말없이시계만 쳐다보고 있던 나의 눈은 어디를 향해 있던 걸까. 아마모두가 같은 마음이었을 것이라 추측해 본다. 조금 여유가 있었다면 내렸을 텐데. 나 원래 이렇게 매몰찬 사람은 아닌데. 오늘은 정말 어쩔 수 없이 급한 상황인데. 누군가 한 명은 내려주겠지. 이 상황이 빨리 마무리되면 좋겠다. 그럼에도 끝끝내휠체어를 탄 여성에게 내줄 자리는 내 자리가 아니길 바라고,

그에게 미안하다고 말할 용기조차 없는 그런 마음들 말이다.

지리적으로 가장 가까운 나라에서 힌트를 찾아보려 한다. 장애인 정책 선진국이라 불리는 일본. 휠체어를 탄 사람이 역사를 찾으면 직원이 와서 승강장과 지하철 사이에 발판을 깔아준다. 일본의 저상버스 운행률은 서울과 비슷할지언정 휠체어 탄 모습들은 서울과 달리 어디서나 자연스럽게 접한다. 걷지 못하는 사람, 걸음이 느린 사람, 발목에 깁스를 한 사람, 보폭이 짧아 조금씩만 걸을 수 있는 작은 사람. 모든 사람이 다 같은 속도일 수 없는 세상이지만, 누군가의 기다림과 수고스러움, 번거로움이 존재해 준다면 결국엔 모두가 같은 길을 다닐 수 있다는 걸 그들은 보여 준다.

약 45년 전 일본 도심 한복판에선 휠체어를 탄 장애인들이 몸싸움을 벌였다. 1977년의 일본은 휠체어를 타면 버스 탑승을 거부하는 사회였다. 이에 항의하고자 장애인 단체 푸른잔디회全国青い芝生の會와 지지자들이 버스터미널에 모여 장시간 버스를 점거했다. 대중교통을 타면 고요함과 친절함만이 가득한 지금 일본의 모습에선 좀처럼 상상할 수 없는 분위기다. 일본에도 유리창이 깨지고 핸들이 부서지고 시민들은 시위대를 향해 욕하며 몸싸움을 벌이던 시간이 있었던 것이다.

우리 또한 그 여정을 겪어 내는 중인 것일까. 서로의 방법이 옳고 그름을 고민하기도 전에 이미 고개를 돌려 버리는 이들의 마음에 이유가 없는지도 모르겠나. 하시만 고개를 돌리고 싶다는 건 마음이 편치 않다는 방증, 마음이 불편하다는 건 인간의 본능인 마음 읽기가 제대로 작동되고 있다는 의미다. 어쩌면 길고 지난할 그 여정에 우리의 시선은 어디를 향해 있어야 할까.

나만 아니길 바라는 마음으로 말없이 자리를 지키고 서 있던 사람들.

혹시 나는 그 무리 안에 있다는 이유로 안심했던 걸까.

한 명, 한 명에게 시선을 건네는 그의 눈길을 피해 말없이

시계만 쳐다보고 있던 나의 눈은 어디를 향해 있던 걸까.

눈치
싸움에서
져도

괜찮은
이유

¶

사무실을 이전하면서 예상치 못한 눈치 게임을 경험했었다. 책상은 아홉 개인데 사무실이 작았다. 꾸역꾸역 자리를 배치하다 보니 누군가는 노트북으로 뭘 하는지 훤히 드러나는 상황이 벌어졌다. 보안 필름을 붙여도 자신의 뒷모습이 늘 노출된다는 건 생각보다 불편한 모양이다.

때마침 이사할 때 사무실에 있던 사람들은 좋은 자리를 차지했다. 뒤늦게 현장에서 돌아왔거나 휴가 중인 사람들은 남은 자리를 떠맡게 되었다. 이 모든 건 암묵적으로 흘러갔다. 나도 마침 사무실에 있었던 터라 원하던 구석진 자리에 조용히 앉았다. 나름 선심 쓰듯 다른 사람들이 먼저 조용히 자리를 잡아 가길 빌며 내 작은 짐부터 옮기고 있었다. 그런데 뒤늦게 사무실로 돌아온 팀원 한 명이 해맑은 울상을 짓는다.

"아, 여기가 제 자리인 거죠?" 묻는다. 별다른 내색 없이 자신의 컵과 거치대를 갖다 놓던 그. 얼마 지나지 않아 내게 메시지를 보내 왔다. "그런데 혹시 자리 지정식인 건가요?" 수많

은 'ㄱ'과 힘쎄. (생삭 없이 붙이는 'ㅋ'에도 뼈 있는 진심이 담기기
도 한다는 걸 그때 알았다.)

"다른 자리 주인들과 이야기해서 옮겨 봐요." 선심 쓰는 척
조언을 건넸지만 그는 굳이 책상 하나로 마찰을 일으키고 싶
진 않은 눈치였다. 애써 웃으며 자리에 잘 적응해 나가겠다고
했다. 허나 자고로 사람은 벽을 등지고 앉아야 한다며 못내
아쉬워했다. (본심은 늘 마지막에 나온다는 것도 그때 깨달았다.)

내가 그의 입장이었다면 이런 자리 배치를 그냥 넘어갈 수
있었을까 문득 생각해 봤다. 암묵적으로 안 좋은 자리에 배정
된 또다른 이에게 "공평하게 제비뽑기를 할까요?" 슬쩍 물으
니 대번에 얼굴이 환해진다. 이번엔 스스로에게 물었다. '제비
뽑기해서 지금보다 안 좋은 자리가 나와도 후회하지 않겠는
가?' 받아들일 수 있을 것 같았다.

이번엔 이미 좋은 자리를 차지한 자들에게 물었다. "제비
뽑기로 결정해 볼까요?" 다들 선뜻 나서지 않는다. 그들의 호
응을 유도하기까지 약간의 시간이 걸렸다. '그냥 제비뽑기 따
위 하지 말아 버릴까' 살짝 고민도 든다. 이대로 조용히 묻어
가면 나 역시 자리를 안 옮겨도 된다. '마땅한 대답이 나오기
전까지 조금만 더 시간을 끌어 볼까?'라는 생각이 맴돌 무렵
정신이 번쩍 든다. 가진 자들이 나누기 싫어한다는 건 이런 걸
뜻하는 건가 보다. 가져 보니 새삼 와 닿는다.

결국 제비뽑기를 하게 됐다. 좋은 자리는 단 하루만 나의 것이었다. 세상 편했던 구석 자리를 떠나 사무실 한가운데 앉았다. 입구를 등진 모두가 기피했던 자리였다. 괜찮은 척 웃었지만 속은 울고 있었다. 내가 먼저 제안했으니 더 이상 누구의 탓도 할 수 없다. 누군가는 좋은 자리를 받게 됐으니 착하게 살겠다며 다짐을 했고 누군가는 한숨을 쉬고 제비뽑기가 조작됐을 거라며 장난 섞인 분노를 표출했다.

내 자리에서는 허리를 180도 꺾어야 사무실 문을 열고 들어오는 사람들의 얼굴이 겨우 보였다. 하루 반나절 앉아 있었는데 벌써부터 뒷목이 당겼다. 노트북에 보안 필름을 붙여놔도 화면히 훤히 들여다보이는 그 자리는 1년 동안 나의 자리였다.

은근슬쩍 좋은 걸 가지려고 했던 마음, 모두가 슬그머니 주고받았던 눈치, 좋은 자리를 차지하기 위한 욕심과 끝없이 표출되던 마음, 나의 좋은 자리를 원하는 누군가에게 기꺼이 바꿔 주겠다는 선의, 좋은 자리가 내 손아귀에 들어 온 이상 조금은 불공평한 선정 기준이 공론화되길 꺼리게 되는 마음. 고작 사무실 자리 배치로 복잡한 사람들의 마음을 들여다보고 내 마음 역시 돌아보며 우리의 마음이 얼마나 간사한지, 진정한 대인배란 어떤 모습인지 깨닫는다.

말그릇에
담기엔

너무 큰
마음

¶

문장 전체의 의미가 알쏭달쏭하여 문맥을 파악하는 데 어려움을 겪기도 하지만, 작고 작은 조사 한 글자로 문맥이 바뀌는 일도 있다.

"어제 갔던 식당 괜찮았어?"
"거기 맛'은' 있더라."

'은'에 담긴 의미
①그런데 분위기는 별로더라. 너무 시끄러웠어.
②그런데 직원이 너무 불친절했어.
③그런데 좀 과하게 비싸더라.
④그런데 자리가 너무 좁더라.

'은'이라는 조사 하나도 숱한 시나리오를 만들어 낼 수 있다. 이런 은밀한 조사들은 상대방이 하고 싶은 말의 생략된 뉘앙스, 보이지 않는 공기를 뿜어 낸다. 맛'은' 있는 것, 맛'만' 있는 것, 맛'도' 있는 것, 맛'이' 있는 것. 그 조사들이 모두 다른 의미를 포함한다는 걸 우리는 안다. '맛은……' 하고 말줄임표로 침묵한다면 그 또한 상상할 수 있는 의미가 더 있다는 걸 암시해 준다.

2022년 말, JTBC 〈상암동 클라스〉에 '인간관계 연말정산'이란 주제로 심리학자 김경일이 출연했다. 1년 동안 벌어들인 수익을 연말에 정산하듯 인간관계에도 연말정산이 있다면 어떤 접근을 해야 할지 말하는 자리였다. 그가 언급했던 내용 가운데 우리의 이런 고맥락 문화에 대한 피로감을 말끔하게 청산해 주는 현답이 있었다.

인간관계 연말정산 첫 번째 방법, 오로지 '나'에 초점을 맞춰 생각해 본다. 내가 남의 말을 안 듣는 성격이라면 '직언해 주는 사람'을 곁에 두되 '아첨하는 사람'을 끊어내야 한다. 반면 내가 남의 말에 휘둘리는 성격이라면 '강압적으로 말하는 사람'과 거리를 두는 식이다.

두 번째 방법, '거짓말하는 사람'을 가려낸다. 여기서 말하는 거짓말이란 진실을 거짓되게 말하는 게 아닌 맥락을 없애고 필요한 말만 툭 던지는 경우나 자신의 의도를 구체적으로 밝히지 않는 화법을 의미한다. 가령 축구나 농구 게임에서 공격수보다 수비수가 훨씬 지쳐 있는 것과 마찬가지다. 공격수는 수비수를 속여 가며 플레이를 해야 하기 때문에 자기 의도를 보여 주지 않는 게 공격수의 역할인 셈인데, 경우의 수를 하나하나 따져야 하니 수비수는 그만큼 더 많은 에너지를 쏟는다는 뜻이었다. 즉 상대방의 의도를 모른 채 이리저리 끌려다닐 경우 내가 훨씬 더 지친다는 것이다.

상대방의 "바빠?"라는 한마디에 듣는 사람은 '지금 보자는 건가' '내가 혹시 이 사람이 보낸 메시지를 못 읽었나' '내가 너무 분주해서 부르는 소리를 못 들었나' '정신없이 허둥지둥 지나가느라 인사를 못했나' '부탁할 게 있나' 끝없는 경우의 수를 상상해야 하는 것처럼 말이다. "바빠?"라는 두 글자는 죄가 없다.

하지만 그가 질문의 의도를 한 줄 더 추가해 준다면 상대방은 훨씬 마음 편하게 대응할 수 있다. "바빠? 과제 관련해서 물어볼 게 있는데, 시간 괜찮으면 통화할까?" "바빠? 아까 사무실에 만나러 갔는데 바빠 보여서 그냥 돌아왔어." "바빠? 시간 되면 차 한잔 하자. 얼굴 본 지 오래됐네." 그저 한두 문장 더 적는 것으로도 상대방이 충분히 대응할 수 있는 심리적 공간을 만들어 주는 것이다.

언어에 포함되지 않은 숨겨진 의도는 어떤 방식으로든 전달되기 마련이다. 말하지 않는다고 느껴지지 않는 건 아니다. 상대방이 내 마음을 유추해 줄 때까지 기나긴 침묵을 유지한다거나 그간의 상황으로 파악해 주길 바라며 주어도 없이 동사만 툭 던지는 습관은 상대방의 에너지를 빼앗는 화법이다.

고맥락 문화가 일장일단을 지니고 있음은 분명하다. 아름답게 사용할 수 있는 구석도 존재한다. 제아무리 좋은 번역기를 사용해도 전달될 수 없는 특유의 정서를 고스란히 담아내기도 한다. 때론 말의 부재가 훨씬 큰 위로로 다가오는 순간도 있기 마련이니까.

박혜령 감독의 영화 〈밥정〉의 임지호 셰프가 떠오른다. 영화는 그가 전국 팔도강산을 누비며 자연에서 얻은 식재료로 길에서 인연을 맺은 이들에게 기꺼이 음식을 대접하는 내용이다. 그 여정에서 셰프는 지리산 중턱에 살고 있는 김순규 할머니와 만난다. 낳아 준 어머니와 길러 준 어머니가 달랐던 그의 삶. 두 어머니를 늘 그리워했던 삶. '어머니'란 이름에 사무친 감정을 담고 살아온 그에게 김순규 할머니는 길 위에서 만난 또 한 명의 어머니였다. 잊을 만하면 찾아가 요리를 대접하고, 또 잊을 만하면 찾아가 안부를 묻기를 10년. 그러던 어느 날, 김순규 할머니가 세상을 떠났다는 부고를 접한 임지호 셰프는 한걸음에 지리산으로 달려간다.

그는 할머니가 애지중지하던 지팡이 한 번 잡아 보고, 부엌에 들어가 가마솥 뚜껑 한 번 만져 보고, 묵직한 눈물을 뚝뚝 떨어뜨린다. 그리고 내레이션이 흘러나온다.

우리 지리산 어머니는 멀미를 해서 일생 동안 지리산을 한 번도 벗어나지 않았다 하더라고. 그래서 바닷가에도 가 보고 생선도 사 보고 새들, 꽃들, 계절도 담고 전혀 다른 곳의 바람도 땅도 소리도 다 담아서. 여기저기 돌아다니면서 모은 재료로 어머니 세 분을 생각하면서 음식을 차려 보고 싶거든.

그는 빗속을 뚫고 언덕을 넘고, 가파른 절벽을 기어 올라가고, 파도가 휘몰아치는 바닷가를 누비고, 수풀이 우거진 산림을 헤매며 온갖 귀한 식재료를 구해 온다. 지리산 집으로 돌아온 그는 제사상에 올릴 음식을 하나씩 적어 내려간 뒤 본격적으로 음식 준비에 들어간다. 해가 저물고, 어둠이 깔리고, 고요한 새벽을 지나 또다시 동이 틀 때까지. 끊임없이 생선을 손질하고, 문어를 데치고, 나물을 삶아 가며 오색찬란한 자연 요리를 만들어 낸다.

이 여정이 진행되는 동안 임지호 셰프는 단 한마디도 입에 담지 않는다. 툇마루의 괘종시계가 울리는 소리, 도마질하는 소리, 전 부치는 기름 끓는 소리만이 정적을 드문드문 채워 줄 뿐이다. 그렇게 며칠을 준비한 제사 음식들이 툇마루를 가득 채운 날, 임지호 셰프는 지리산 어머니의 딸, 남편인 이종수 할아버지를 모시고 온다. 툇마루를 가득 채운 제사 음식을 본 딸은 말을 잇지 못하고 그저 눈물을 삼킨다. 이걸 손수 다 만들었냐는 딸의 질문에 임지호 셰프는 그저 웃으며 "어머니가 좋아서"라고 얼버무린다. 별다른 말 없이 목이 차면 안 된다며 할아버지 옷의 지퍼를 올려 주는 그의 손길. 지리산 할머니의 영정사진을 말 없이 쳐다보는 할아버지의 눈길. 이렇듯 영화는 러닝타임 내내 최소한의 언어만 등장시킨다. 관객들이 여운을 느낄 수 있는 공백을 한없이 내어 주는 셈이다.

영화가 막바지에 달할 무렵 등장하는 이 장면들은 고맥락이란 키워드와 우리네 정서가 맞닿아 있는 접점을 힘없이 툭 건드리면서도 묵직한 울림을 준다. 영화에 등장한 언어라곤 임지호 셰프의 내레이션 몇 줄이 전부. 나머지를 이끌어가는 건 맥락이다.

그가 밤을 꼬박 새워 가며 만든 음식이지만, "만드느라고 잠을 자지 못했어요"라는 말 대신 잠깐 벗어 놓았던 안경을 주워 들고 눈을 비비며 내뱉는 그의 찰나의 탄식에서 보는 이들의 마음이 저릿해지는 것처럼. 덤덤하게 말 없이 부엌에 들어가 가마솥을 어루만지다 뚝 떨어뜨리는 눈물 한 방울처럼. "지리산 어머니가 너무 보고싶네요"라는 말 대신 홀로 부엌에 들어가 "엄마야 누나야 강변 살자"를 불러 보는 그의 나지막한 노랫가락처럼. 언어로 대변할 수 없는 정서에 기대어 살아온 우리 역사는 가늠할 수 없을 정도로 길고 묵직한 것이다.

"나
눈치 좀
볼 줄

아는
사람이야"

¶

주말에 간이역 여행을 다녀왔다. 청량리에서 정선아리랑열차를 타고 네 시간 달리면 아우라지역에 도착한다. 탄광 산업이 호황을 누리던 1971년에 생긴 역이다. 그 시절 북적거렸을 철로엔 이제 관광 열차 다섯 량만 덩그러니 남아 있다. 그마저도 주말과 정선 오일장이 아니면 볼 수 없는 기차다.

역 광장에 마을 사람들이 모여 있다. 곳곳에서 연기가 피어오르는 걸 보니 잔치가 열린 듯했다. 아니나 다를까 정월 대보름 척사 대회(윷놀이)가 한창이었다. 누군가 마이크에 대고 "자, 다음은 여량 1리!"를 외치면 여량 1리 주민들이 우르르 나와 윷을 던졌다. 주민들은 돗자리를 깔고, 막걸리를 한 사발 들이켰다. 한껏 흥이 오른 분위기. 떡이며 꼬치며 한 손에 쥔 채 이리저리 뛰어다니는 아이들. 주인 따라 나왔을 뒷집 흰둥이는 심드렁하게 누워 그네들을 구경하는, 평범한 시골 마을 풍경이었다.

그 마을은 김 아무개 집 둘째 딸이 임용고시에 합격하면 너도나도 현수막을 내거는 곳이었다. 고향을 사랑하는 사람들(애향회)과 고향을 지키는 사람들(자율방범대)이 하나되어 경사를 즐기는 마을. 전봇대며 파출소며 집집에 걸린 문패마다 010으로 시작하는 번호를 적어 놓는 동네. 개인 정보에 민감한 도심과는 사뭇 다른 분위기였다. 언제든 전화하라는 무언의 메시지가 어쩌면 도심의 그것보다 훨씬 넉넉하게 느껴졌다.

정선 오일장을 가려고 버스터미널에 들렀을 때였다. 버스 앱과 시골 버스 운행 시간은 영 다르게 흘러갔기에 앉아 계신 어르신에게 시간을 두어 번 확인하고서야 안심할 수 있었다. 키오스크(무인 발권기)를 만지작거리는데 할머니 한 분이 버스 예매하는 방법 좀 알려 달라고 했다. 시범으로 두어 번 보여드리고, 할머니의 시선에 맞춰 두어 번 더 알려드리고, 할머니 혼자서 두어 번 연습하며 총 여섯 번을 거치니 그제야 웃으신다. "고마워요. 이젠 혼자서 강릉 가는 버스 예약할 수 있겠다!"

키오스크는 매표소도, 상주하는 직원도 없는 시골 마을 버스 터미널에 덩그러니 놓여 있었다. 설치만 해 놨지 아무도 사용 방법을 알려준 이가 없었다는 걸, 시간표며 노선도가 돋보기안경을 쓰고도 알아볼 수 없을 만큼 작은 글씨로 적혀 있다는 걸, 그러니 할 수 있는 거라곤 '버스 도착 예상 시각'이 적힌 시간표 아래 기대어 한없이 앉아 있어야 한다는 걸, 마을 주민들에게 키오스크란 그저 신기하고 쓸모없는 요물에 지나지 않는다는 걸 그제야 알았다.

키오스크가 노년층에게 높은 장벽이라는 걸 취재할 때마다 단 한 번도 서울을 벗어나 본 적이 없었다. 새삼 내 게으름이 부끄러웠다. 그저 종로3가 도심 한복판에 나가 적당한 패스트푸드점에서 만난 어르신한테 "이거 어떻게 하는지 아세요?"라고 물을 뿐이었다. 조금 더 멀리 나가 역무원 한 명 없이 키오스크만 달랑 놓인 시골 버스 터미널에 와서 어르신들과 이 기계가 무엇이고, 어떻게 이용하면 좋을지, 같이 고민해 볼 생각은 못했다. 한 끗 차이로 편리함을 안겨 주지만 그 한 끗이 누군가에게는 높은 장벽으로 다가오는 이 곳처럼 말이다.

이틀 동안 마을 구석구석을 걸어 다녔다. 해발 995미터, 해발 1018미터, 그야말로 첩첩산중 산골 마을이었다. 민가들이 드문드문 두어 채씩 자리하고 있었다. 저녁 무렵이면 굴뚝에서 연기가 피어나고 밤이면 가로등을 끄는 동네였다. 가로등이 없는 시골 동네는 위험하다며 지자체의 관리 부실을 지적하는 건 어디까지나 도시인의 관점이었다. 두 개짜리 가로등이어도 한 개는 꺼 주어야 농작물도 벌레들도 밤에 잠을 잘 수 있지 않겠냐는 게 그들의 목소리였다. 어느 것도 틀린 것 없이 그저 다를 뿐이었다.

도시에서 만드는 뉴스들이 이들에겐 어떻게 비칠까 문득 궁금했다. 관민도리는 작은 땅덩어리 안에서두 이렇게 다른 세상이 공존할 수 있구나. 수백, 수천만 원에 달하는 월세를 내지 못해 폐업을 선언하는 자영업자들, 억 소리 나는 임대료를 1년 만에 덜컥 올려 버리는 건물주, 개를 목줄에 묶어 놓으면 학대, 산책을 시키지 않아도 학대라 외치는 목소리들, 노란 은행이 떨어지는 계절이면 악취의 주범으로 몰려 잘려 나가는 가로수들, 밭 아래에 조상의 산소를 마련하고 또 한쪽에서 농사를 지으며 살아가는 이들에게 '장례식장은 혐오 시설'이란 문구는 어떻게 가닿을 것인가. 내게 익숙한 나머지 당연한 줄 알았던 잣대들이 한순간에 무너져 내린, 조금은 아찔하기도 했던 여행이었다.

최대한 빨리 가는 것.
그것이 현대문명의 목표다.
현대는 속도 중독의 세대다.

멈춤이 사라진 시대에
우리는 어디에서 멈출 것인가.
세상의 속도는 멈춤을 허용하지 않는다.

이곳과 저곳을 잇는 것.
그것이 오래된 길의 목적이다.

빨리 가는 건 중요한 게 아니다.

그러나 그 오래된 길이 가지 않는 곳이 없다.

한없이 구부러지며 산을 넘고 강을 넘어

길은 끈질기게 이어진다.

그 구부러진 곡선에 굽이마다에 사람이 살고 있다.

그 길의 어귀마다엔 어김없이 간이역이 서 있다.

직선으로는 결코 도달할 수 없는

깊고도 길다란 국토의 속

곡선이 만들어 낸 깊숙한 세상이다.

- KBS 일요스페셜 〈간이역〉 내레이션

2005년, 그러니까 무려 18여 년 전에 전파를 탔던 이야기. 그때도 우린 시속 300킬로미터가 넘는 KTX가 마땅한 교통수단이라 여겼던 모양이다. 차창 밖 '간이역' 풍경보단 빠른 도착이 우선이었다. 조금만 멈추면 뒤처지는 걸 걱정하고, 조금만 밀려나면 경적을 울리는 게 당연했던 시절, 소수를 위한 것은 배려조차 없이 그냥 버려지던 시절. 18여 년이 지난 오늘날에도, 또다시 그만큼의 시간이 더 지난 훗날에도, 여전히 세상은 '멈춤'을 허용하지 않을 터다. 그러니 우리의 시선이 언제 멈춰야 할 기는 어쩌면 우리 몫에 틸틴 길시노 모르겠다.

할머니한테 키오스크를 알려 줄 때 뒤에 기다리는 사람이 없길 바랐다. 할머니가 혹시 이해가 되지 않는다면 열 번이라도 좋으니 내게 더 물어봐 주길 바랐다. 하나 있는 슈퍼가 문을 닫아 내가 당장 쓸 칫솔을 못 살지언정 주인장이 적당한 시간에 셔터를 내리고 온전한 저녁을 즐기길 바랐다. 모든 게 계획대로 돌아가고, 빨리빨리 편하게 진행되어야 하는 환경에선 누릴 수 없는 멈춤이었다. 아우라지에 머무는 내내 마음이 편안했던 건 어디에서도 불필요한 눈치를 보지 않아도 되었기 때문이다.

달리던 버스가 간이 정류장에 멈추고 할머니가 천천히 일어나 천천히 계단을 내려가고 천천히 지팡이를 꺼낸 다음 천천히 한 걸음 내디딜 때까지 버스가 출발하지 않길 바랐다. 당연한 걸 어째서 바라고 있었을까. 백미러로 할머니의 느릿한 모습을 조용히 지켜보던 기사가 "조심히 가시라"는 외마디와 함께 잔잔한 미소를 내보였을 때 이런 나의 편견은 또 한 번 무너졌다.

현실과 동떨어진 이야기일까. 그저 시골 마을이라 가능했던 걸까. 각자의 멈춤이 존중되고 서로의 관점이 다르다는 걸 인지하는 순간 우린 더 건강하게 눈치를 주고받을 수 있다. 찰나의 기다림 끝에 찡긋 웃어 보일 여유만 있다면 눈치는 더 이상 숨겨야 할 대상이 아닌 것이다.

소녀시대 태연이 운영하는 유튜브 채널 〈출구없태연〉에 등장했던 누군가가 고민 상담을 요청했다.

"다른 사람 눈치를 덜 보는 방법이 있을까요?"

예상외로 태연과 샤이니의 키는 대수롭지 않다는 듯 담백한 답변을 내놓는다.

"눈치를 보는 게 성격이고 눈치를 본다는 건 굉장히 장점인데?"

"눈치를 안 보고 못 보는 것보다 보는 게 나아요. 긍정적으로 생각하세요."

오랫동안 금기어처럼 치부되어 온 부정적 단어. 입 밖으로 발설하기 꺼리던 '눈치'가 긍정의 수면 위로 올라온 순간이었다. 눈치 좀 보라는 일침이 반가웠던 이유다. 이런 일들로 한 가지 깨달은 점이 있다면 생각보다 우린 '눈치를 본다'라는 문장에 부정적인 감정을 느낀다는 것이다. 눈치가 '있으면' 달갑고, 눈치가 '빠르면' 미덕이라 일컬어지는 사회인데, '눈치'라는 단어에 '본다'는 말만 따라 붙으면 한순간에 감과 을의 관계가 성립되면서 "너는 눈치 같은 거 안 본다"라고 큰소리 친다. 하지만 엄밀히 따져 보면 모든 눈치는 '보는' 것에서 시작한다.

눈치를 본다는 건 어디까지나 '눈치가 빠르게 돌아가기 위한' 예열 작업이 아닐까. 구태여 '본다'는 말에 깊은 의미 부여를 할 필요가 없는 것일지도 모르겠다. 종종 '눈치 보지 말고 당당해지자'라는 말을 접한다. 이 말을 들을 때마다 '눈치를 보는 행위'와 '당당함'이 과연 같은 선상에 있는 개념일까 의아했다. 어디 가서 눈치를 안 보는 타입의 사람이라도 눈치가 없는 것이라 단정 지을 수 없는 것처럼. 눈치를 잘 봐도 당당하게 지낼 수 있다. 말장난 같지만, 한 번쯤은 역발상을 던져보고 싶다. 눈치 좀 보면 어떤가. 일단 보고 나서 없는 척을 할 것인지, 안 보이는 척할 것인지, 얼마든지 선택할 수도 있는 문제일 텐데.

할머니한테 키오스크를 알려드릴 때 뒷사람이 서 있었다면 눈치가 보였을 것이다. 기다리는 사람이 한 명이면 한 번, 두 명이면 두 번 눈치를 보았을 것이다. 기다리는 사람이 점점 늘어났다면 할머니 역시 눈치가 보였을 것이고, 사람이 늘어나는데도 불구하고 할머니가 "한 번만 더 배우자"라고 한다면 나 역시 눈치가 보였을 것이다. 가족과 연인, 친구, 직장 상사와 동료, 공공장소에서 만나는 낯선 타인들과 주고받는 눈치도 똑같다. 우리가 매일 일상에서 마주하는 눈치란 이렇게도 작고 소소한 찰나의 희망이 맞아떨어지거나 어긋나서 발생하는 것뿐이다.

이 모든 순간을 공감하고 있다면 그만큼 눈치를 볼 줄 아는 능력이 뛰어나다는 뜻이다. 자잘한 장면들을 곧잘 파악해 낼 만큼 섬세한 시선을 가졌다는 의미다. 눈빛, 목소리 억양, 실룩거리는 입가의 근육, 희미하게 변화하는 표정의 순간순간을 읽어 낼 만큼 인지능력이 뛰어나다는 것이다. 이렇게나 다채로운 능력을 지닌 이상 위축될 필요도, 주눅들 필요도 없다. 이미 능력자라는 방증이니까.

기실 눈치란 가치중립적인 단어다. 그러니 눈치란 타인을 위해서, 분위기를 위해서, 하지만 그 누구보다도 나 자신을 위해서 가장 쓸모 있어야 할 우리의 소중한 본능이자 감각이라는 걸 받아들여 본다. 그리고 당당하게 말해 본다. 나 눈치 좀 보는 사람이라고. 가끔 많이 볼 때도 있지만, 그만큼 감각이 좋은 것이니 괜찮다고.

참고 문헌

말하지 않아도 느끼는 한국인의 초능력

- 한국도로교통공단, 〈올바른 방향지시등(깜빡이) 사용 방법 안내〉, 2020.12.10.
- 〈What you need to know about the Korean wellness concept 'nunchi'〉, 《Metro》, 2019.8.19; 〈The life-changing power of Nunchi: It's the Korean art of working out what people are thinking and practitioners claim it is key to job success and a happy love life〉, 《Daily Mail》, 2019.7.14.
- 〈대한민국을 브랜딩하다-브랜드K〉, 2021.11.4, https://youtu.be/PLARn-dX2v4

침묵이 품은 다채로운 의미들

- 이재영, 《말의 사람 글의 사람》, 아침의정원, 2020, 69, 73쪽.

손짓, 타인을 이해하는 최초의 언어

- Premack, D. and G. Woodruff, "Does the Chimpanzee Have a Theory of Mind?", *The Behavioral and Brain Science, vol.*1, Cambridge University Press, 1978, pp.515~526.
- Michael Tomasello, "Joint attention as social cognition" In C. Moore & P. J. Dunham (Eds.), *Joint attention: Its origins and role in development*, Lawrence Erlbaum Associates, Inc, 1995, pp.103~130.
- Michael Tomasello, *Constructing a Language: A usage-based theory of language acqusition*, Harvard University Press, 2005.
- Michael Tomasello, 《心とことばの起源を探る-文化と認知》, 大堀壽夫·中澤恒子·西村義樹·本多啓 飜譯, 勁草書房, 2006, p.6.

- 브라이언 헤어·버네사 우즈, 《다정한 것이 살아남는다》, 디플롯, 2021, 39~45쪽.

말의 품격을 높이는 대화의 격률

- Herbert Paul Grice, "Logic and conversation" in P. Cole & J. Morgan (eds.), *Syntax and Semantics, vol. 3: Speech Acts*, Academic Press, 1975, pp.41~58.
- Herbert Paul Grice, "Further notes on logic and conversation" in P. Cole (ed.), *Syntax and Semantics vol. 9: pragmatics*, Academic Press, 1978, pp.113~128.
- Herbert Paul Grice, "Presuppositon and Conversational Implicature", in P. Cole (ed.), *Radical Pragmatics*, Academic Press, 1981, pp.183~198.
- Herbert Paul Grice, *Studies in the Way of Word*, Harvard University Press, 1991.
- Edward T. Hall, *Beyond culture*, Anchor Books, 1977.
- 〈'여자들의 언어' 해석하는 법〉, 《한국일보》, 2014.10.20.
- Michael Tomasello, 《心とことばの起源を探る-文化と認知》, 大堀壽夫·中澤恒子·西村義樹·本多啓 飜譯, 勁草書房, 2006, p.142.

대화의 격률을 어기는 짜릿함

- 〈만추〉, 김태용(보람엔터테인먼트, 2011)

진짜 하고 싶은 말은 괄호 속에 있다

- 박창선, 〈신입사원을 위한 직장인 언어 사전 50〉, https://brunch.co.kr/@roysday/346

타인을 존중하는 우아한 솔직함

- 山本七平, 《空気の研究》, 文藝春秋, 1983.
- 櫻井秀勲, 《ツキを呼ぶ空気の読み方》, 海竜社, 2007.
- 内藤 誼人, 《「場の空気」を読む技術》, サンマーク出版, 2004.
- 福田 健, 《「場の空気」が読める人、読めない人: 気ますさ解消」のコミュニ゠

〜ㅣ르〈術〉, PHP 研究所, 2000.

- 데이비드 크리스털, 《언어의 역사》, 서은승 옮김, 2020, 소소의책, 43쪽.
- 〈웃기는 국어사전(일본어)〉, www.fleapedia.com

감춰진 심리를 간파하는 '암묵지'

- 한강, 《작별하지 않는다》, 문학동네, 2021, 30, 75쪽.

'거시기'의 거시기한 뜻

- 김호균, 〈거시기는 세상사를 종횡무진한다〉, 《전라도 닷컴》, 2022년 5월호(통권 241호)
- 이어령, 《거시기 머시기》, 김영사, 2022년, 7~8쪽.
- MBTI 테스트, https://www.16personalities.com/
- 〈How Koreans fell in love with an American World War II era personality test〉, 《CNN》, 2022.7.27.

말보다 빠르고 글보다 강력한 것

- 《역해 상:39》, 1690.; 《한청 8:30》, 1779.; 《한청 8:51》, 1779.
- 브라이언 헤어·버네사 우즈, 《다정한 것이 살아남는다》, 이민아 옮김, 디플롯, 2021, 130~135쪽.
- H.Kobayashi·S.Koshima, "Unique Morphology of the Human Eye", *Nature*, 1997, pp.387, 767.

무례한 말과 무해한 말의 한 끗 차이

- 〈뉴올리언스로 간 오바마 9살꼬마 송곳 질문에 진땀〉, 《국민일보》, 2009.10.16.
- 〈주기자가 간다: 안철수 후보 편〉, 쿠팡플레이, 2022.2.13.
- 〈주현영 "모 후보에 그 질문했더니 얼굴 파르르"…SNL 후일담 공개〉, 《뉴스1》, 2022.2.28.
- 〈'반찬가게 오셨던 천사엄마를 찾습니다' 30만 울린 사연〉, 《국민일보》, 2016.5.11.

진실은 맥락에 숨겨져 있다

- Edward T. Hall, *Beyond culture*, Anchor Books, 1977.
- 西田司著, 《異文化適応行動論》, 高文堂出版社, 1986, pp.96~97.
- 〈이상한 변호사 우영우〉, ENA, 12화, 2022.8.4.

분위기를 바꾸는 친절한 언어들

- 〈"결과 대신 과정을 구체적으로 칭찬하세요"[오은영의 부모마음 아이마음]〉,
  《동아일보》, 2021.11.17.

진심을 전하는 침묵, 눈맞춤

- T. Farroni·G. Csibra·E. Simion·M. H. Johnson, "Eye Contact Detection in
  Humans From Birth", Proceedings of the National Academy of *Sciences*
  99, 2002, pp.9602~9605.
- M. Carpenter·K. Nagell·M. Tomasello·G. Butterworth·C. Moore, "Social
  Cognition, Joint Attention, and Communicative Competence from 9 to
  15 Months of Age", Monographs of the Society for Research in Child
  Development 63, 1998, pp.1~174.
- T. Farroni·S. Massaccesi·D. Pividori·M. H. Johnson, "Gaze Following in
  Newborns", *Infancy* vol. 5, 2004, pp.39~60.
- 브라이언 헤어·버네사 우즈, 《다정한 것이 살아남는다》, 이민아 옮김, 디플롯,
  2021, 132~135쪽, 157쪽.

다정한 언어가 살아남는다

- 브라이언 헤어·버네사 우즈, 《다정한 것이 살아남는다》, 이민아 옮김, 디플롯,
  2021, 19~30, 101~102쪽.

반어법이 우리에게 주는 메시지

- Scollon R· Scollon S.W., *Intercultural communication: A discourse
  approach*, Basil Blackwell, 1995.

디테일한 하범이 지니는 힘

- 〈[인터뷰]'D.P'(디피) 정해인 "이병 정해인"을 복창하게 하는 그 압박감…〉,《서울경제》, 2021.9.2.
- 〈이걸요? 제가요? 왜요?…MZ '3요'에 임원도 떤다〉,《서울경제》, 2022.10.6.

무례한 시대일수록 섬세한 언어가 필요한 이유

- 〈[김지수의 인터스텔라] "무례하면 세상이 좁아져… 세심한 조직·인간이 살아남는다" 송길영〉,《조선비즈》, 2023.1.7.

눈치에는 권력이 숨어 있다

- 〈유 퀴즈 온 더 블록〉, 112화, tvN, 2021.6.23.

'모르는 척'이 주는 위로

- 〈유 퀴즈 온 더 블록〉, 103화, tvN, 2021.4.21.
- 김원영,《실격당한 자들을 위한 변론》, 사계절, 2018, 65쪽.

체면은 높이는 게 아니라 돌보는 것

- 유병재 페이스북, 2012.11.28, https://www.facebook.com/dbqudwo/posts/449508251771036

'나'를 귀하게 여기는 말 습관

- 〈숨 막히는 배려 특징〉, 픽고, 2021.8.20, https://youtu.be/4fTHRpVJ7gE

'우리'라는 말 속에 숨겨진 눈치

- Geert Hofstede, *Cultures and Organization: Software of the Mind*, McGraw-Hill International, 1991.
- Geert Hofstede·Gert Jan Hofstede, *Cultures and Organizations: Software or the Mind*. McGraw-Hill, 2005.
- Geert Hofstede·Gert Jan Hofstede·Michael Minkov, *Cultures and Organization: Software of the Mind*, McGraw-Hill, 2013.

- 大崎正瑠, "日本·朝国·中国におけるウチとソト", 人文自然科学論集 Vol. 125, 2008, pp.105~127.
- Harry C. Triandis, 《個人主義と集団主義 2つのレンズを通して読み解く文化》, 神山貴弥·藤原武弘 飜譯, 北大路書房, 2002, pp.2~9.
- 山岸俊男, 《心でっかちな日本人...集団主義文化という幻想》, 日本経済新聞社, 2002, pp.133~137.

맥락을 뚫고 나올 용기
- 〈D.P〉 시즌 1, 5화, 2021.8.27.

시선을 긍정에 맞출 때, 우린 단단해진다
- 공지영, 《봉순이 언니》 개정판, 푸른숲, 2004, 11쪽.
- 이적 인스타그램, https://www.instagram.com/p/ClZ-7LrpNNF/

말그릇에 담기엔 너무 큰 마음
- "이런 사람 멀리 해라! 인간관계 정리의 기술", 〈상암동클라스〉, JTBC, 2022.12.6.
- 〈밥정〉, 박혜령(㈜하얀소엔터테인먼트, 2020)

"나 눈치 좀 볼 줄 아는 사람이야"
- KBS 일요스페셜 〈간이역〉(연출: 유동종, 글: 오정요), KBS, 2005.9.18.

감정 문해력 수업

초판 1쇄 발행 2023년 3월 20일
초판 4쇄 발행 2023년 8월 25일

지은이 유승민
펴낸이 권미경
편집장 이소영
책임편집 박소연
마케팅 심지훈, 강소연, 김재이
디자인 어나더페이퍼
펴낸곳 ㈜웨일북
출판등록 2015년 10월 12일 제2015-000316호
주소 서울시 마포구 토정로47, 서일빌딩 701호
전화 02-322-7187 **팩스** 02-337-8187
메일 sea@whalebook.co.kr **인스타그램** instagram.com/whalebooks

ⓒ 유승민, 2023
ISBN 979-11-92097-45-9 (03800)

소중한 원고를 보내주세요.
좋은 저자에게서 좋은 책이 나온다는 믿음으로, 항상 진심을 다해 구하겠습니다.